内蒙古作家协会 编

草原人与中国梦

内蒙古出版集团
远 方 出 版 社

图书在版编目(CIP)数据

草原人与中国梦/内蒙古作家协会编.—呼和浩特：远方出版社，2015.1
ISBN 978-7-5555-0386-6

Ⅰ.①草… Ⅱ.①内… Ⅲ.①中国文学—当代文学—作品综合集 Ⅳ.①I217.1

中国版本图书馆CIP数据核字(2014)第311814号

草原人与中国梦

编　　者	内蒙古作家协会
责任编辑	董美鲜　吴炳蒨
装帧设计	韩　芳
出版发行	内蒙古出版集团　远方出版社
社　　址	呼和浩特市乌兰察布东路666号　邮编 010010
电　　话	（0471）2236471 总编室　2236460 发行部
经　　销	新华书店
印　　刷	内蒙古爱信达教育印务有限责任公司
开　　本	710 × 1000　1/16
字　　数	305千
印　　张	19
版　　次	2015年6月第1版
印　　次	2015年6月第1次印刷
印　　数	1—1 000册
标准书号	ISBN 978-7-5555-0386-6
定　　价	38.00元

目　录

报告文学

小　说

散 文

诗　歌

草原人中国梦

报告文学

拾荒老人的良心

王樵夫

一九九三年夏，日暮时分。

沈阳市于洪区。

豪华的居民小区内。

一个衣衫褴褛的老人手拎破麻袋，戴着一顶旧帽子，在小区内犹豫着、逡巡着。老远地，他朝着垃圾箱，快步跑过去。他猫下腰，瞪着昏花的老眼，在垃圾箱里仔细地翻找着……成群的苍蝇"嗡"的一声飞起来，在老人几乎要贴近垃圾的脸上仓皇地碰撞着。垃圾箱里散发出一股难闻的臭味，老人浑然不顾。蓦地，一袋被人丢弃的剩菜从垃圾中被翻出来，他面露喜色，扭过头，迅疾地瞅了一遍四周，见没有人，急忙撕开塑料袋，伸出脏污的手，抓起里面的肥肉，急慌慌地塞进嘴里。老人大口地咀嚼着，陶醉在久违的肉香里……突然，身后一阵狗叫，老人惊惶地回过头，一只高大凶恶的狗朝他狂吠着，牵狗的是一个穿着讲究的女人，脸上一副惊愕万分的表情，她被狼吞虎咽的老人吓呆了。

这个拾荒的老人，名字叫田祥。

是年，田祥六十岁。赤峰市松山区人。因欠下十七万多元的巨额债务而逃离了家乡，躲在沈阳以拾荒为生。此时的老家，乡亲们正在四处找他讨债。骗子！该死的骗子！田祥的神秘失踪，让一些人恨得咬牙切齿。都是乡亲们的血汗钱啊。乡亲们过穷日子过怕了。

……

二〇一三年五月二十五日。内蒙古电视台演播大厅。第四届感动内蒙古人物颁奖盛典隆重举行。主持人宣读感动印象："他不惑之年艰苦创业，天命之年举步维艰。然而他言而有信，矢志不渝。从花甲到古稀之年，老两口背井离乡，拾荒还债，十七年后诚归故里，义报乡亲，为的是让子孙后代能挺起腰杆做人！……下面有请'感动内蒙古人物'——田祥。"

二十年时空变换，一个身负巨债、远遁他乡的骗子竟然"震撼民族心、温暖大草原"，成了全区瞩目的人物，成了彰显内蒙古人时代风貌和精神本色的代言人，仿佛时间给人们开了一个玩笑。但是，所有的一切，皆因为——一个拾荒老人的良心！

年过半百的老人，做梦都想着赚钱

时间追溯到一九八一年，正值改革开放初期，国家允许并鼓励一部分人先富起来。热衷做生意的田祥动了心思。他想，共产党为了老百姓着想，允许咱找门路发家致富，这可是千载难逢的好机会。他从村委会闲置的几间空房子那里看到了商机，几次到村委会"磨叽"，非要承包下来开商店。村支书了解田祥。多年来，村委会组织社员们到其他旗县修乡道、采伐林场、建铁路，田祥都是"领工员"。对田祥的领导能力和商业意识，村支书的心里很有数，何况这次又是在家门口做买卖。于是，一纸协议签订，在荒僻的小山沟里，昌德村第一家私人商店——利民商店开业了。

这一年，田祥四十八岁。

开商店，货源和资金是个大问题。好在田祥的四女儿在赤峰市区开商店，田祥就从四女儿的商店赊货卖，解决了资金周转难题。商店的生意越来越红火，既利民又小有赚头。他干劲十足，天天都在琢磨着怎样赚更多的钱，把事业做大。

不久，脑子活泛的他又办起了米面加工厂。第三年，他发现乡亲们天天在地里忙活，经常来商店买挂面。于是他又购进两台挂面机，雇了四五个工人，大张旗鼓地办起了挂面厂。

生产规模不断扩大，田祥的周转资金捉襟见肘。怎么办？他开始向乡亲们借贷。他找到邻居褚兰瑞，借了几千元，还钱时付了两分的利息。按期还本付息的田祥赢得了大家的信任，从此，十里八乡的乡亲们有了闲钱，纷纷主动上门借钱给他，为的是多赚几个利息。

有了钱，田祥又办起了淀粉厂、养猪场，买了一辆双排座农用车跑运输，摊子越铺越大，手下雇佣的员工达到了十多人。买卖做得风生水起，风风光光的田祥成了远近闻名的大能人。

田祥家里种着田，打出来的小麦可以加工挂面；土豆可以做淀粉，土豆渣子和米面加工厂里的土面子可以喂猪；商店还可以提供资金保障。在乡亲们的眼里，田祥干的是一条龙的买卖。

田祥一干就是十年。他忙忙活活，今天去赤峰，明天跑河北，完全沉浸在赚钱的喜悦之中。

可是，市场经济犹如一只无情的巨兽，突然向土生土长在农村的田祥张开了血盆大口，瞬间把他吞噬了。

短乡亲们的钱，我田祥就是拖棍子要饭也要还上

一九九一年十一月，一位姓李的乡亲再次送来了五百元，主动借给田祥。可是不到二十分钟，这个人返了回来，嚷嚷说田祥的企业马上就要“黄”了，连同以前借给他的五百元钱连本带息一起往回要。田祥资不抵债的消息，在乡里瞬间传开了，一时间，他的家里、商店里，挤满了讨债的人，络绎不绝。

这帮走了，那一拨又来了，他好言解释的同时，急忙召集家人算了一笔经济账。一算，他傻眼了，近乎疯狂的盲目投资，让他在十年间一共借了一百三十多户人家的钱，除去固定资产能抵几万元，中间差着十七万多元的“窟窿”。

十七万多啊！田祥懵了。当时一个“万元户”，可了不得啊，别说十七万

多!

“十七万多，我田祥拿什么还？”田祥想起父亲活着时，告诫他安心种田，千万别图大富大贵。他心中悔恨万分，这回摊子扑腾得太大了，全家好端端的日子，让我一个人整砸锅了。

他急忙跑到赤峰市，找女儿们想办法向银行借钱救急。可是，临近年关，银行停止贷款业务。他如坐针毡，心急如焚。没几天，身在赤峰的田祥贷款没等到手，却等来了老伴，老伴带来了一个天大的坏消息：家里的农用运输车被开走，十几台挂面机、米面加工机被抬走，二十多头肥猪被赶走，就连库房里积存的白面、淀粉、挂面，也被债主们哄抢一空。

田祥如闻霹雳，急匆匆赶回村里。他看到多年苦心经营的厂房变得空空如也，蹲在院子里号啕大哭。

苦难接踵而至。本想通过法律途径维护自己合法权益的田祥，却先成了被告，蹲了班房。采访时，说起这桩案子，坐在炕上的田祥嘴唇哆嗦着，浑浊的泪水夺眶而出，半天才嗫嚅出一句话：“我冤呐。那时候不懂，利息定得那样高，我借的少，主动送上门的多。我压根就没有坑人的心啊！”

六个月后，经过司法机关查证，田祥不构成诈骗罪，被无罪释放，但债务必须逐年偿还。

巨额债务的重压，乡亲们的催讨与白眼，让回到家的田祥度日如年。

第二年，他为了还债，一口气租了三十多亩地种土豆，可是老天不肯下雨，起早爬黑累了一年，不但没收成，连种子都赔进去了。

还钱无望的田祥碰到乡亲们，总是强装笑脸说硬话：“大家请放心，短乡亲们的钱，我田祥就是拖棍子要饭也要还上！”

田祥家家徒四壁，两手空空又变不出钱来。何况，他已年过六十，还蹲了半年的监狱，他能还钱吗？许多人根本不抱任何希望。

有的人见自己的钱“黄”了，心中恼怒，根本不吃他这味“定心丸”，听他这样说，张口就骂：“你这个骗人的老家伙，还口口声声说挣钱还债，你拿什么还？看你都老白毛了，一旦有钱了快买点东西吃吧！”

一句话，骂得田祥哑口无言。

田祥的老伴回忆说，当时田祥愁得不行，整宿睡不着觉，一支接一支地抽烟，满屋子全是呛人的烟味和连续不断的叹息。没多长时间，田祥的头发白了一半。

光愁有什么用。钱，总得要还的，尽管有些乡亲们表示不用还了，可是自己心里过不去。他回忆说，当时走在村子里，想着自己欠别人的钱，心里臊得慌。

一九九三年春节临近，四女儿怕他在家窝囊出病来，特意把父母接到赤峰过年。

正月十五，他偷偷把老伴叫到一边，说出了一个预谋已久的主意：自己去沈阳捡破烂儿，还父老乡亲们的钱！

原来，他想起别人说过在沈阳捡破烂儿挣钱，好混！再说自己这么大岁数了，打工也没人愿意用，只能去捡破烂儿了。

老伴一听，眼泪马上就下来了。

田祥说："哭啥？乡亲们的钱来得忒不容易了，不是聘姑娘闹点钱，就是卖猪卖羊攒点钱。人没有白死的，钱没有白花的。别人可以欠钱不还，可是我田祥不行。我不能丧了良心。"

老伴心里盘算，田祥一个人去沈阳，孤苦伶仃的，没有一个熟人照顾，又不会做饭，一旦再有个三长两短，这个家还怎么过啊。说心里话，老伴打心眼里不想放他走，可是再一想家里欠了这么多的饥荒，不走怎么还债？老伴见他去意已决，只好忍住眼泪依了他。

晚上，田祥穿着一件羊皮棉袄，背着用麻绳捆好的行李卷，趁着女儿们不在家，一个人直奔火车站。临走时，他揣上借钱的账本，对依依不舍的老伴说："一旦我死在外面，到下辈子也得还债。揣着这个账本，我心里也好有个数儿。"

老伴站在身后，看着他毅然离去的身影，眼泪噼里啪啦地往下掉。

第二天早晨，几个女儿从打工的羊毛衫厂下了夜班，知道老父亲瞒着她们走了，姐妹几个伤心地相拥而泣。"这老爷子，大过年的，说走就走了。他哪来的路费呢？"原来女儿们怕田祥离家出走，从不多给他零花钱。谁知，田祥心中早就打好了主意，晴天，他上山刨药，下雨天，就上山捡蘑菇，暗地里攒了几百元钱。

田祥在火车上，心里直打鼓，头一次去这么远的地方，能否挣到钱，他心里实在没数。他听着火车窗外寒风呼啸的声音，摸着兜里的账本，一宿没合眼。早晨六点火车进了沈阳站。他把行李卷寄存起来，恍惚记得别人说捡破烂儿的地方叫铁西，于是花了一块五毛钱上了公交车，也不知坐了多少站，稀里糊涂地下了车，一看是德胜。他在路边的饭店吃了一碗面条，服务员告诉他坐公交车再花五毛钱，下车就是一个大垃圾场。

等到他在郊外看到垃圾处理站时，心里一块石头落了地。他在附近花80元租了一间破厢房，开始了长达十年拾荒还债的贫苦生活。

拼命攒钱，图的是让子孙后代挺直腰杆做人

一安顿下来，田祥就开始忙碌了。

天刚亮，他便拎着一条破麻袋，直奔垃圾站。饮料瓶、废纸箱，就连城里人用过的卫生纸，都成了他眼中的“宝贝”。垃圾站的破烂儿捡没了，因为初来乍到，他不知再去哪儿捡，也不知哪里有废品收购站。正在街上心急火燎地乱闯乱逛，碰到了一个收废品的老头，姓李，经他指点，才把肩上的破烂儿卖了。田祥为了巴结他，硬把人家请到家里，吃了一碗挂面。从此，两人成了朋友。

晚上睡觉前，田祥掏出兜里的零钱，数了数，还不到十块钱。他揉揉压得红肿的肩头，心里挺知足，毕竟饿不着了，自己的饭钱回来了。

但是沈阳并不欢迎他。第五天，他在睡梦中被冻醒。外面下起了大雪，狂风裹着雪花从四面透风的房顶刮进来，盖了他满满一身。他急忙把那件破羊皮袄盖在身上，在冰冷的土炕上蜷着腿，哆嗦了一宿，差点被冻死。

他说，多亏那件破皮袄了，不然，我这条老命保不住了。

当时，捡一斤废纸能卖一毛钱，捡一个饮料瓶能卖五分钱，捡一个水泥袋能卖两分钱……捡了十多天，他挣了一百多块钱。从此，地形熟悉了，也知道哪个地方破烂儿多了，他越干越有盼头。

有一天，田祥瞅见垃圾堆上扔着几块废纸壳，急忙捡起来，心里正乐呢，可

是过来一个当地捡破烂儿的老头，姓张，不由分说就抢了过去，还骂田祥为啥抢他地盘上的生意。田祥心里不是滋味，寻思家里出了那么大的事儿，闹得他抛妻别子，出来捡破烂儿，还遭人欺负，命咋这么苦呀？可是再细一想，出门在外，谁都可以熊你。忍吧，还乡亲们的饥荒要紧。

田祥的一日三餐是清水煮挂面，出锅时扬上一把盐，一斤挂面盛三碗，正好吃三顿。田祥说一开始吃得挺香，没想到过了三四个月，就馋了，想吃肉。可是，他摸摸兜里捡破烂儿挣来的钱，心里告诫自己不能花，这钱是用来还饥荒的，尽管揣在自己的兜里，却不是属于他的财产。一天，他在垃圾箱里，翻出一个系好的塑料袋，里面装着人家扔掉的剩菜剩饭。他扒拉一下，眼前一亮，剩菜里面有肉，他急不可待地撕开塑料袋，也不管手干不干净了，可抓起肉来要吃的时候，他犹豫了。他怕旁边的人发现，面子上过不去。可是不吃吧，又馋得慌。最终，卑微的自尊在吃肉的身体欲望面前屈服了。他把肉急不可待地塞进嘴里，脑袋瓜子深深地埋进垃圾箱里，一边吃，一边哭。

从此，吃别人扔掉的剩菜剩饭，成了他改善生活的主要办法。他说，省下一分钱，就能多还人家一分。遭多大的罪都活该，谁让自己欠了乡亲们的钱呢！

说起这一幕，要脸面的田祥忍不住还要落泪。

田祥离开家乡时，没敢声张。就连外甥乔秀军来沈阳办事，想看看他，他都躲起来不见。

他说，他就怕别人知道他的下落，今天来一个要账的，明天又来一个，这破烂儿可就没法捡了。

他背着一个大麻袋，里面装着他捡来的破烂儿。无论刮风下雨，都是早出晚归，两头不见太阳。五个月后，他花八十元买了一台“倒骑驴”，串街走巷，干得更加起劲了。

转眼过年了。外面响起鞭炮声，他蹲在土炉子前，吃完一碗挂面，上炕钻进被窝，拉灭电灯。屋里又冷又黑，他睁大眼睛，想家，想相濡以沫的老伴，想临走没打一声招呼的儿女们！可是，他有家不能回。他说，还不上乡亲们的钱，他没脸见人啊。

第二年，他的老伴来到沈阳。一辆叮当乱响的“倒骑驴”把她接回家。分别一年多的老伴终于见到她日夜惦念的丈夫，心里甭提多高兴了。可是走进出租屋一看，一个土炉子，一个铁马勺，炕上一副行李卷，是他的全部家当。再仔细瞅一眼田祥，又黑又瘦，头发白了好多，一双手裂满了口子，用胶布缠着。老伴心疼得落泪了，第一次开口埋怨他："肃静日子你不过，偏要办这个搞那个，欠了那么多的饥荒，我看这辈子还上不容易。"

田祥说："还上更好，如果还不上，下辈子托生成骡马也要还。"

过了七八天，晚上田祥捡破烂儿回来，手里举着几个白色的塑料袋，嚷嚷着说让老伴"解解馋"。老伴打开一看，是人家城里人扔掉的剩饭剩菜。有的还散发出一股难闻的馊味。老伴才知道田祥经常这样"解馋"，心里不禁涌起一阵悲伤。她强压住从胃底泛上来的呕意，把好肉挑出来，洗了好几遍，从房东家要了一棵白菜，炖了一顿有肉的"美餐"。

时间长了，老伴觉得发霉的菜扔掉了可惜，买来一头小猪喂。

田祥在外面捡破烂儿，老伴在家里分类整理打包，两个人蓬头垢面的。老伴现在还念叨：就像两个小鬼似的。

三个月后的一天，老伴跟着田祥去卖破烂儿，卖了十多元钱。老伴忍不住，说天天净吃捡来的剩菜了，咱们今天买斤肉吃。田祥在旁边反驳："我看多余，咱还短人家的钱呢。"

老伴说多余也要买，坚持买了一斤猪肉，包了酸菜馅饺子。饺子煮好了，老伴正大口吃得香，田祥却不吃了。老伴抬头一看，田祥背着脸，肩膀一抽一抽的，正哭呢。老伴撂下筷子，也吃不下去了。

老伴把捡回来的破被子、破衣服，拆洗干净，做了一床新被褥，可是，冬天依旧冷。租的厢房是单坯砖垒成的，不禁冻，屋里的墙上都结满了厚厚的冰霜，第二年的春天才能化透。

没办法，只好薅野外的蒿草烧火取暖。蒿草不经烧，于是麻绳头、塑料鞋底子都从外面捡回来，塞进土炉子里，成了田祥家不花钱的燃料。

田祥说越是过年，越没时间陪老伴唠嗑。

每逢过年的时候，田祥都会早早眯上一觉。因为夜间十二点，他要爬起来，去十里外的沙岭捡燃放过的鞭炮壳，一直捡到初一的早晨八点多，来回要跑两趟。他忙得不亦乐乎。一晚上跑下来，能挣一百多元。他很高兴、很知足。另外还有一个原因，春节时家家户户都要上供，从正月初三开始，有些家就把上供用的馒头、点心扔了，捡回来，一个正月的口粮就有了。

他捡破烂儿挣了钱，却犯了愁。原来他不想把钱存在银行里，但是放在家里又不放心，一旦被人偷走，或被砸了杠子，那么还债的愿望今生彻底没戏了。他看到从外面捡来的一个紫檀色碗橱，灵机一动。他把一沓沓钱整齐地码在碗橱的最底层，然后用三合板钉上，上面再铺一层地板革，浇上酱油、醋，看上去非常埋汰，谁都不会猜到钱都藏在这里。在他的精心“伪装”下，这些钱在污渍斑斑的地板革下“沉睡”了十多年。每当他回到家，第一件事就是瞅瞅这个藏着宝贝的碗橱。

由于房租涨价，他被迫经常搬家，这个碗橱一直陪着他辗转四处。

这时，老家又传来不幸的消息。他的大儿媳妇突发脑出血，出院后生活不能自理。本来就身体有病的大儿子不能干重活，全家只好搬到沈阳。他的老伴伺候儿媳妇，大儿子养猪挣钱给媳妇治病。治病的钱没少花，可是大儿媳还是撒手而去。他的老伴说，当时经过几年的治疗，大儿媳妇可以帮着烧火做饭了，可是家里养的猪吃了捡来的剩饭剩菜，食物中毒，满猪圈乱跑乱撞，莫名其妙地死了十几头，横七竖八地倒在猪圈里，儿媳妇急得哭了一宿，劝也劝不住。第二天早晨，儿媳妇到房后的煤渣堆边解手，倒在地上，再也没有起来。送到医院，CT检查为脑血管破裂，大量出血，第四天就死了。抢救费花了六千多元。

孙子媳妇看着这个灾祸连连的家，怕了，扔下刚出生不到一年的女儿，离婚跑了。

母亲死了，老婆跑了。沮丧万分的孙子不想继续在他乡漂泊，哭着求爷爷回老家。可是田祥坚持住了，一天挣不够钱，就在外面拼一天。最后，伤心无奈的孙子也离开这个多灾多难的家，外出打工。田祥和老伴一边捡破烂儿，一边拉扯嗷嗷待哺的重孙女。

“那时真难呀，我都要活不起了！”说起这段让人心碎的日子，田祥老人禁不住老泪纵横。

他的老伴撩着衣襟，不时地擦眼泪。她絮絮叨叨地回忆说：“那天早晨饭都端上桌了，却不见儿媳妇回来。我急忙跑到房后，见儿媳妇倒在煤渣堆旁，裤子还没来得及提上，呼噜呼噜地直喘粗气，连话也说不出来了。好端端的一个人，生生地急死了……”

可是，无论在外面的日子多难，田祥丝毫没有动摇还钱的念头。他说：“短人家的钱，我心里不甘呀！要是还不上钱，等我死了，人家会骂我缺德。我把钱都还上了，乡里乡亲的会说，这老田头儿，讲信用，有德行，我的儿孙们就能伸直腰呀！”

清白的良心，是温柔的枕头

田祥在沈阳捡垃圾一捡就是十七年，他没回过一次家，因为攒不够钱，他觉得没脸见老亲旧邻。二〇一〇年末，他一分一角攒够了欠乡亲们的钱，终于可以回家了。回家的前一天，他感慨万千，激动得一宿没合眼。

一家人背上大大小小几个包裹，挤上了从沈阳发往赤峰的班车。有两个包裹比较特殊，一个包裹是用衣服里三层外三层包着的近二十万元现金，这是全家人十七年的辛劳所得；另一个包裹里是儿媳的骨灰盒，之前一直寄存在沈阳的一家殡仪馆里。老实巴交的大儿子一路上小心地抱着，不说一句话，也不知他的心里想着啥。田祥说，不能把儿媳一个人丢在外地呀！他说这句话时，又是点头又是摇头，两行浑浊的泪水悄然淌下。

村民崔秉森说，临近年关了，他去村委会找刘汉清书记办事。突然，消失了十七年的田祥推门进来了。由于长年在外捡破烂儿，田祥脸色憔悴黝黑，手上裂满了口子，用胶布一层层地缠裹着。大家都很吃惊。

田祥张嘴就问：“外面有饭店吗？”

“找饭店干啥？”

田祥说：“我要请村委会的领导下饭店，有事求你们帮忙。”

崔秉森与田祥是多年的好朋友，田祥当年出事的时候，崔秉森经常开导他，并且答应原来借给田祥的五千元钱不要了，又借给田祥五千元用来“翻身”。崔秉森见田祥回来了，把大伙叫到家里，摆上一桌酒席。田祥端起酒盅，还没说话，眼泪就掉出来了，手哆嗦着，说："欠乡亲们这么多年的钱，我田祥有愧啊。麻烦你们帮我见证一下，我要还钱，还父老乡亲们的钱！"

大家看他激动，纷纷劝他不要喝酒。他仰起头，一饮而尽，抹了一把眼泪，说："今天看到你们，我高兴呐！这么多年，我做梦都想着回来。"

田祥要还钱的事，却遭到了亲友们的强烈反对。有的说，当初人家把你告了，你监狱也蹲了，钱就不用还了。

有的说，十七八年都过去了，人家早就忘了这事。你还还什么？

有的说，你都快八十岁的人了，捡破烂儿一分一毛攒了这么点钱，容易吗？快留着自己养老吧！

有的说，人家也不指望你还钱了。再说，你不说，谁知道你挣了钱……

其实儿女们还有一个更大的担心，一旦还钱，手中又没有凭据，人家张口漫天多要怎么办，最后还不乱了套啊……在儿女们的眼里，老父亲太老实，容易吃亏。

这些话，都没劝到田祥的心里去。田祥说："你们想过没有，假如我不还钱，有朝一日我死了，你们回来安葬我，一进咱们这个村，乡亲们都看着呢，他们会说老田头欠钱不还，死了该死，儿女还有什么脸哭呢。可是我若还了钱，乡亲们会说老田头不赖，活着时讲良心，儿女们也不错……你们说，人活着还图啥，不就是图个好名声吗？"

田祥失踪了十七年，许多乡亲认为田祥不可能还钱了，手中的欠条不知扔到哪里去了。可是，当田祥拿着账本和现金，挨门挨户还钱时，乡亲们既吃惊又感动，都对田祥伸出大拇指说："老田头讲良心，有德行，是这份儿的！"

东山村的老张婆与田祥的老伴是干姐妹，当年借给田祥一千四百元钱。田祥破产时，老张婆怕加重田祥的"罪过"，没向法院提起这笔钱。此时，田祥听说老张婆已经病入膏肓，急忙和老伴买了补品，打车去了她家，当着众人的面，把钱放在老张婆的手上。老张婆已经病得不能说话，手里攥着钱，只是一个劲地流眼泪。

田祥欠高永贤五十元钱，高永贤已经去世多年。当田祥把五十元钱还给高永贤的儿子高畔清时，高畔清感动地说："我压根不知道借钱这事儿。"

贺家漫甸的褚兰生当年借给田祥两千元钱。现在他在河北三河市打工。田祥通过褚兰生的侄子，找到了他的电话，告诉他要还钱。半年后，褚兰生如数拿到了自己的钱。

“田祥将近八十岁的老人了，没想到还真把钱还上了，一分也不欠，不简单。这事搁别人身上做不到。”村主任褚汉广一边感叹，一边回忆说：“一九九七年，我在沈阳见到田祥时，田祥老人抓住我的手，哭得呜呜咽咽，让我给父老乡亲们捎信，欠乡亲们的钱，一定要还，否则心里不踏实。”

村民田守坤、殷宝玉说，这么多年了，我们根本不抱还钱的希望了。

田祥还清了所有的债务，就像搬掉了多年压在心口上的一块大石头，让他长出了一口气。这些年，他始终吃不香、睡不好！

田祥欣慰地说：“还是乡亲们好呀，没一个多要的。”

褚汉广说：“田老爷子一共还了十七万四千多元，最后还剩两万多元，买了五头小母牛。”

田祥高兴地说：“把钱还给人家，心里可踏实了，跟人家说话也仗义了，人家还挺尊敬咱的，我如今躺在炕上就能睡着。还有，你说咋的，住在自己的屋子里，你甭管吃得好赖，就是觉得香。”

蓝天是白云的故乡，还清债务是田祥今生幸福的天堂。田祥笑了，笑得如此开心。

“清白的良心，是温柔的枕头。”田祥一生过往的风风雨雨，开心的、不开心的都化为老人枕边平实、安稳的梦。让老人能在自家的土炕上，每晚酣睡到天亮。

我的目光跟随您的脚步，一步步，祝您余生从此幸福

田祥是一个处在当今社会最底层的普通人，可就是这样的一个人，在整整十七年的时间里，承受着许多人都难以想象的劳苦、辛酸和艰难，履行着诚信的诺言，印证着道德的力量。

田祥老汉十七年拾荒还债的故事，誉满草原，感动了内蒙古大地，感动了家

乡所有的人。

二〇一二年九月，内蒙古自治区启动第四届“感动内蒙古人物”评选活动。活动从开始到颁奖盛典，历经七个多月，共有三百多万人投票参与，经过初审、复审及终审，最终选出了十位感动内蒙古人物。田祥背井离乡拾荒还债的事迹得到了投票网民和读者的广泛赞誉，获得评审团的高度认可，在本届评选活动中荣膺“感动内蒙古人物”。

二〇一三年五月二十五日，颁奖盛典在呼和浩特举办，十位“感动内蒙古人物”悉数亮相。

在短短两个小时的颁奖晚会上，这些人物的事迹再次打动了所有观众的心。主持人在一开场的时候就说：“我们不仅需要许许多多的感动人物，我们也更需要千千万万的人们被感动。”

“你拾回的是尊严，你还回的是诚信，你坚守的是中华民族几千年来的传统美德！”当动情的主持人含着眼泪，宣读完授予田祥的颁奖词，年近八十岁的田祥脚步蹒跚地走上颁奖台。

看到这个苍老年迈、瘦弱多病、贫困不堪的老人，台下观众席上一片唏嘘。

一个老农漂泊他乡，靠捡垃圾一分一角地攒钱，执著还债的信念感动了在场的领导和观众。债，人之责也。只念过十八天书的田祥老汉把“欠债还钱”当成天经地义的事情，当成自己的一份责任。

感谢田祥，在漫漫还债路上向我们诠释了一个简单的生活道理：讲诚信，讲良心，在当今这个金钱至上、道德滑坡的市场经济社会，仍是我们做人做事的根本。

田祥举起奖杯，努力地挺直被生活重负压弯的脊梁。他眼望前方，强烈的灯光让他眼前一片眩白。他恍惚看到诸多的亲人：六十多年与他相依为命的老伴，猝死在他乡的大儿媳，被苦难吓跑了的孙子媳妇，在襁褓中失去母爱的重孙女……他咬着牙，绷紧脸，强忍着即将夺眶而出的泪水。这些年，自己流的泪水还少吗！

光阴不会因为一个人的苦难而停滞不前。

时间依旧缓缓地向前流淌着。

二〇一三年九月二十六日，我再次来到松山区西南沟村民组。这是一个只有十六户、五十多口人的小山村。村子坐落在南山坡的半山腰上，因为坐北朝南的缘故，每户人家的大门口都比房顶高。所以，从屋门出来，要走十几米上坡路，才能走出大门口。

这个村子全年缺水。全村人吃水要到村后的山泉里去挑。

全村共有两排房子，从第一排向西数，第五家就是田祥的家。四间低矮的小土房，田祥就住在这里。

田祥正在院子里饮牛。看到我，他老远就咧开嘴笑了，双手在胸前搓了几下，上前抓着我的手，表情亲切而卑微。

院子里，栽着几个拴牛桩。地上，布满了牛粪和碎草。除此之外，散落着几个饮牛用的石槽和铁盆。田祥响应舍饲政策，一直在院子里圈养牛，现在已经发展到二十三头。

大门口的东侧是一排破旧的棚圈，棚顶用塑料布苫着，夏天长出的草已经枯黄。

“您老的病好了吗？”我问。

“好是好了。”田祥点头，“可是，从旁边又长出了一个小的。”

第一次采访时，田祥的脖子后长了一个鸭蛋大的肿瘤，肿得发亮，好像要破了。

“为什么不去医院？”我问。田祥不好意思地笑了，原来是老人手中没钱。我瞅着牛，田祥看出我的心思，他说：“这是我唯一能给儿女们留下来的财产，家里用钱的地方多着哩！”

这是一个苦难的家庭。田祥的老伴李凤兰今年七十九岁，河北省围场县人，六岁没了妈，十四岁爹又死了，自小跟着爷爷长大。她结婚六十多年，已经有五十多年没回娘家了，与田祥一起风风雨雨，离家千里拾荒，却不曾有半点的后悔。

田祥的大儿子田守义，五十八岁，妻子死了十多年了，一直未续弦。他看到我，嘴里呜里哇啦地向我打招呼，我努力听，也没听懂他说的是什么。

田祥的老伴伤心地说：“无论想什么法儿，也得给大儿子再成一个家。可是，谁家的女人还敢嫁过来啊……”

一直没有见到田祥的二儿子。听说他长年在外地打工。他的膝下，有一个傻儿子，一生下就痴呆，什么活也不能干。

田祥的房子低矮而破旧，举起手，就能够到房檐。墙上抹着黄土泥，有的地方墙皮已经脱落。斑驳陈旧的土墙似乎向人昭示久历风雨沧桑，而今却已不堪承受的岁月重负。

只有房屋后面长着两棵一人多高的杨树，相互依偎着。在秋风中，有些泛黄的树叶顽强地伸展着，给这个残破脏乱的小院带来少许的生机。

离杨树不远，临时搭着一间低矮的草棚。棚里，若干废纸箱和破烂衣服堆叠在一起。此外，还有一只筐、两辫子大蒜、三串蘑菇和九个倭瓜。

从这里，可以猜想出田祥一家平时的生活。

田祥的挎包里，多了一本红色的荣誉证书。二〇一三年八月十六日，田祥被评为赤峰市建市三十年有影响人物。他的感人事迹引起了松山区委、政府有关部门的高度重视，不久前，松山区委常委、宣传部部长丛日霖带领民政局、慈善总会的领导们，在大夫营子乡党委书记、乡长的陪同下，来到田祥的家中，送来五千元慰问金，并表示明年免费为他建一处现代化的牛舍。他感动了。尽管外面下起了今冬的第一场雪，但是他的心里涌起一阵温暖。

田祥说家里很忙，山上的玉米没有割回来，土豆还埋在地里。

田祥干完田里的活，还要往家里背草喂牛，一天不知要背多少趟。

田祥家四周的山坡上，长满了各种各样的树，一场秋霜，树叶子五颜六色。他说：“在外边待了这么些年，真是故土难离。等时间长了，别说人想人，就是连山头他都惦记。人穷不嫌地面苦的道理就在这呢……”

晚上，我和田祥住在一起。田祥向我说了好多愉快的、不愉快的往事。

半夜，我被冻醒了。房间里有一股呛人的旱烟味。我想起昨晚田祥发愁的几件事：一、今年冬天牛再下了犊，急需要一处暖圈；二、他家还有一块平地不是水浇地，产量上不去；三、他想打一口井，解决全村的人畜饮水问题；四、最近他又给离婚的孙子张罗娶媳妇，欠了几万元的外债。

我想，在我睡着后，田祥一定是又抽烟解闷了。这是老人多年的习惯。

因为无法帮助田祥，我很自责。我只有在心里祝福多灾多难的老人，以后能过得幸福一些，平平安安。

我清晰地记得，在田祥家的东墙上，贴着一张奖状：田浩同学，在大夫营小学首届“缅怀先烈遗志、增强爱国热情”朗诵比赛中，获二等奖……

田浩是田祥的重孙女，现年十四岁。

奖状的上方，贴着一张《撒玛利亚妇人》画像。画像的空白处，有一行歪歪扭扭的钢笔字，是小田浩写的：善心的人，细心的人，才可以升入天堂。

不能没有您

赵广贤

二〇一四年六月七日，天依然阴着，踏着泥泞，我们来到赤峰市宁城县大明镇城东村。一座低矮残破的老房子在村子的一角顽强地挺立着。灰色的砖瓦散发出古老而沧桑的气息，在红砖大瓦房的包围下，显得十分萎缩。这就是周艳梅的家。抬眼望去，东侧房顶上，有一处新抹过的痕迹，在并不明朗的天气里，显得格外醒目。

“这是今年开春时，我踩着梯子爬上去抹的。”小艳梅说。

走进屋，环顾四周，这是一个穷得无法再穷下去的家庭：三间房子全没有顶棚，一眼就能看到黑乎乎的屋顶，有几根檩子已经断裂了。屋内的泥墙经过天长日久的烟火，黑黑的，就像被人涂上一层厚厚的黑漆。坑坑洼洼的墙面裸露出生活的苦难与沧桑。东屋东北角有一道两寸宽、黑洞似的裂缝，赫然从屋顶通下来，像这个家庭再也无法愈合的伤口，令人触目惊心！一台破旧的老式黑白电视机，放在两只油漆脱落的红漆柜上，这是这个家庭生活在二十一世纪的唯一标志。没有一把椅子，没有一把蔬菜，灶房里摆着一口大缸，一个破碗橱，一个面袋子里放着一只碗，还有吃剩下的几斤白面。

家里只有一床被子，是红十字会送的，盖在长年瘫痪的妈妈的身上。

西屋的地上，堆着冬天取暖的煤。

窗户上没有几块玻璃，苍蝇、蚊子乱飞，有风从外面刮进来。

炕上，小艳梅的母亲李淑英静静地躺着，不时伸出勉强能动的手擦一下脸，父亲周全拄着双拐，艰难地挪动着身体，偶尔从炕上挪到地下……

“我不能没有爸妈，就是再苦再累，哪怕是砸锅卖铁，我也要坚强地撑起这个家，让爸爸妈妈活下去！”在和我们聊天的时候，周艳梅的左手一直在母亲的头顶上挥动着，驱赶着飞来飞去的苍蝇。

周艳梅那张俊俏而稚嫩的脸上透着一种与年龄不相称的坚毅。

“我要妈妈！”

二〇〇三年十一月二日，是一个大灾降临的日子。

母亲李淑英带着小艳梅回娘家。回来的路上，她们被一辆急驰而过的小轿车撞到，情急的刹那，母亲撒开了小艳梅的手，自己却被撞出十多米远……

“妈妈，妈——妈——”小艳梅惊慌失措地扑了上去，一摊摊鲜血让她无比恐惧。李淑英倒在地上，浑身多处出血，一张长年营养不足的脸因为极度疼痛而变得扭曲。

“快来人呀，快来人呀，救救我妈妈……”小艳梅大声地哭喊着。

最终，呼啸而来的救护车将母亲送往大明镇医院。

经诊断，李淑英为闭创胸外伤，多发伤，双侧血胸，双侧多根肋骨骨折，股盆粉碎性骨折，右腿粉碎性骨折，脑出血，脊椎断裂。

手术室外，小艳梅抱着妈妈的衣服，又害怕又担心，看着身穿白大褂的医生、护士们进进出出，她忍不住大声哭喊：“妈妈，我要妈妈，她必须活着，不能死！”

撕心裂肺的哭声回荡在长长的走廊上，凄凉而令人心痛。

妈妈就在小艳梅的期盼中活了过来，却从此成了高位截瘫。

“小艳梅，你回去上学吧！”父亲周全看着形容憔悴的女儿，不忍耽误了她的学业。当时，小艳梅正在读小学二年级，成绩很好。

“不，我要在医院陪妈妈！”小艳梅坚决地摇头，“我不念书了！”

从此，小艳梅辍学了。

一个月后，面对医院的药费催缴通知，周全做了一个“狠心”的决定：他要回去炸油条，挣钱为妻子交医药费。

从此，照顾妈妈的重任就落在了只有九岁的小艳梅身上。

九岁，本应该是一个无忧无虑而充满欢笑的年龄，可九岁的小艳梅稚嫩的肩膀，却从此与“沉重”结下了不解之缘。

每天，小艳梅都要为母亲接屎接尿，翻身，擦洗身子。

铺着白色床单的病床，对小艳梅来说显然还太高太高。于是，为妈妈翻身时，小艳梅便蹦到床上，跪在妈妈的身边，两只小手费劲地扳动妈妈沉重的身体。常常，费了九牛二虎的劲儿，妈妈纹丝未动，而小小的小艳梅，却因用力过大而被闪到了地上……

妈妈的大小便时常便在床上。小艳梅大人似的为妈妈换洗褥子。洗完衣服，小艳梅要去倒脏水。她小心翼翼地挪动着小小的脚。然而，水盆里的水依然在晃动，像愤怒的潮汐，让她小小的身体随着它的节奏而晃晃悠悠。那黄黄的、掺杂着大便的水便时而不听话地洒出来，顺着小艳梅的身上往下流。

还有，晾褥子。

小艳梅不明白，那根在蓝天下晃动的铁丝拉成的晾衣绳，为什么对自己来说那么可望而不可即。她一次次地蹦起来，尽力地伸长手臂，可还是不能把手中湿答答的小褥子搭上去。

这个简单的动作不知要重复多少次。她有时能把小褥子扔上去，挂在晾衣绳上，有时却怎么也不能。

有一次，医院里的清洁工张玉梅看到了这一幕。她走过来，从小艳梅的手里接过小褥子，帮她晾上。她询问了小艳梅的情况，跟随小艳梅来到病房，了解了李淑英的病情和这一家人的悲惨遭遇。

从此，这位好心的清洁工，成了小艳梅口中的“张阿姨”，成了让小艳梅至今都念念不忘的恩人。

艰难拮据的经济窘境，让只有九岁的小艳梅学会了精打细算。

开饭时，小艳梅在各个饭口徘徊。柜台上摆满了馒头、米饭、包子、烧饼以及各种炒菜。

小艳梅鼓足勇气走到饭口前问：“叔叔，米饭多少钱一碗？”

听师傅回答大碗一块五、小碗一块后，小艳梅看了看紧攥在手里的钱，又问：“那粥呢？”

“五毛钱！”

只上了小学二年级的小艳梅掰着手指头算着，权衡之间，她终于递过碗：“那给我打一碗粥吧！”

从此，小艳梅的妈妈住了一年的院，小艳梅就喝了一年的粥。

每次喝粥时，小艳梅都跪在床上，用小嘴把粥吹凉了，再一勺一勺地送到妈妈嘴里。喂完妈妈，小艳梅再把剩下的粥喝完。

这一切被张阿姨看到眼里。为给孩子增加营养，同时也给孩子解解馋，一天中午，张阿姨将小艳梅叫到自己家，为她炖了一顿肉。

闻着久违的肉香，小艳梅大口大口地吃起来。可是，刚吃了两块，她像想起什么似的，抬头望着张阿姨，问：“张阿姨，剩下这些，我可以拿回去给妈妈吃吗？”

张阿姨忍住眼泪，告诉小艳梅：“你尽管吃，吃够了再拿回一碗给妈妈吃！”

喂妈妈的时候，一块块红烧肉，留住了小艳梅更多的目光，她一块一块地吹，再一块一块地喂到妈妈嘴里。

那爱惜的目光，那谨慎的动作，凝聚了这个九岁女孩多少努力，多少心灵的克制。

坐在一旁的张阿姨默默无语，心却痛着。

小艳梅回忆说：“那时也饿，也馋，但知道病床上的妈妈更需要营养，因此，总是哄着，骗着，让妈妈多吃几口！”

别人看小艳梅小，有时会送她苹果、雪糕吃，她拿到手后，总是转身跑回病房，送给妈妈吃。看到小艳梅气喘吁吁的样子，和快要融化的雪糕，所有人无不称赞小艳梅的孝顺、懂事。

“当我哭告无门时，似乎我的全身都是僵硬的，但是我强迫我的膝盖软下来，以便于我一次次给别人跪下……”

那时每隔五六天，父亲周全都要骑着那辆破旧的自行车，送到医院五六十块钱，当妈妈的医药费。可是，根本不够。

有一次，因为没有医药费，医院停了妈妈的药。

看着别人都输上了液，可妈妈还痛苦、无助地躺在病床上呻吟，小艳梅着急了，她找到了护士长，问今天为什么没给妈妈输液。

护士长告诉她，妈妈的账户上没钱了，就没法再给妈妈输液了。

“阿姨，能不能给妈妈先输上液，等爸爸来了再还钱？”小艳梅用稚嫩的嗓音哀求着。

护士长知道小艳梅家里困难，也可怜这个弱小的孩子，但医院也有医院的规定，她也无能为力。最后她给出建议：“要不，你去院长那试试？”

要妈妈活着、要妈妈快点好起来的信念，给了小艳梅战胜恐惧的力量。带着忐忑的心情，小艳梅踌躇着来到了陌生的院长室。

“像你这种情况的，医院每年都会遇到很多，医院也有困难，也救济不过来。”院长听了小艳梅的想法后，委婉地回绝了。

小艳梅胆怯地恳求：“求求您，救救我妈妈吧！”

“你妈妈也住了好几个月的院了，实在不行你们出院回家慢慢恢复吧。”

想着妈妈在病床上痛苦的样子，小艳梅明白，回了家就等于放弃了治疗，妈妈就活不了多久了！

一定要让妈妈活着，她不能死！小艳梅听到自己的心在呐喊！

小艳梅不知道自己是怎么给院长跪下的，她只知道自己希望妈妈活着，而眼前的这位院长能救妈妈！

“叔叔，求求您，救救我的妈妈，她不能死！”小艳梅边抱着院长的腿，边磕头哀求着。

院长赶忙拉起小艳梅。

他被面前这个执著的孩子感动了。他拉着小艳梅的手，到楼下交款处，自己掏钱为小艳梅的妈妈付了医药费。

一次次苦难，对于小艳梅幼小的心灵来说，无疑是一次次的摧残。如今十八岁的小艳梅在日记中写道：每一次求别人，我的心都像被刀扎过一样，我的心里在流血。当我哭告无门时，似乎我的全身都是僵硬的，但是我强迫我的膝盖软下来，以便于我一次次给别人跪下……

苦水中泡大的孩子心中有个妈

二〇〇四年十月二十一日，在医院住了一年，被医生几次断言“要不行了”的李淑英，在小艳梅的精心照料下，终于出院回家了。

尽管妈妈脑部还插着分流管，胸部以下完全不能动，但回到家就好办多了。父亲周全可以边卖油条边伺候着妈妈。

“小艳梅，妈妈出院了，这回你该回学校念书了！”躺在炕上的李淑英劝着小艳梅。

“那您呢？咱们家有钱供我念书吗？”小艳梅十分忧虑。

“没事……”妈妈安慰小艳梅。

“一定要去念书，就是砸锅卖铁，也要供我丫头念书！”站在一边的父亲周全态度坚决。

十岁的小艳梅高兴极了，她心中无限眷恋的学习生活又要开始了！

其实，早在住院期间，父亲来送钱的时候，小艳梅总是会溜出去，坐在医院门口，羡慕地看着来来往往，背着书包上学或放学的小朋友经过，或者跟医院的另一位清洁工刘阿姨，来到她与医院只有一墙之隔的家。因为，在刘阿姨的家里，不仅能吃能玩，还能看书。

当时刘阿姨的女儿也在读小学。有一次，小艳梅在刘阿姨家看到了三年级的语文课本，立刻大声朗读了起来。

突如其来的琅琅读书声，把刘阿姨吓了一跳，她转身细看，发现是小艳梅在读书。

尽管有的字音不准，但小艳梅仍然激情满怀地读着……平日里有些黯然的目光里，跳跃着一种光芒，那是一个孩子心里最热烈的渴望，是带着希望的色彩！

妈妈出院了，小艳梅心底的这份渴盼终于变成了现实。休学一年的小艳梅，又回到了学校。

十岁的小艳梅，像被生活鞭打着的小陀螺，开始了一种快节奏、高强度的生活。

小小的她，每天都要早早地起床，抱柴生火，做早饭，帮妈妈处置大小便，擦洗身子，然后喂妈妈吃药、吃饭。这一切结束后，她自己飞快地吃饭，甚至，来不及时，她就饿着肚子，背上书包，飞快地向学校跑去。

中午放学后，她不能像其他孩子一样说说笑笑，从容地往家里走。为了节省时间，她必须与时间赛跑，用“飞奔”来换取更多照顾妈妈、做家务时的从容。

回到家里，依然是重复着相同的节奏——为妈妈擦洗身子，做饭，给妈妈喂药、喂饭。

对于这一份对成人来说都很艰辛的工作，小艳梅从来不嫌脏，不喊累。她毫无怨言。

她心里的那份信念让她忘了付出的艰辛！她以为，生活本该这样！

只要，妈妈活着！

每天，小艳梅跑到家门口，就会喊一声“妈，我回来了”，而同样在屋里企盼女儿回来的李淑英，则在屋里答应：“哎，丫头放学了！”

母女俩就用这种形式，表达着对彼此的牵挂与守候。

然而，有一天中午放学，小艳梅跑到自己家门口，像往常一样大声喊“妈，我回来了”，却没有得到妈妈一贯的回应。

面对这可怕的寂静，小艳梅慌了，急了！她心里的整个世界似乎瞬间失去了平衡，一丝从脚底升起来的凉意让她无比恐慌。“妈，妈——”她大声哭喊着，疯了似的跑进了屋里。

当她趴到妈妈的脸旁喊“妈妈”时，妈妈睁开了眼睛。原来，妈妈只是睡着了！

谈起这事，周全感慨地说：“我家小艳梅心重，知道报恩，就怕她妈有个三长两短，这个孩子呀，没白养！”

“砸锅卖铁，我也要养活爸妈，也要撑起这个家。”

不幸似乎一直紧盯着这个本已残破的家庭。

二〇〇九年，与小艳梅一起苦苦支撑六年的父亲也倒下了，他得了脑血栓，住进了大明镇医院。这对于这个苦难的家庭来说，无疑是雪上加霜。

父亲住了一个星期的院，小艳梅就从家里到大明镇医院，跑了一个星期。

一头是瘫痪在床生活无法自理的妈妈，另一头是流口水、眼斜嘴歪、口齿不清、躺在床上动弹不得的父亲。

小艳梅的生活变得更加紧张而忙碌。每天，她在家里伺候完妈妈，又跑到大明镇医院照顾爸爸。

来来回回，从城东村到大明镇，将近十里地的路途，留下她无数的足迹。

那时，小艳梅正在读初中。为了不耽误白天落下的课程，晚上八九点钟，稍得空闲的小艳梅，便跑向学校，问老师今天都学了哪些课程，然后捧回相应的课本，在寂静的深夜里悄悄地翻着，看着……

小艳梅的业余时间都被繁重的家务塞满，更没有玩耍娱乐的时间。

有时，她的好朋友会来家里找她，她却没有时间停下来。朋友们只能在边上看着她忙忙碌碌、洗洗涮涮，倒也渐渐习惯了。

可是，也有例外。

有一次，母亲大便到褥子上，小艳梅正在为母亲洗褥子，弄得手上黄黄的，恰好有个同学突然“来访”，她看到了这一幕。结果，第二天，她就在班里对别的同学说小艳梅脏，手上都是屎，全身都是屎味，于是同学们都疏远了她，连最好的朋友也不跟小艳梅玩了。

“我们的生活不一样，我理解她。”现在回忆起这件事，小艳梅依然坦然而宽容。

自从父亲失去了劳动能力，平时炸点油条换点基本生活费的来源也枯竭了，小艳梅面临的，不仅是忙碌，还有令人喘不过气来的经济压力。

早在母亲住院时，小艳梅就懂得给别的病室打扫卫生，说服附近饭馆的老板，让她刷碗端饭，换点饭菜或钱来改善母亲的生活。现在，她更要尽自己所能，支撑这个家生存下去。

“我家三口人共有二亩六分地，都用来种玉米……”小艳梅历数着，就是这二亩六分地，牺牲了小艳梅无数个早晨和周末，让她付出了无数汗水和辛劳，可她都不放弃，都坚持一个人种下来。

六年来，不管是播种、浇水、拔草，还是补苗以及最后的收割，小艳梅一点不落后，她总是利用假期，把该做的活都赶在前头。

当我问及今年的情况，小艳梅的脸上流露着惊喜，她告诉我：“今年特别好，别人家的地都要补苗，可我家地里不缺苗！”她还告诉我，现在正是拔草的季节，周末回家，她会四点半起床，顶着露水拔草。

尽管微薄，每年的这笔不足三千元的收入，也成了小艳梅家重要的经济来源。卖完玉米换来钱后，小艳梅首先会用它买来下一年的种子和化肥，再把这一年中欠粮油门市的钱还上，剩下的，再买些米和面。

除了种地，小艳梅还给人家看孩子，捡山杏，到超市当收银员，去饭店打工……她利用一切可以利用的时间，透支着身体和精力。

一年又一年，小艳梅付出了常人难以想象的代价，撑起了这个风雨飘摇的家。而小艳梅，却从不说自己的苦和累，相反，她把全部的心思都倾注在父母身上。

小艳梅现在上高一，平时在学校住宿，周末回家。每个周末回家，她都要为父母买点蔬菜，擀一顿面条，为父母改善伙食。临走前，还要蒸上许多馒头，冻在冰柜里，作为父母一周的食物。

这一切，是爱，是责任！

当然，还有感恩。

小艳梅深情地对我们说：“当年，妈妈出院后，我再回学校念书的时候，爸爸就说‘就是砸锅卖铁，也要供我丫头念书！’”

“现在，”小艳梅说，“就是砸锅卖铁，我也要养活我爸妈！”小艳梅眼神清澈，神情坚定，美丽的面庞涌动着动人的光芒。

“把眼泪咽到肚子里，不能让爸妈担心。”

“唉，这孩子，看上去天天嘻嘻哈哈的，不容易啊！”采访时，小艳梅的父亲周全不时地叹着气重复道。

的确，虽历经苦难，小艳梅的身上却没有苦难与灰暗的影子。她阳光般的笑脸，与她异常破败简陋的家一样，令我们十分震惊。

“在他们面前，我不能表露烦恼，我必须乐观，不能让爸妈有压力，不开心！”当我们询问时，小艳梅回答。

小艳梅就是用这样细腻的爱，把眼泪、苦和累都藏在了心里。

小学六年级的时候，一天中午放学，小艳梅感觉浑身发冷，特别难受。她猜自己可能发高烧了。可是，她不能说。

她坚持着跑回家，坚持着给爸妈做好饭，坚持着照料完父母后，便倒在了炕上，捂着被子睡了起来。爸妈问她怎么了，她迷迷糊糊地回答：“有点累！”

到了上学的时候，小艳梅还没有起来，爸妈看着孩子可怜，没舍得招呼。

下午上第一节课的时候，班主任老师发现小艳梅没来上课，便找到了她的家里。

“小艳梅，怎么没去上课？”迷迷糊糊中，小艳梅听到了老师的声音。她想坐起来，却只听到自己的声音无力而颤抖地传了出来——“老师！”

老师把小艳梅领到诊所一查，体温竟高达三十八点九摄氏度。医生为她打了退烧针，好点后，小艳梅跟老师来到学校，继续上课。

还有一次，小艳梅上地里为玉米补苗。她把灌满了水的两只塑料桶，放在家里那辆一个轱辘的手推车里，然后，摇摇晃晃地向地里推去。

小艳梅还小，车太沉，她终于输给了这辆负重的小推车。小车倒了，水洒了，小艳梅也趴在了地上。

弄得浑身是泥的小艳梅顾不得自己的痛苦，她连忙爬起来。按理说，她应该返回家，灌好水再去地里。

可她犹豫片刻，把空空的水桶装到了车上，向地里走去。

她怕回到家会让爸妈发现。他们发现了会伤心。

就这样，她先补苗，等身上的衣服稍微干了一些，把泥搓掉，才回去推水，浇那些刚刚补好的秧苗。

其实，小艳梅的累和苦，父母亲都装在了心里，同时为自己的无能为力而深深地自责。

父亲有时心疼小艳梅，就怪怨自己："唉，我这老棺材瓤子，咋还不死呀，这样老拖累着孩子干吗呀！"

母亲也是，有一次见小艳梅放学后，太累太困，倒头就睡，她心疼地捂着被子哭泣，并悄悄地对丈夫说："把药都给我拿过来，不行把剪子也放到这，我死了得了，早死一天，就少拖累孩子一天！"

吓得小艳梅又是劝爸爸又是劝妈妈。妈妈身边，除了当顿吃的药，一个放着吸管、让妈妈喝水的塑料杯子和自己的一张二寸彩照外，其余的东西全都被小艳梅收拾得远远的。

"在他们面前，我不能表露烦恼，我必须乐观，不能让爸妈有压力，不能让他们不开心！"

我们似乎更理解了小艳梅，理解了她的乐观与阳光。

"爸妈是我永远的家！"

其实，小艳梅的不幸远不止这些。

早在她刚出生后的几天，她就被亲生父母所丢弃。

父亲周全回忆说，一九九五年三月二十日，他去妹妹家打井回来，看到路边许多人在围观。出于好奇，他也凑了上去。原来是一个被丢弃的婴儿，她静静地躺在一个纸箱内，脐带还没掉。

箱里还有半袋奶粉，听说孩子在这里放了两天半，没人要。但有好心人不时来给孩子喂奶粉，所以没饿死。

"当时正值冬天，天特别冷，孩子没冻死，算是命大。"周全感慨。

从此，周全成了孩子的父亲，李淑英成了孩子的母亲。

每年的三月二十日，也就成了孩子的生日。

关于名字，周全说，当时在纸箱内，在一堆玉米苞叶中，躺着一个小小的、粉嫩的婴儿，就像一朵花。于是，他给孩子取名为“艳梅”，当然，也有希望孩子像梅花一样，不畏严寒，美丽而富有生命力之意。

早在母亲李淑英遭遇车祸、住院一年出院后，父亲周全怕孩子受苦，就把小艳梅叫到面前，告诉她，自己不是他的亲生爸爸，母亲李淑英也不是她的亲妈妈。

“咱家的情况变成了这样，原来就穷，现在更穷了，你还是找你的亲生父母去吧，省得受罪！”周全叹着气对小艳梅说。

十岁的小艳梅听得此事，并未有太多的惊异，她只是含着泪，一再声明：“不，我不会去找他们，你们才是我的父母，是我永远的家！”

李淑英流下了眼泪：“小艳梅，你走吧，咱们这个家就是一个无底洞呀，你待着，受不完的罪呀！”

小艳梅扑上前去，抱住妈妈，哭喊着：“不，我不走，假如你们当初不捡我、养我，哪有这么大的我呀？不，我要永远地陪着爸爸妈妈！”

其实，在父亲跟小艳梅说了真相之前，同村的一个伙伴就跟小艳梅说过：“你不是你爸妈的孩子，你是捡来的！”

“当时我一点都不信，我以为这个伙伴是嫉妒，她是看着我太幸福了，就来挑拨我和爸妈的关系。”

现在，小艳梅的感觉依然是幸福的。她说，只要爸妈活着，只要我有他们，我就是幸福的！

就是这份幸福，让小艳梅十多年来，一直在给予，一直在付出，也一直在珍惜。

一年又一年，捡来的小艳梅就这样在贫病交加的苦难中长大了。

每逢假日，小艳梅都要把妈妈抱到轮椅上，推出去兜风。

她要让妈妈呼吸一下新鲜空气，要让妈妈高兴。

夏天，她会把妈妈推到自家的两块地里，看看庄稼，或者推过村后边的柏油路，让妈妈欣赏路两旁的风景，感受一下微风的轻拂。

一日一日，循环往复。妈妈也因此十分依恋她，不到放假的时候，就忍不住给小艳梅打电话，说：“丫头，怎么还不放假，妈妈想你了！”

平时，躺在床上不能动弹的妈妈，最常做的事情就是用那双并不灵活的手，举着小艳梅的一张二寸彩色照片，看啊看。

在学校读书的小艳梅，心里也一直牵挂着父母，她每天都往回打电话，问一下父母的情况，嘱咐他们一些该注意的事项。

“当时就想，即使我妈啥也不能动了，别人父母在外面打工挣钱买新衣服，我妈就躺在炕上，我能照顾她，回来喊一声妈，我的心里就特别欣慰。我就想，我有妈，即使她瘫在炕上，我有妈，我就高兴。我有妈妈，我有爸爸，就算他们瘫了，我照顾他们，我有他们，我就高兴。”面对记者的采访，小艳梅哭着说出的这番话，让所有在场的人都流下了眼泪。

二〇一三年九月，小艳梅考入宁城县职业中学。她所学的专业是医护。

这个专业的选择，寄托了小艳梅美好的希望。她说，希望懂得一些医学知识，以后会更好地照料父母，能帮助他们康复！

面对艰难的生活，小艳梅常常安慰父母：“你们别着急，等我长大就好了！”

长大，这个自然的生命过程，在小艳梅的心里，显然被寄予了太多的期望和美好的憧憬。

永远的“感情账单”

小艳梅有一本红色封皮的日记本。

这本日记中，除了一些心情文字，就是小艳梅记录的“感情账单”。

它记录着每一个对小艳梅有过帮助的人的名字、救助的物资及数额，甚至她在侍弄自家的田地时，谁给她帮了什么样的忙，她都一一记着。

同样，接受我们采访时，她对于小学、初中的哪些老师，现在的哪些老师和同学对她特别关照过，都给予了她什么样的帮助，甚至，哪个同学哪天上她家看她的时候拎了几个苹果，她都说得清清楚楚……

“大明镇的书记、镇长为我家上了低保，常年帮扶我们。县文明办的郑主任，为我家交了三百元电费，买了两袋大米，一袋面，两件方便面，四十斤挂面，一桶植物油，还帮我家钉上了纱窗。”

“现在职中学校免了我的全部学费，食堂的经理免费供我吃饭，去年冬天，还为我家送来了炉子并帮忙安上了……”

“前些天，赤峰市一位不愿留下姓名的阿姨给我送来崭新的电动自行车，三床被褥和电饭煲。黑里河镇国税分局送来了一千五百块钱，还有米面……”

这些简简单单的话语，蕴含了一颗小小心灵的伟大和崇高!

“要记得别人的好！”父亲周全常常教导小艳梅。

小艳梅做到了！她记着所有的恩惠。她的心里，永远装着感恩。

翻着小艳梅这本已显得很破旧的日记本，我的心里陡然升起的，是对这些工工整整的数字的敬畏。

我知道这种敬畏缘自何处!

小艳梅敬老孝亲的感人事迹在古老的中京大地传开了，人们都记住了一个朴素的名字——周艳梅。她就像冬天里盛开的梅花，不畏严寒，傲视冰霜，静静散发出一缕缕幽香，带给人一份美好的希望……

时光没有停下它奔忙的脚步，小艳梅的学业还没结束，苦难艰辛的生活还在继续。小艳梅心中的期望和憧憬，依然闪烁着动人的光芒!

她的人生之路还很长，很长……

井下一日

冯佳鑫

这是我来到煤矿工作、正式下井的第六天。

刚一下井时的新鲜感已经全无，那些以前从未接触过的事物也都变得习以为常。我挎着自救器和矿灯，带了些干粮跟随侯师傅准备入井。侯师傅是一名普通井下工人，但他也是我们矿井下工人中的元老级人物。

行进的人车上，每个人都显得格外放松，有说有笑地闲聊着。我被侯师傅和另一个姓张的师傅夹在中间，也许是面孔生疏的原因，坐在我后面的几个老师傅对我这个新来的大学生产生了浓厚的“兴趣”，你一言我一语地问个不停：“为什么来煤矿工作呀？大学不白上了吗？”“现在咱采煤的都用知识分子了！”“上学的，不上学的，都干一样的工作，这可真是……”这一说不要紧，整节车厢里的矿灯几乎都照向了我，我竟成了全车的“亮点”。略带讽刺的话语，让我一时有些不知所措。坐在一旁的侯师傅连忙帮我打圆场：“你们这帮臭‘煤黑子’，大字没识几个，人家肚子里装的那都是学问，你们肚子里装的都是啥？全他娘是大老散！”

“哈哈……”全车人哄堂大笑。

下了人车后，我跟在侯师傅的后面，没出十分钟，身高腿长的我已经慢慢追不上侯师傅了。大概走了二十分钟，我已大汗淋漓。我喘着大气对侯师傅说："师傅，咱能慢点走不？我这走得肺子都快炸了！"侯师傅说："这走得还叫快？平常这条道我三十分钟就走到里面儿了，咱们都走了快一个小时！年纪轻轻的，咋还赶不上我这几十岁的老头子啊？"此话一出，想休息？肯定是没戏了。

终于抵达目的地，我整个人几乎都快要散架了，喘着大气瘫坐在浮煤上。侯师傅看了看我头顶上，对我说："冯啊！你过来，别在那坐着，一会儿掉下来煤砸着你！"

我头也没抬，不耐烦地说："哎呀！都快累死了，再说这儿能出啥事儿啊……"话音未落，一声闷响，几块比拳头大些的碎煤块噼里啪啦地砸在了我旁边的皮带架子上，吓得我一个箭步蹿到侯师傅身后，心突突地跳个不停。侯师傅转过身，一脸怒容："看你再得瑟个试试！前段时间这块儿局部片帮，表面儿没事儿，要真砸着了咋办？！"我胆怯地点了点头。

侯师傅阴沉着脸不再做声，气得直横眼瞪我。

我们歇息了片刻，见他还阴沉着脸，于是我主动上前跟侯师傅搭话套近乎："侯师傅在井下工作多少年了？"侯师傅仰仰头，寻思了一下说："我十七岁就开始下井，今年都快五十了！真是一晃儿的事儿。"于是我便"得寸进尺"了："侯师傅几个孩子啊？都干什么工作呢？"也许是说到侯师傅的心坎儿里了，他的脸上立即"阴转晴"："两个孩子。大丫头已经成家了，给我生了个大外孙子；二小子，跟你一样也是刚毕业的大学生，正在找工作。嗯……还有个三儿子，现在在井下干活。"

我好奇地问道："你三儿子也在井下工作啊？在哪个矿呢？"侯师傅用力拍了一下我的安全帽，说："我三儿子不就是你嘛。人家不都说，'一日为师，终身为父'。哈哈，小兔崽子！虽然你师傅没啥文化，可是在井下，只要你听师傅的话，保证让你没'亏'吃！"

气氛变得轻松，我们相互搀扶着站起来准备开始干活。今天的工作是收拾采煤队料场。刚进料场，眼前的狼藉景象，就让干劲十足的我泄了气。液压单体和圆木横七竖八地在地上散落着，各种杂物废料掺杂其中，毫无秩序可言。侯师傅简单安排了一下工作顺序，决定先码放圆木和单体。因为圆木是经过防火处理的，所以每棵圆木和单体都不下百斤。没干多长时间，我们的工作服就已经全都被汗水溻透了。脱下衣服以后，汗水顺着脊背直往下流……侯师傅看我累得直喘大气，都快虚脱了，于是便提议先吃饭再干活。

我慢慢地啃着手中的“美味”。侯师傅看着我“矜持”的吃相，说：“你咋就吃那么点儿？哪还像个老爷们儿啊！我像你这么大的时候，下井我一顿能吃七个馒头。那时候讲究一点的拿手绢包，像我们这些家里条件不好的，随便整块儿破布一包，揣怀里就走了！哪像现在啊，还整个塑料袋儿包着。”侯师傅整理了一下安全帽，不知怎么的就来了劲头，说：“早先就是背个‘王八’色儿的军用水壶，装不了多少水，还死沉死沉的。你瞅现在，你们喝的都是这饮料那矿泉水儿的。你们这一辈儿，算是享福喽！唉……不是，我看你那水早都喝完了，你干吃馒头不噎得慌啊？来，给你喝我的！自个儿家的白开水！”说着，侯师傅递过来一个黑黢黢的饮料瓶子，瓶盖已经完全变成黑色的了，离远了一看跟枚小炮弹似的，看着实在是没有“饮”欲，我委婉地摆摆手拒绝了。

许是我的表情不慎，让侯师傅显得有些尴尬。他略一迟疑后，还是执意地递了递，说道：“别穷讲究啦，赶紧喝吧！一会还有那么多的活呢。我看你刚才出了那么多汗，不喝水一会就得虚脱了。咱井下就这条件，比不了你们上大学时的条件，要啥有啥的。要生存就得学会适应！这些大道理，你们出去闯世界回来的应该都明白。赶紧喝吧，吃完喝完咱就开始干活！”我不忍再驳侯师傅的“面子”，于是接过“炮弹”贪婪地喝下一大口，几乎将剩下不多的水一饮而尽。侯师傅见我有些“意犹未尽”，便转身拿起他随身带的工作兜，用那沾满黑色煤泥的手在包里摸了一摸，似乎摸到了什么，却又缩回了手。

“享受”午餐的时间总是仓促短暂的，简单地填饱了肚子，我们起身继续工作，最后就剩下清理文明生产的工作了。虽然离采煤区转载溜子很近，清扫时也不用太费力气，可是自己实在太不争气了，还没干多一会儿就腰酸背痛直冒虚汗。侯师傅看我实在干不动了，便关切地让我到一旁去休息。侯师傅边干边说：“你们这些小年轻们，干这点活就累得直不起腰来了。以前咱矿，那时候皮带溜子啥的根本没几台，几个采面都得掺和着用。那时候采煤，这边响完炮，一帮人冲进去拿‘三齿子’往出整煤，就用那种倒锥子形的背筐往外背煤。那时候一个班下来也出不了多少煤。哪像现在这条件，从煤一落地儿，全程‘车接车送’，现在要是还让你们这些年轻人跟我们那时候一样背筐，还不个个给你们累得哭爹喊娘？”

侯师傅一边津津有味地述说着煤矿那些原汁原味的历史，一边干劲十足地清理着“战场”。

经过将近五个小时的工作，终于盼到可以升井的时候了。我和侯师傅汗流浃背地坐在地上，都没了刚才的精神头。侯师傅拿出“炮弹”看了看，又看了看我，“冯啊，你喝吧！我累了，怕是喝进去就得吐出来了。”其实，我看见侯师傅的嘴唇都已经干裂了。我知道，他是怕我不舍得喝所以才这样说的。在我再三的请求下，最终我们两个人把剩下的水分着喝掉了。休息片刻，侯师傅带着我又踏上了“长征”路。这次，侯师傅放慢了脚步，也许是因为累了，也许是有意照顾我吧？我无暇多想，只是闷着头步履沉沉地跟在他的后面，此时我累得连一句话也懒得说了。我们默默地走了一个小时后，总算走到了六片人车候车室。

候车室里零星坐着几个等车的工人。我回头看了看侯师傅，自嘲地说：“师傅啊！你咋也整得跟非洲人似的啊？咋跟他们一样啊！”侯师傅咧着两排洁白的牙齿“回敬”我道：“你个小王八蛋，啥叫我跟他们一样啊？你他娘的不也一个德行样嘛！你这是‘乌鸦落在猪身上，看着别人黑看不着自己黑’。”

我们找了一个靠里边的长条椅子，坐下了。此时的我早已浑身湿漉漉了，口渴和轨道巷里吹来的阵阵寒风，不时地敲打着我的心门，真的太累了！

忽然，侯师傅把我拉近了，神秘兮兮地悄悄问：“渴不渴？想不想喝水？”

我舔了舔嘴唇：“当然渴啊！师傅你不渴啊？关键是咱们的水都喝完了啊！”

“嘿嘿，小子！咱还有这呢……”侯师傅说着故意慢腾腾地从工作兜里摸出了一个瓶，在我眼前一晃。

“雪碧！”我简直不敢相信，眼前的竟然是一瓶雪碧啊！我的眼睛都开始放光了。

看到我这兴奋劲儿，侯师傅将雪碧递给我：“这是我家二小子过年的时候给我买的，说让我下井的时候带着，咱也没喝过这玩意儿，就放家里一直没舍得喝。看你平时带水少，怕你渴了没水，我就成天把它揣在包里给你备着呢！”听到这，我的心里一股暖流滚过：“师傅！这是你儿子给你的，为啥天天给我背着啊？”

侯师傅笑着，拍了拍我的肩膀：“一家一个宝儿。到了井下，你们自己的爹妈照顾不了你们了，那就得师傅来！谁让你是我‘儿子’呢！”

我握着那瓶雪碧的手有些颤抖，嘴唇动了动也不知说什么好了。

侯师傅又说：“你们这些新来的大学生啊，都是家里宠惯了的八〇后，重活累活干不了，能干得了的嫌工资低，一个个高不成低不就的。既然来了咱煤矿，你就不能小瞧了自己。别管别人咋看咱，你就记住：那些没有下过井的人，没有资格在咱们这些‘煤黑子’背后评论啥。咱干活脏，可是咱拿的钱干净啊！咱这些‘煤黑子’都没啥文化，咱整天窝在井下，为的啥呀？不就为了养家糊口吗！你们不光应该靠出膀子力气去挣钱，还应该发挥你们学到的本事。你们有文化，有理想，就得拿出点真本事，那才能一直往前走！告诉你，咱井下不光有煤，还有金子啊！”

……

警铃响起，人车马上就要进站了，侯师傅拉了一下还呆坐在椅子上的我：“发什么愣呢？赶紧收拾收拾升窖了！有这工夫，晚上去我家陪我喝点小酒！”

“师傅！”我抓起衣服，一溜小跑奔向了人车。

草原母亲米德格玛

马宝山

米德格玛是全国劳动模范，她和她的丈夫呼日勒承包偌大一片草原，放养着几支畜群。

这不是米德格玛成为全国劳模的原因，而主要原因是对她扶老携幼、助人为乐精神的奖挹。

十多年来，米德格玛扶养着二十多个贫困儿童和几个鳏寡老人。那天祭敖包，在杭乌拉山一卜喝酒，我在她的蒙古包里喝了一碗酒，曾问她：家里几口人啊？她说大小有三十多口人。后来我知道，这三十多口人就包括她扶养照顾的孩子和老人。

在一个细雨霏霏的早晨，我们跟着米德格玛和呼日勒去他们家参观采访。这是他们在旗里参加了三天“那达慕”后回他们的乃目木德勒嘎查。丈夫呼日勒是嘎查长（村主任），妻子米德格玛是嘎查妇女主任。我和马特部长在楼前等他们的时候，呼日勒把他装满“那达慕”会上用过的蒙古包架子、毛毡子、桌椅板凳的卡车擦完，又把他妻子开的小车擦过，朝楼上喊：“我的妇女主任啊，快下来走吧，还有半天的路呢。”

米德格玛拎着大包小包走下楼，包里是她给老人孩子们带回去的水果、点心，还有一些生活用品什么的。

呼日勒开着大车开道，米德格玛的车夹在中间，我们的车随后。车离开阿拉坦额莫勒镇，驶过克鲁伦河大桥就进入雨中草原。雨雾漾漾，把草原与天空弥蒙在一起，一条草原公路伸向前方，雨丝与草香飘进车里来，湿润清香弥漫在车里，沁人心脾。

漾漾细雨中我们看见石崖群，一处处、一重重的，仿佛是远古战场上神奇的兵勇，它们几千年来一直隐匿在草原深处，用自己的忠诚勇敢守卫着巴尔虎草原，保卫着这里牧人的安康幸福生活。

马特部长告诉我，在此不过百里地方有个叫阿敦础鲁的地方，那里也有比这里更嶙峋、更壮观的石崖群。牧民称它为“阿敦础鲁”，汉译为“石马群”。阿敦础鲁上有一洞，叫阿贵洞，掩映在葱茏绿草之中。

马特给我讲了阿贵洞的历史传说。

在很久以前，有一个叫伊希根布和的年轻人，他身材魁梧，力大无比，是草原上有名的摔跤手。他背着母亲从遥远的北国疆域来到巴尔虎草原，寻找美丽富饶的地方。他们走到阿敦础鲁这个地方，被这里旖旎风光所陶醉，毅然决定留在此地生活。伊希根布和用他力大无比的双手搬起一块巨石安放到山上，搭起一个洞穴，为母亲纳凉、遮风、避雨。年轻人还挖出几眼泉水，供母亲洗漱饮用。附近的牧人知道这里有一个孝敬母亲的年轻人，还有甘甜的泉水，就搬到这里与他们一起放牧，一起生活。人们为了感谢和纪念这个有孝心的年轻人，把山上的阿贵洞称为“孝母洞”。

这个传说无疑成为巴尔虎草原上蒙古民族的一种精神传统，一代又一代巴尔虎人孝敬父母，尊重老人，爱护幼小，助人为乐，成为一个民族的性格品德，而米德格玛无疑是这样的榜样。

近午时分，雨停了，迷蒙的草原清晰起来，眼前先出现一个湖泊，再看到湖岸上几座平房围起来的院落，院外有两座蒙古包。包前面站着两位老人，都穿着蒙古袍，他们手搭在额上远远地望着我们。这是草原上常常看到的镜头，是老人对回归儿女的等待与期盼。果然，米德格玛把车停在两个老人居住的蒙古包前，从车里拎出大包小包走进老人的蒙古包里。

这是两个被米德格玛照护的老人，布德七十岁，智力上有点缺陷，一九九五年被米德格玛接来。几年后，又给他介绍了一个老伴，也接过来，十多年了，两个老人过得很幸福。

在吃饭的时候，米德格玛和呼日勒给我们讲了老人的两个故事，呼日勒讲：

七十岁的布德老人不吃闲饭，他给呼日勒看家、揽羊，是一个十分忠诚的人。呼日勒家附近住着一个大夫，他有十几只羊放在呼日勒的羊群里。一天，大夫家来了客人，他要杀一只羊待客。大夫来抓羊，布德老人不答应，怎么解释都不行，他就是两句话："谁知道你在羊群里放了几只羊？谁知道你抓走了一只羊，羊群里还剩多少只羊？"

大夫反复说："我抓走一只羊，羊群里就少一只羊。"

布德还是那两句话："谁知道你抓走了一只羊，还剩多少只羊，我不识数。"

布德愣是让跑了十多里地来抓羊的大夫空手而归。

下面是米德格玛讲的故事：

一天，也是一位邻居来借呼日勒家的一盘车轮子，男女主人都不在家，就找布德老人说，布德说他做不了主，呼日勒答应才行，我不能拿别人的东西随便借给别人。

"呼日勒说借，你就给我拿出车轮子？"来人递过来一支烟问。布德没有接那支烟，说："主人说借，我就给你，咱给人家看东西，得负责任不是吗？"

来借车轮子的人离开布德几十步，一边走一边打手机，然后再回到老人面前，拍了拍手机，说："好了，我和呼日勒说了，他说咱们是好邻居，借一个车轮子用嘛，好说，他让你给我拿出来了就行了。"

布德找出车轮子，让来人拉上走了。

几天后，呼日勒给车换轮子，怎么也找不到车轮子，问妻子，米德格玛说不知道。问布德，布德完全忘记了此事，也说不知道。呼日勒找了半天，布德才想起已经拿给别人的事，还埋怨地说："你不是把车轮子借给别人了吗？车轮子在别人家，你在家里能找到车轮子吗?"

“我什么时候借给人了，借给谁了?”

布德比比画画半天，也说不清楚借车轮子的人是谁，只说，那个借车轮子的人给你打手机了嘛，你说要借给他了嘛。

直到秋天，那个借车轮子的人才来还车轮子，他把那天怎样拿手机假装打电话糊弄老人的事说了一遍，才把事情弄明白。

布德也从这件事上有了教训，他说：“要是我也有一部手机就好了，他给呼日勒打手机，我也给呼日勒打手机，那就谁也骗不了我了。”

后来，米德格玛真的给布德买了一部二手手机，老人高兴地玩了几天。布德那个老伴带来一个智障的儿子，三十来岁了，也喜欢那个手机，布德不想让他动自己的手机，就藏起来，时间一长，他也找不见了。

两个故事真是笑死人。

下午我们离开米德格玛家，布德和他的老伴也来送我们，布德的老伴对在湖边揽羊的儿子招手，也叫他来送行。小伙子跑来了，这是一个标致的蒙古小伙子，一对双眼皮的大眼睛非常好看，只是缺少了神采显得有些茫然，我问：“今年多大了？”小伙子脸上有窘态，笑笑，看看米德格玛，又看看自己的妈妈，他妈说：“这孩子三十几岁了。”

呼日勒逗他：“三十多岁，三十几呀？”

小伙子再次把目光投到米德格玛脸上，米德格玛嗔笑着说：“前几天你不是还知道吗？今年三十三岁了，属马的，怎么几天工夫就忘啦。”

小伙子笑了笑：“我今年三十三岁，属马的。”

十多年来，米德格玛抚养照顾了二十多个孤儿或家庭贫困的孩子，照顾赡养了十几位孤寡老人，有的孩子长大成人离开了米德格玛家，有的孩子在阿拉坦额莫勒镇里上学，被照顾赡养的老人也有的过世了。米德格玛把这些人都看作自己的亲人，一到过年，那些工作了、结婚成家了的孩子们都要回到这个家里热热闹闹地玩几天。

我忽然想起，那天在杭乌拉山下，米德格玛说她家有三十多口人时的笑容。那是自豪的笑容，那是草原阳光下最美丽的笑脸。

草原深处

张贵山

蔚蓝的天空，如水洗般清澈，散飘着淡雾一样的白云。

阳光洒在草原深处的阿拉坦额莫勒小镇，给这里安逸的人们送来了暖暖的夏日。尽管这里的夏日要比内地来得晚了许多，但清晨的太阳却是不甘寂寞，闻鸡起舞般抖擞精神，唤醒这片草原。牧民们珍惜这每年一度的短暂时光，于是，这个时节也就变得格外忙碌。

说好了，今天去草地特和看望一位牧民老额吉，这一天是二〇一四年六月一日。

阿拉坦额莫勒镇是呼伦贝尔草原新巴尔虎右旗所在地，而特和就在旗北边的巴尔虎草原深处，原是张勇队的队部所在地。我作为一名报社的记者，这次就是专程陪同天津女知识青年张勇烈士的弟弟张健夫妇，去特和看望他们下乡时的老牧民嘎拉森大姐。

说到嘎拉森大姐，张健曾在他的回忆文章中写道："嘎拉森大姐，是新巴尔虎右旗的一个老牧民，现在已经是七十多岁的老人啦。当年我姐姐张勇下乡时，下包放牧的第一个蒙古包就是她家。那时她很年轻，家里有很多孩子。每天抚养孩子、做饭等家务活很繁重，嘎拉森大姐感到非常累。就是在她最困难、最需要帮手的时候，姐姐张勇来到了她的家。姐姐每天放牧回来，不顾一天的风吹日晒、身体劳累，下马就帮助嘎拉森大姐照看孩子、做饭，干她力所能及的所有家务活。就这样，两个他乡异族的蒙、汉姐妹，很快就相处得情同手足。姐姐在融入了牧民家庭生活的同时，与这个家庭建立了深厚的民族感情。”

这里我就要介绍一下张勇了。张勇是原天津市四十二中六八届初中毕业生，一九六九年四月二十五日由天津下乡到内蒙古呼伦贝尔盟新巴尔虎右旗额尔敦乌拉（黄花）公社白音宝力格队，一九七〇年六月三日，因抢救集体财产不幸牺牲。她在草原的短短十三个月里，与当地牧民结下了深厚的情谊，用自己的行动赢得了牧民的爱戴。牺牲后不久，她的先进事迹通过各级媒体，迅速传遍全国，成为当年全国知青学习的榜样。她写下的“生命宝贵属人民，誓将青春献人民”“天做帐篷地做床，风雪呼啸我乘凉”等豪言壮语，鼓舞、影响了整整一代人。她成为那个年代家喻户晓的英雄，后被国家追认为革命烈士。

张勇牺牲后的一九七五年十二月十九日，正在西安空军某部当雷达兵的弟弟张健，向部队团党委提交了《我的志愿》：“今年的老兵退伍工作快要开始了，我向党委申请，如果决定我退伍，我坚决要求不回天津，决心到边疆牧区去，到姐姐张勇烈士生前战斗过的呼伦贝尔草原去，接过姐姐的牧羊鞭……”就这样，一九七六年三月张健复员后，来到呼伦贝尔草原张勇生前下乡的地方，接过姐姐的牧羊鞭，当上了一名草原新牧民。三年后，他因病重返回天津治疗。期间恰逢知青大返城，国家对知青政策进行调整，他被分配到天津市感光胶片厂工作，二〇一〇年十月退休。近几年，他经常返回草原为姐姐扫墓，这次是他连续第三年来到草原。每次来草原，他都不忘去看望一些当年下乡时给予他无微不至关怀的老牧民，嘎拉森大姐便是其中之一。

去年，我们与嘎拉森曾在张勇烈士墓见过面，那只是匆匆的一瞬间。转眼间，一年又过去了。这次，我们是专程要到她在草原深处的家——特和牧业点，去看望老人家。

张健说：“从阿拉坦额莫勒去特和，过去只有一条草原小路，沿着这条路走就能找到。可现在不行了，各类运输车辆进入草地，轧出的道路多了，并且还有许多的岔道。”于是，我们在向导的带领下，从阿拉坦额莫勒出发，驱车前往特和。

向导是嘎拉森的小叔子，叫恩和巴图，一个达斡尔族老人，今年已经73岁了。老人不久前得了脑血管梗塞，身体不算太好，腿脚不太利索。但是听到是张勇的弟弟来了，想去看望他的大嫂，还是非常热情地带领我们前往。提到张勇，他非常感慨地对我说：“那人好啊！就像我们的亲妹妹。”

他告诉我，张勇下乡后，在他嫂子家待得时间最长，跟他们一家人的关系非常好，跟牧民们的关系也好。他说：“那时我常上哥哥家来。我们是一个队的，住得也不远。张勇那时放羊，我是放马的。我们常见，我汉语说得不太好。我来哥哥家，就见她帮助嫂子挤牛奶、放羊、看孩子、做饭，啥活都干，人可好了。她还跟我学蒙语，就问我‘一，怎么说？’，我就教她。有时我来，累了就在这睡。张勇就把她的地方让给我。我见人家一个小姑娘，那么干净的被褥让给我睡，就说：‘不行！我身上埋汰，弄脏了你的被褥。’她说：‘没事没事。’说着她就到大篷车里去睡。我对她印象可好了。”

讲到张勇的事，他接连说了几个“那人好啊”“人可好了”。牧民们没有什么高深的理论来概括，只能用这样平白、朴素的肯定，来称赞他们心目中的好人。

恩和巴图还告诉我：“张勇到马群去换马时，我给她把马抓来，备好鞍子，然后我上去骑一圈，觉得没事了，才让她骑。我不能把匹生马给她骑，怕摔着她。”

一股暖流从我心里滚过。

牧民们的爱竟是这样细微！难怪知青们对于草原的思念如此深情，他们为此铭记一生。近些年来，当年下乡到草原的知青，越来越多地踏上了探望第二故乡父老乡亲之路。

汽车在草原上穿行，一样的山坡与丘陵，一样的平坦与辽阔，一眼望去就是在这茫茫的草原上无尽头地前行……在道上，有时出现坑坑洼洼，汽车的底座低，司机玉峰小心翼翼地开着。空旷的原野上看不到人，只偶尔有些牛羊在阳光下的绿草间歇息、漫步。过去在这样的草原深处，扑进眼帘的该是具有蒙古民族特色的蒙古包了，可现在，即使在草原的深处，看到蒙古包的机会也不多了。他们已经从过去的原始游牧方式，逐渐变成了定居。这不，远处我们能遇到的几户牧民家，都是固定的建筑——砖瓦房了。

汽车在草原上前行，经过一个多小时的草原奔驰，直到在草原的一个低洼地，看见了一个大大的水泡子后，再行一段我们才到了特和——嘎拉森大姐的家。这也是一栋砖瓦结构的建筑，有个小院。风力发电的风扇在转，有了电，现在他们在这样空旷遥远的草原深处，就能像城里人一样看电视、点电灯、洗热水澡了，这是过去游牧民族想都不敢想的。

我们到了，不过主人没在家，只有几条守家的黑色牧羊犬，在我们这些生人面前狂吠着。这样的牧羊犬也叫笨狗、土狗，看着不太起眼，可发作起来十分凶悍，吓得我们不敢下车，因为来时，阿拉坦额莫勒的朋友海林就提醒我们了："嘎拉森家的大狗可凶了，掐人！"这"掐人"，就是指它偷着咬人，那就不是一般的咬人了。

恩和巴图进屋去转了一圈，家里没有人。我们只是下车在车跟前小心翼翼地站了一会，等待着向导的下一步安排。

这时，张健指着前边不远的山坡，告诉我："前边山坡那儿的土堆处，就是我们过去的大队部，现在大队没有了，队部也都不存在了。"

哦，我看见了：那里有几磴土坯样的残垣，就像西北荒原上经风雨剥蚀过的土夯建筑，兀自孤立在草原上，好像在执拗地独守着这段历史，演绎着这里曾经的兴衰。

山坡的下边，往这边靠近的地方，有一片低洼，显得有些湿泽，那儿有一个小房子样的建筑物，张健说："那儿是个水井。我们下乡时就用那口井，那井里可能有泉眼，水一直不见少，可凉了。"在这样一个茫茫的草原深处，如果没有水那就可想而知了，而这样一口长年不干，几十年水位不见降低的水井，那可是牧民们的福气，也是牛羊牲畜的福气。

张健还告诉我："嘎拉森大姐家就在这儿住，几十年了，一直就在这儿住，没动地方。"

一辈子没有离开过这片草原，没有离开过这里，这就是一个今年七十五岁的老额吉的草原情怀。

恩和巴图带我们离开房子，我们这才看到房后的牲畜棚圈里，有一些男人在干活，在清理棚圈。这棚圈也都是石头、砖瓦结构，建造成固定的，不再是过去那种原始移动的。这些建筑有棚盖，显然是接羔用的。而房后的场院里，还停放着现代化的农用车辆、摩托车等牧业生产所需的机械。

恩和巴图带着我们离开这栋房，又向西边的草地行进了约两里来地。没多远，就看见了在草原上停着的大篷车，这是近些年出现在草原上的现代化的、可以移动的“蒙古包”。这样的“蒙古包”没有了过去那样的圆拱形，是一个车厢式的可移动板房。建材都是现代的一些轻型的塑胶板、复合板样的硬塑材料，由此组合成小房子。我们的车还没到跟前，突然，七八条黑色的牧羊犬就像箭一样“嗖”地扑了上来，一下子就把我们的车包围了，冲着我们狂吠着。恩和巴图下车轰赶大狗，嘎拉森的女儿和她的孩子们也都闻讯赶过来，帮助轰赶拦挡那七八条疯狂、凶悍的黑色牧羊犬。

张健先下车了，接受嘎拉森老大姐在草原上的最高礼节：拥抱、亲吻。

嘎拉森老额吉身体依然健硕，但衰老已经令她背弯、步履缓慢。草原上的日光与风尘，在她的脸上无情地刻下了岁月的印痕。自然法则的不可抗力，让她无可抵御，所以她在与张健的一次见面中，曾不无忧虑地叮嘱道：“以后你要经常回来呀。我现在渐渐老啦，你若不经常回来，不知哪一天你再回来时就见不到大姐啦！”

正因为如此，张健对我说：“只要我回草原，一定去看望嘎拉森大姐。”

面对那一群充满敌意、目露凶光、恶狠狠地盯着我们的牧羊犬，我和张健的夫人，再一想到来时海林对我们的叮嘱，更不敢下车了。

半晌，在嘎拉森一家大人孩子的拦挡哄赶中，这些凶悍的牧羊犬被赶到大篷车底趴下。我们才在他们的“重点保护”下，提心吊胆地几步就窜上了大篷车。

嘎拉森的小女儿菊花告诉我们：“这几条狗特别凶猛，有一个扑上来时，那几个都会一拥而上，十分凶悍。”是的，能够感觉到，因为直到我们上了大篷车，那几条牧羊犬还在门口转来转去，不甘心地几次试探着想进来扑我们，那虎视眈眈的眼神，就明白无误地告诉了我们。

躲在大篷车里，我才找到了安全感。于是我仔细观察这辆大篷车，它分里外屋两间，大概也就不到二十平方米。里屋安放着一个双人床，余下的空间摆张小方桌就不大了。前后对着两面都有窗户，直接对流通风，效果很好。里屋墙壁上贴着的都是成吉思汗画像以及一些蒙古文的挂历之类的图片。外屋进门就是一个大炉子，炉子上放着一口大锅，里边煮着已经熟了的手扒肉。菊花对张健说："我妈妈听说你要来，昨天一早就煮了一锅手扒肉等着。"

我们进屋时，炉子里的火还很旺，屋里热得像蒸笼。外屋的两扇窗户也都打开了，草原上的风通畅无阻，瞬间带走了闷热。加上手扒肉已经煮好，不再加火，大篷车里很快也就凉爽下来了。外屋也就是厨房，靠西墙边摆的是一个单人床，上边是一组吊柜，里边装着饮具，门口是一个铁皮打制的大水缸。火炉子还接着暖气，里外屋都有暖气片，看样子冬天也就不会像蒙古包那样遭罪了。由此可以看出，牧民们的生活比过去有了很大的改善。这栋大篷车的下边有轮子，冬天游牧、移动转草场时，由拖拉机拽着走就可以了，不再像过去的那种勒勒车和寒冬腊月拆包扎包、扎包拆包那样烦琐、辛苦了，起码不那么遭罪了，运行起来就很方便。但大家总的感觉是："还是小了点，不如蒙古包大。"

煮好的手扒肉，就等着客人的来到。屋里太小，一下子容纳不了那么多的人，又不能摆桌子，也就用一个塑料小凳，上面摆上菜板，盛上一盒手扒肉，一盘生菜，一盘熏鸡。虽然简单了一点，但却盈满了浓浓的草原风味。我们几个客人就在嘎拉森的陪同下，边吃边聊。熏鸡没有人动，菜吃得也不多，倒是主人敬上的草原手扒肉，是大家的共同所爱。没有城市里齐备的佐料，也没有大饭店的洁净，牛粪火煮出的手扒肉，其独特的膻、香，在草原深处才品尝得到。这种独享的魅力，可不是一般人能得到的。

嘎拉森在与我们一起品尝手扒肉时，不时与张健用蒙古语交流。张健虽然说得不多，但总能听出大概，并且偶尔也能用蒙古语回答。他对我说："一到草原，就能找到那种感觉。扔下几十年的蒙古语，不知不觉就能顺嘴溜出来。而在天津，说什么也想不起来。"

这就是草原的魅力，它总能在不知不觉中将你感染、融入，包容就像蒙古民族的精神一样博大、无私、厚重。

我们在大篷车里，喝着浓浓的奶茶，品尝着手扒肉。

草地上，嘎拉森的一帮儿女们正在忙碌着剪羊毛。这是草原上一年一度的重要生产季节。这个季度，要把披在羊身上的那层浓密、厚重的羊毛剪下来。羊可以在轻松地脱去厚厚的“棉装”后，过一个清爽、宜人的夏季，并可以在冬季到来前，又长出一身新的厚厚的绒毛，以抵挡下一个寒冬的到来。羊毛，又是牧民一年中的一笔可观收入。大家说，剪羊毛时，刚刚生下不久的小羊羔特别不好剪，因为羔羊生性顽皮，不老实，毛又短。果然，我们看到嘎拉森的外孙们，在羊栏里奔跑着抓羊羔，小羊羔吓得边逃边“咩咩”地叫唤着。

菊花告诉我，现在的羊栏也方便了，是用铁筋盘成的，都是可以移动的。在哪儿扎盘时，把这些盘好的铁筋一扎一拦，也就圈成了临时的羊栏，把该剪毛的羊圈到里边，抓一只剪一只。这几天正赶上端午节放假，嘎拉森在阿拉坦额莫勒工作的几个女儿，带着女婿、孩子们利用休息日来帮额吉给畜群剪羊毛。现在都是一家一族式的劳动，牲畜是自己家的，活也就都是自己家人来干。忙不过来就得雇工，不像过去张健他们下乡时，羊群是集体所有财产，劳动是生产队派工。

说到嘎拉森家今年的春羔接畜情况，张健一指门口，告诉我：“门口挂的，那就是今年的接羔数量。”

我一看，哦，门口挂着一串呈三角状的毛茸茸的东西，进门时并没有注意到。原来这就是羊羔产下来后，牧民从它的耳朵上剪下来的一块，串在一起，以备核查当年的羔羊出生率。同时这也是每一家牧民们对自己的羊群做的记号，一旦与别的羊群掺群，根据自己家剪羊耳朵的记号，一下子就可以从数千只羊的羊群中认出自己家的羊来。这就是牧民们的聪明之处，也是他们从自己的劳动生产实践中积累、总结出的丰富经验。

我曾经也是知青，也是在张健来到草原那年，受他的影响下乡的。虽然我下乡的时间很短，只有一年半，但也曾当过三个多月的羊倌，放羊的艰辛与孤独，我是深有体会的。所以在采访天津知青时，听他们讲到那种寂寞、孤独，我能想象到，也能理解。今天来到嘎拉森家，与我下乡的年代已经时隔近四十年了。当年骑马、放羊让我感到前途漫漫，一片渺茫，真的不知路在何方，而今一晃几十过去了，再来到草原深处，竟有一种穿越历史般的、回归的亲切感。不过事过境迁，如今的牧民们也几乎都不骑马放羊了。甚至在草原上，你现在就很少看见有骑马的，现在牧民们放羊都用摩托车了。我们在嘎拉森家就没有见到马，她的儿女们就是骑摩托车或步行放羊的。

在大篷车上，我看见不远处的草原深洼地处，散落着一群羊，那就是嘎拉森家的羊群。过午，羊群从远处回来了。张健的夫人约我一起出大篷车，到羊群前，零距离地感受一下上千只的羊奔来时那潮水一般的涌动。

这样庞大的羊群，不是来到草原深处，真是很难见到的。于是我们在嘎拉森家人小心谨慎地看护好牧羊犬后，离开大篷车，来到羊群前。放羊的是嘎拉森的小女儿和外孙。他们没有骑马，也没有骑摩托车，也没有穿蒙古袍。现在在草原，也很少见到蒙古袍了，人们都穿着我们平时见到的各种短装。牧民们的生活水平提高后，过去那种宽大的一穿多用的大袍，已经不再适用了。加之现在每家一片草原，都由草库伦控制，完全靠自己的经营和保护，放羊也已经不用走得那么远了。

来时的路上，司机，也是新巴尔虎右旗驻蒙古国记者站的站长玉峰，就曾跟我们说过："现在的牲畜包产到户，一家一片草场。优点是牧民不再像过去那样长途迁徙，也不那么遭罪。但是这样把草原人为地分割成块块后，缺点也开始凸显，羊肉的肉质下降了。"

我没有听明白："这怎么讲？"

他说："游牧民族的生活，还是有游牧的道理。在草原上迁徙，牛羊可以吃不同草场上的草，汲取不同的精华，肉质就好。现在长年只吃自己家那一片草场，营养跟不上，肉质在下降。"

我很好奇，一个草原上的羊肉会有所不同？"这也能吃出来？"

他肯定地说："能！我们这里经常吃肉的老牧民就能吃出来。羊肉不如原来的好吃了。"

嗯，这倒是一个新鲜的问题。我问他："为什么？"

他告诉我，草原上的草场，质量不同，所含的生物养分也不一样。有盐碱草，有碱水泡，有药材多的草地，也有没有药材的草地。过去游牧时，不同的草场可以换着吃，羊群就可以吃到不同草场的草。而现在，用草库伦这样人为地分割开，羊所能吃到的营养成分就变得单一。谁家的草场分到哪片，羊吃哪片，成年只吃那一片的草场，“饮食单一”，羊就缺乏营养了。

我问他：“那现在咱们旗的羊肉，哪里的好吃？”

他肯定地说：“阿敦础鲁的！阿敦础鲁的羊肉就好吃，味道鲜嫩。那一片的草原各种药材比较多，羊所需要的营养成分比较全面。”

很有道理！我深深地为之感叹。

如果不是真正生活在这片草原上，不了解牧民生活习性的人，真是想不到，在牧民们从游牧到定居、生活质量得到改善、生活水平得到迅速提高的同时，还会出现这样一个隐性的问题。正所谓任何事物都具有两面性，都是一把双刃剑。在张扬好的一面的同时，就会逐渐地暴露出原本隐藏着的坏的一面。但是，只要我们能够认真对待这些问题，将来总会找到一个解决的好办法。

嘎拉森家羊群过来了，我们来到草地，迎着羊群走去。一千多只羊的羊群，在“咩咩”声中簇拥而来，是庞大的一片。春潮涌动般的情景，在我们的眼前出现。

此时已经是近中午了，阳光直直地照射着草原，在头顶上足足地暴晒，有一种太阳在用炭火剥皮的感觉。这种赤烈若不是有草原上空旷无际的风在弥散，那滋味可不是一般人能受得了的。好在有阵阵空旷的风吹来，不仅带着风的凉爽，还有青草拔节的清香。

我和张健的夫人跑过去与羊群“合影”，羊群“咩咩”叫着，对于我们的热情丝毫也不留意，从我们的身边径直涌动着，“呼呼”地过去了。我问正在拢羊的嘎拉森的小女儿：“这往哪儿赶哪？”

小女儿说：“给羊饮水！”

“去前面那个泡子吗？”我想到前边那个泡子还挺远。

“不！到水井那儿。”

哦，是到那口几十年依然不干的水井处。开始我觉得那儿有一片湿泽样的湿地是自然的，原来却是每天饮羊后，羊群们践踏出来的“羊造湿地”。

有一只好像刚刚出生不久的小羊羔，落在了后边。雪白雪白的毛还有点戗毛戗翅，母羊似乎还没有来得及把它的绒毛舔顺。它跟在大群羊的后边，“咩咩”

地叫着，晃晃悠悠似乎跟得很吃力。看到我们，它歪着头用那童真般的眼神好奇地打量着。张健的夫人说：“这小羊羔，真可爱。”我想过去抱抱它，小羊羔有些胆怯地瞅着，片刻撒腿就跑了。

羊群从我们的身边匆匆地过去了，我俩只好往回走。走着走着，我突然放慢了脚步，心一下子提了起来：我突然想到了那几条趴在大篷车下的凶悍的牧羊犬……我紧张得四处找寻了一圈，想做一下应急的准备。因为我们离大篷车已经是越来越近，狗还没有发现情况，万一它们突然猛扑过来怎么办？可草原上只有草，没有任何可以防身的，我紧张地思谋着。张健的夫人似乎也意识到了什么，放慢了脚步。

正在这时，我看见嘎拉森的一个女儿急匆匆地向我们走来，我轻舒了一口气，悬着的心一下子就放下了。

片刻，她来到了我们面前。我松了一口气，说：“我正担心那几条狗。”

她说：“我不赶紧过来，它们听到动静，一下子都扑过来，就来不及了。”她想得真周到。

她是刚刚帮助额吉剪完了羊毛。

我们慢步往回走，边走边聊，她告诉我，她是嘎拉森的二女儿，在旗一中当数学老师。唠起四十多年前知青们的事，她说：“那时我虽然小，也就八九岁吧，上小学六年级，但也都有记忆。记得张勇下乡来我家时，经常给我们炖鱼吃。我爸爸是达斡尔族人，汉语说得特别好。有好多知青来草原后与牧民交流困难，总到我们家来，跟我爸爸交流就方便。有时在外边饿了找不到吃的，就到我们家来吃，那时我们家可热闹了。”

听她一说，我想起来了。张健在他的回忆文章中，曾这样写道：“记得当年在草原时，嘎拉森大姐家就在我们队部附近，她的爱人恩克莫勒根，是一位达斡尔族汉子，非常可亲可敬的‘好老头’（这是知青对他的昵称）。知青们经常去他家吃饭，每次听说‘好老头’头天下午赶着小马车去克尔（鲁）伦河了，我们就知道他又到克尔（鲁）伦河去给大家打鱼，我们又要‘改善伙食’了。果然，转天上午，他就从克尔（鲁）伦河赶着小马车回来，给大家炖鱼、焖米饭，把知青都叫去痛痛快快地美餐了一顿。那种情景，至今难忘。”

滴水之恩当涌泉相报。一代知青没有忘记草原，没有忘记草原上蒙古族及其他各少数民族对他们的恩情。近四十年过去了，张健每次回来，都不忘看看嘎拉森大姐，其用心和一片真情，感动草原。去年六月三日，他们在黄花岗张勇烈士墓见面时，嘎拉森拄着拐杖，颤颤巍巍地来到张勇墓前，非常真诚地跪了下来。张健见状赶紧要扶起她，并说：“请大姐起来吧！您这么大岁数啦，腿脚又很吃力，不要跪啦！因为您是大姐，她是妹妹，您不能跪的。”嘎拉森执意不肯起来，当时在场的旗委领导阻止张健道：“你就让大姐跪吧，她是以这种方式表达对你姐姐的深情。”只见嘎拉森跪在张勇墓前，从包里拿出一袋苹果，整整齐齐地摆在了张勇的墓前：“妹妹，我来看你啦！”

张健在文章中写道：“这看似简单，但充满深情的话语，让在场的众人为之感动。扶起大姐后，她从兜里拿出一沓十元人民币，对我说：‘小弟，你每年都回来给姐姐扫墓，这点钱给你，留着用吧！’我被大姐的真情所感动，其实大姐家里也很困难，七十五岁的老人，为了生计，还在草原上放牧，我怎能忍心接大姐的钱呢？‘大姐，你赶紧把钱收起来，您的心意小弟完全领啦，您留着吧！’这时大姐看到了我爱人，马上过去抱住她，不断地亲吻着，用生硬的汉语对她说：‘我要谢谢你！在你的支持下，张健小弟能够经常回草原，你要好好地照顾张健，让他的身体棒棒的，以后能多回来看看。’分别时，大姐对我说：‘把我的手机号记下，记着经常和我联系呀！’”

这一情景，虽然过去了一年，但仍然时常在我的眼前闪现，我想，这就是汉族与蒙古族及生活在这片草原上的各少数民族之间血浓于水的深情。不是亲眼所见，我真的不敢相信。

提到知青下乡的事，嘎拉森的二女儿又对我说：“我妈妈总是说：‘哎呀，他们那么小，就离开爸爸妈妈，来到这么远的草原，多可怜啊！’我记得张勇还送给我们家一个香皂盒，上面有一朵菊花图案。我们兄弟姐妹都起的是蒙古族名，只有小妹妹叫菊花，起了个汉族名。那是因为张勇牺牲后不久，我妹妹出生了，爸爸为了纪念张勇，就用那个香皂盒上的菊花图案，给我妹妹起了个‘菊花’的名。”

哦，原来嘎拉森小女儿菊花的名字，还有这样一个情真意切的故事。

大篷车前边的草地上，有一个大铁炉子。我们刚才还在大篷车里吃手扒肉时，嘎拉森就又开始用牛粪火架起了炉子。她拿出来牛肉干，用剪子剪成一段一段的牛肉块。牛粪火着起来后，就把牛肉干放在锅里煮上了。当我们和她二女儿回到大篷车前，牛肉干煮面条就熟了。

张健对我说："这面条，贵山你就吃吧。牛粪火煮出的面条，你在五星级的大酒店，多么干净、多么高档的饭店，也吃不到这种味。"我一下子就想到了我曾采访过的天津知青肖培丽，她在给我回忆草地生活时，就专门给我讲过"草地牛肉干面条"。她说："那种鲜香味，不在草地，你永远也吃不到。"这么多年我都一直在呼伦贝尔草原上生活，但大多数时间却都是在城里。有没有到草地吃过牧民这种牛粪火的面条，我已经想不起，也没有什么印象了。但自从肖培丽向我回忆、描述后，我觉得这十多年来，我是没有尝到过。但又似乎总能想到或似曾相识地吃到这种牛肉干面条，细一想想，那又总是在想象中，在梦中，或是在哪个不错的高档酒店中复制的。记忆中的真正的草地牛肉干面条，那就从今天记起吧。

菊花也对我说："我们在旗里，都吃不到这种味的面条，怎么做都没这味。就得用牛粪火来煮才行。"

菊花给我盛了一碗，汤里油星并不多，几块牛肉干加上挂面，看似清汤寡水的，也没有什么别的佐料。但我尝了一口汤，有股淡淡的、特别的肉腥、肉脂味，这味散发出一股淡淡的香气。这是只有草原深处才有的，牧草与牛羊自然一体的肉草相融的味，是一般人都能接受的肉的油脂香。这是牛肉在阳光下的大草原上晾晒的过程中，靠自然的清风一点点抽干水分、慢慢润干后，肉中散发出来的一种自然的油脂清香。这清香中，包含着一种清风在抽干牛肉的水分时保留在牛肉中的，草原上各种植物、药材的混杂味。这不是有意识的人为熏制，这是大自然的清风长常累月眷顾草原，浸润"熏制"的结果。

佐料就在其中，原理就在这儿。

这便是我概括总结出的，草地牛肉干面条别具一格的清香所在。

不然的话，曾在草原生活的人，为什么都说离开了草地，就再也闻不到这样的肉脂香，再也吃不到这种味道的面条?

过午起风了，风起之处不知在哪里。但空旷的风从大草原上扑来，没有任何物体的遮拦，就像草原人的热情，没有忸怩、羞涩和做作，不讲究任何世俗，来了也就来了，能感觉到耳边的风声“呼呼”地叫，能触摸到风的力度，也能在风的吹刮中感到头发的狂舞，但就是没有那种张牙舞爪的沙尘和尘埃的炫耀。草原上的风也是绿色的，没有尘埃和污染，没有任何有害物质的侵蚀，从风中嗅到的是芳草地中花粉的清香。这时候的风吹得人心暖暖的，热热的，没喝酒都感到醉醉的。在这样人烟罕至的野外，从空旷、苍茫和一望无际中，看到了绿色，就感知到了生命的延续，并顿生一种对大自然的敬畏。

风中没有杂质，清凉中是一种爽爽的滋味。

张健拿出从天津给嘎拉森带来的礼品——桂发祥十八街麻花。他说：“大姐，这次来没有什么好带的，带点天津的特产麻花，您尝尝。”

嘎拉森打开包装，用蒙古语自言自语地叨念着，来到门口，把麻花掰碎一些，向天空中扬去。我不知道她这是什么意思，便问她的二女儿，她告诉我：“她说的是，这么好吃的东西，这么远带来的好东西，我不能自己吃。要让大山尝尝，要给草原尝尝，以此祭奠养育我们的草原大地。”

哦，我明白了，蒙古民族敬畏长生天，长生天象征着一种比较纯的自然力，主宰着万物的生息。所以蒙古人爱护草原，保护草原，与草原上的生灵和谐相处。有了和谐的草原，就有了蒙古民族的繁荣发展，有了草原一年胜似一年的兴旺。

现在，草原的生态一年比一年好，绿色在回归，各种一度罕见的野生动物，包括狼都在迅速繁衍。有了这一切，就有了我们草原在世界自然风光大家族中的位置，也就有了我们民族生存繁衍的空间，这是我们共同的愿望。

离别催生相见情，相见亦怀离别意……

当汽车载着我们离开特和，在草原上又是一路奔驰时，映入我们眼帘的，不再只是一望无际、寂静空旷的草原，而多了成群的牛、羊，特别是那些牛犊依偎着母牛吃奶，母羊躺在草地任凭羊羔撒娇的温馨。看到这些，让我顿生一种对草原深处的深深眷恋。因为这眷恋，不仅有我的思索，更有我的期待。

小 说

春风化雨

陈计中

一

一场春雨一场暖。一夜小雨过后，在暖融融的春风中，金哈达市区街道两边一簇簇樱桃花绽开了，一片灿烂。

这时在金哈达富民银行大会议室中，更是充满了浓浓的春意、春情。那便是微贷部正在召开欢迎新信贷员的联欢会。

这些信贷员都是新招聘的。陆阳和肖雅两个刚毕业的大学生就是其中的两位。

台上，一个节目演完，下面的青年人欢呼鼓掌。一个略显清瘦的客户经理微笑着走到前边："热烈欢迎新战友加入我们富民银行微贷团队！我给新来的伙伴们读一首自己写的小诗吧。"

他清了清喉咙，慢慢吟诵起来："春风，化作晶莹的雨滴，静静地；雨滴，汇成清澈的小溪，悄悄地；小溪，流向干涡的土地，轻轻地；土地，滋润着希望的种子，默默地……"

肖雅碰了一下陆阳："这是要说啥？"

"没听懂。"陆阳不屑地笑笑，"故作高深吧……"

可他们没想到，这位没被他们瞧得起的人，居然就是他们的师傅。

新聘用的微贷员培训结束后，微贷部长把陆阳、肖雅和那个在联欢会上念过诗的瘦小伙叫到了办公室，对一男一女两个年轻人说："这位是咱支行非常有实力、有经验的微贷员林凡，在你们实习期间，他将是你们的实践指导老师。"

瘦小伙微笑着看看两个年轻人："你们好。我叫林凡。"

陆阳爽快地和他握手："师傅好！我叫陆阳，中原财经大学毕业，这是我的同学肖雅。"

肖雅也礼貌地伸出手来："今后请林师傅多指教。"

林凡笑着摆手："什么师傅，叫林大哥！走，今天就先跟我去学学填申请表吧。"

林凡教得很细，两个年轻人也学得认真，不知不觉过了下班的点儿。林凡把两个徒弟领到一个小饭店中，要了两盘简单的菜，一桶饮料和两瓶啤酒："咱这工作，就是抓钱的，要抓钱就不能怕辛苦。今儿个做申请表太晚了，简单吃点吧。"

"师傅，你是为教我们才搞这么晚，该是我们请你才对。"陆阳说，"我说去咖啡厅，肖雅说去吃肯德基，你非要到这儿来……"

林凡一笑："还是这儿实惠，算是我欢迎二位了。来，干一杯。"

陆阳有些惊愕地盯着桌上的两盘菜："这……欢迎……"

肖雅瞟了他一眼，急忙举杯说："谢谢林老师的盛情。为我们能成为富民银行的一员干杯！"

陆阳稍一怔，也马上附和："啊啊，就是，干！能成为富民银行的一员真是太荣幸了！我们大学毕业后曾在北京打过工，当个北漂太难了，后来听说咱富民银行招人，就回来试试，那么多人啊，一层层笔试、面试的，没想到真给录取了！真是福星高照！"

林凡："什么福星，还是自己努力的结果，基础好。我有个表弟也参加招聘了，可第一次面试就被拿下了，不善表达。你们很幸运。"

肖雅："是啊，银行，这是一个多么令人向往的职业啊。工资待遇这么高，把我的那些同学羡慕死了……"

陆阳笑："这次要是你被录取了，我进不来，那不光是羡慕，得把我急死……"

肖雅得意地一笑："真的呀？"

陆阳更是笑："真的，见不着你那在其次，关键是挣不着钱了！"

肖雅捶他："该死呀你！"

陆阳笑着转向林凡："师傅，实话说吧，我之所以要来富民银行，就是要挣大钱，将来能买房买车……"

肖雅微微皱眉，推推他："还来劲了！说啥呢！"

陆阳："说钱呗。咱别唱高调，谁不想抓钱？咱师傅刚不还说，咱银行就是抓钱嘛！你看师傅抓钱多紧，就俩菜，决不浪费！"

林凡瞟了一眼，对陆阳说："你说要抓钱，这没错。你说我手紧，请你们只要俩菜，可能让你们见笑了，但我以为够吃则可，不必浪费，我抓钱……将来是有用的。我总在和你们讲咱银行就是抓钱的，可和你说的个人抓钱完全是两个概念啊。咱银行抓钱，是因为管着它，不但要管，还要放，这就好比是一个大水库，要把大地上一点一滴的水集成小溪，再聚成大河，收拢起来，堵住滴漏，而后让它顺畅流向需要灌溉的地方。我们信贷员要做的，就是寻找那些干渴的土地，给他们提供水源。也只有在这个完成贷款的过程中，个人才能有所收获。想挣钱，就要真正把微贷技术学到手，要善于发现需要贷款的小企业、个体户，创造市场……"

肖雅："林大哥你放心，我们既然选择了，一定会跟你好好学的。"

邻桌一个有点艺术气质的年轻人领着几个身背琴袋的孩子在吃面。那年轻人自然也听到了这些话，犹豫一下走过来："几位是银行的吧？听你们说什么贷款？"

林凡看看那个年轻人，稍一怔，立即微笑着站起来："我们是富民银行的信贷员。非常高兴认识您，有事请坐下谈。"

陆阳和肖雅有些不解地看着林凡认真地和那人聊起来。

二

林凡和徒弟们所说的那个参加过银行招聘的表弟实有其人，也是大学生，叫常青，因为没聘上，便在城边上一个叫“源头”的纯净水厂当了送水工，边干着边寻找着更好的就业机会。

那天，常青和老板的女儿赵媛媛说笑着往半截小货车上装纯净水桶，水厂老板赵猛的爹脸色焦急地从屋中冲出来，大喊：“猛子！赵猛！把车开过来！”

常青说老板刚开车出去了。赵老头儿跺了一下脚：“哎呀！那你快把桶卸下来，送我去东河大桥！”

赵媛媛见爹急成那样，忙跑过去：“爸，出啥事了？”

赵老爹没理她，掏出手机拨打：“猛子，你在哪儿？啥也别管了，咱们租的那辆拉设备的大车翻到东河大桥下去了，你快过去……”

赵家爷几个处理完事故，回到厂子快半夜了。虽然说没造成伤亡，但损失是太大了。几个人吃不下饭，更是睡不着觉。

赵老爹抱着头坐在办公桌后。儿子赵猛来来回回地走着。

垂头坐在一边的赵媛媛显得很烦躁：“哥，别晃了！烦不烦哪！”

赵猛站下来，瞪着眼：“出了这么大事故，几十万砸出去了，我坐得住吗？！你还烦，你……”

赵老爹一捶桌子：“瞎吵吵个啥！事出了，想想今后咋干吧！媛媛，账上还有多少钱？”

“除去赔人家卡车钱、货款，”赵媛媛翻着账本，“已经没钱给工人开这个月工资了……”

“那就先找朋友借点，不能欠薪。一欠工钱工人就要辞工，停了产可就更完了。再者，欠薪这事上边盯得也紧，对外尽量压住，可别惹麻烦。”赵老爹说着拿起了桌上的电话，一边拨号一边对儿子赵猛说，“你也和你的朋友联系联系，求求帮……喂，是冯胖子吗？我是老赵啊……”

三

林凡要带陆阳和肖雅去那晚吃饭时碰到的那个年轻人那里搞贷款。陆阳有些奇怪："林经理，咱们真要去琴行放贷款啊？"

林凡笑："你以为带你们逛街呢？从发现客户、提问调查、交叉检验，到能不能上审贷会，我从这个客户做起，你们跟着学。"

肖雅紧紧跟在林凡的身边："林大哥，那晚吃饭时，你怎么一眼就能看出来那个搞琴的要贷款，非拉着人家坐下聊？"

"非常简单，他对咱们的谈话感兴趣嘛。通过深入谈，他不是说在办提琴钢琴培训班，想多买几台琴吗？这就是说想贷款。只要他有这个意愿，咱就开始工作……"

当他们来到琴行，那位年轻人有些意外，也有点不过意："林经理，能办的话打个电话我去办就是，怎么能麻烦你们上门来送。都需要办什么手续？咱开始吧。"

林凡笑："不是送，我是先来串串门，到你琴行随便聊聊。你是搞艺术的，隔行如隔山，我咋也得心里有了底，才能办手续吧？"

年轻人这才明白，人家是来调查的。到傍晚，各种调查完毕，林凡告诉琴行的年轻人，三天后，办贷款。

年轻人有些惊讶："这么快啊？"

陆阳、肖雅也不信，直看林凡。

林凡笑着对两个徒弟说："看什么，回去整理这个案例，争取后天上审贷会！"

陆阳直眨眼："这么有把握啊？"

林凡带着他们出来，边走边说："没有金刚钻，敢揽瓷器活？要不能当你师傅？"

"呀呀，肖雅快拉着点，一会儿飘上半天云儿了！"陆阳笑着，可他仍是不大相信，"我说师傅，我也没看着有啥特别啊，他没别的资产，就教几个小孩子学琴，能保证按时还款？我还担心审贷会不批呢……"

林凡指着他笑："要不咋让你学呢。我告诉你吧，他如果增加钢琴，扩大招生，还款是不成问题的。关键是，文化局愿做他的担保人，咱们也跟文化局负责人谈了，还怕他不能按时还款？"

肖雅醒悟地点点头："就是呢，这是一个很重要的分析信息。不过林大哥……"

林凡："别'不过'。你们总对我让琴行三天后就拿到贷款不大相信是吧？这样，打个赌，如果拿不到，我请你俩吃饭！"

陆阳急忙笑着摆手："不不，就俩菜，太没劲……"

"这回保证丰盛，四菜一汤……"林凡边走边说笑着，似乎看到了什么，向不远处喊了一声，"常青！"

在一家商店前，常青肩扛一桶水刚要进店，听到喊声，扭头看看，见是林凡跑过来。他有些意外，把桶放下来："哦，是表哥啊。有事啊？"

"常青，我正要给你打电话呢。"林凡说，"这些日子你咋不到家去了？你大姨总念叨你呢。咋着，你没能进我们富民银行，生我气了？"

"我，我怪你干什么，你又不是行长，是我自己没能耐。这几天厂子出了点事，我没工夫去看大姨。"

"唔。下星期一是我老娘生日，你过去啊。"

"大姨要过生日了？我一定去！"常青犹豫了一下，"表哥，你……带着钱没？借我点……"

林凡盯着他，轻轻叹口气，掏出了一张票子："你可不是头一回跟我要钱了，如果是有正用……"

常青垂下头："我早就不进网吧了！给大姨过生日，我咋也不能空手去吧？我们水厂，发不出工资了……"

林凡怔了一下："你不是说那个水厂效益挺好的吗？出啥事了？"

四

常青把水厂的事跟表哥随便说了几句。说者无心，听者有意，这无疑给林凡提供了一个可能需要资金帮助的小企业客户信息。

其实常青不知，水厂的处境，要比他听说的那些艰难得多。

那天，赵媛媛接了一个电话，便跟老爹说："爸，冯老板说要进货，和咱要账呢，我哥去前旗收咱的欠款了，得过两天才能拿回点钱来……"她见老爹不住地揉着脑袋，急忙去倒水，"又头痛了？快吃点药吧。"

"有点迷糊，没事。"赵老爹接过女儿倒的水，吃了几粒药："冯胖子催钱了？这才借他几天嘛！这小子……"

"他是听咱出事，怕咱用了还不起吧……"

这时有人敲门。赵媛媛拉开门，门外站着林凡和陆阳、肖雅。

林凡微笑着："我们想找赵厂长。"

赵老爹抬起头来，打量着他们："你们是谁？"

林凡："我们是富民银行的，想和您谈谈，可以吗？"

赵老爹满脸疑惑："富民银行的？我和你们……没啥瓜葛啊。坐吧。你们有啥事吗？"

林凡便从容地坐下，很简明地介绍了他们富民银行为中小企业、个体户服务的微贷业务，也很诚恳地表明，愿意为水厂提供贷款支持，帮他们渡过难关。

赵老爹惊异地看着林凡："可以帮我们贷款？你听谁说我们厂子出事了，发不出工资了？"

林凡一怔："你们的送水工常青说的。说是……"

"这个憨头！"赵老爹皱了眉，"哎呀，他是顺嘴瞎说。我们厂子根本就没出事，也用不着你们的贷款！"

赵媛媛直打愣："爸，咱们……"

这时林凡的手机响了，他接听："……您是哪位？……哦想起来了，是搞摄影的黄先生……好的，好的，明天再联系好吗？"

他关掉电话，对赵老爹说："对不起，是一个联系贷款的客户。赵厂长，刚才我们已经把办贷的过程给您讲了，如果需要……"

"厂长没在，我是他爹。"赵老爹望着他们，呵呵一笑："就是他在，也不需要！各位请吧，我还有点别的事要办。"

林凡只好站起来，留下一张名片："那就不打扰了。交个朋友，常联系。如果需要就打这个电话。"

赵媛媛望着林凡带陆阳和肖雅走了出去，非常不解地看看老爹："爸，咱正用钱，你怎么说没出事，还一口八个不贷款呢？"

赵老爹冷笑："你知道个什么！厂子出事欠债这事绝不能张扬，那样和咱有联系的还不都怕沾包而离去？就跟冯胖子一样，不是开始催款了吗？所以不能说。这些主动上门送贷款的人，真是银行的吗？我是从没听说过……"

赵媛媛："人家不是给您看了证件，还留下了名片。"

赵老爹把那张名片扔向一边："哼，这年头，这玩意儿随便印。还客户经理，印个行长都行。"

"人家还接了一个联系贷款的电话嘛……"

"那就不能是个托啊？做戏给咱看呢！到大银行我也跑过贷款，像咱这小门小户的根本没人搭理，能上赶着来给你送贷款？这没跑是放高利贷的地下钱庄！再说了，咱们就是真要贷，也得悄悄的，一说借贷，就太没面子了，生意场上让人瞧不起……"赵老爹越说越慢，"呀，怎么这么迷，快给我倒点水……"说着竟一头栽倒下去。

赵媛媛大惊："爸，你怎么了？！"

林凡他们从屋出来，陆阳有些不屑地笑笑："还挺牛。像这种人，多余理。"

肖雅："好像是对咱根本就不信任呢。"

"刚见面嘛。信任是要一个过程的。"林凡他们到车棚推上自行车刚要走，突听屋内传出赵媛媛的尖叫声，林凡一愣，扔下车子急忙向屋中跑去。

屋中，赵媛媛抱着倒在办公桌边的老爸哭叫着，老爹面色苍白，双目紧闭，大口大口艰难地喘着。

林凡大吃一惊，对赵媛媛说："不好！别哭了，快送医院吧！"

赵媛媛："车让我哥开走办事了。再说，账上没钱了，咋去医院。"

"哎呀！那也得送！"林凡着急地说，"这样，我这就跟行里联系要个车……不行，来不及了。小陆你快回行里借五千块钱，送到医院……"

说着过去一咬牙把赵老爹背起来就走："快着，肖雅快打一二〇，咱到大道边去等！"

五

天黑透了，林凡娘依着旧沙发在看《新闻联播》。门开了，林凡疲惫地走进来。

娘急忙站起来，心疼地说："咋这会儿才回来，天天这样哪行？娘给你端饭去。"

林凡疲劳地坐下："一个客户突然脑出血，帮助送医院，才回来。娘，您歇着，我自己端……"他站起来，有血从鼻中流出来。

娘一惊："鼻子又流血了。小凡哪，你这鼻子时常流血还止不住，要不就是感冒，我觉着不大对劲呢，得上医院查查了……"

娘一拐一拐地端一盆凉水过来，林凡急忙冲洗，边洗边说："就是个鼻子出血呗，打小不就这样嘛。娘，我查过，没事。"

娘叹口气："唉，二十五六了，该娶媳妇了，你这身子骨可别出啥毛病。小凡哪，你说你处对象了，可咋不给娘领回来瞅瞅呢？"

林凡用纸巾塞着鼻孔："娘，我不是跟您说过嘛，她去国外深造了，得三年后才回来呢。"

娘望着他，有些疑惑："这么说，你结婚更得三年后了？何苦呢，我看咱小区的邻居里有几个闺女就不赖，对你都挺有好感的。再说，你们银行里新招的大学生有的是大姑娘，非等出国的干啥？她要不回来你不白等了？"

"娘，这事……您就别操心了，儿子……知道该怎么办……"林凡看看娘，不易察觉地苦笑一下，把话岔开了，"娘，明天常青说要来看您呢。"

"这个倔小子，多长时间不来了，来了我得揍他几巴掌。"林凡娘笑着说，"我去给你热饭去……"

林凡娘听儿子说外甥常青要来看她，也没当真，年轻人事杂，能想着要来看看就不错了。可没想到第二天快晌午时，常青还真来了，手里还提着一盒大蛋糕。

林凡娘有些莫名其妙：“青子啊，你这是……”

常青努力笑着：“祝大姨生日快乐！”

林凡娘直打愣：“生日快乐？这是……”

“表哥说今天是您的生日，让我一定来。”

“今天……哎呀，这孩子！这么些年了，我啥时过过生日啊，连我都没记着，尽瞎闹呢。常青啊，快坐吧，今个大姨给你做莜面窝窝吃……”

正说着，林凡拎一个袋子兴冲冲走了进来：“吃什么窝窝，走，去饭店，我在‘松鹤春’大酒楼包下房了！”

林凡娘很惊讶：“小凡啊，你今个是咋了？你能记着娘的生日，娘就高兴，去大酒店，那得多少钱啊，娘在家给你俩做……”

林凡拉住娘：“不，咱去饭店。娘，从我记事起，您每年都给我过生日，可我一次也没见您过过生日。今天，是您的六十大寿了，六十年了，我一定要像样地给您过一回！”

林凡娘望着儿子，眼中盈满了泪花。

林凡又把手中的袋子递过去：“娘，我还给您买了新衣裳，您换上，我要风风光光地为您过六十大寿！”

“大姨，您就换上吧。”常青也说。

林凡娘笑着擦了一把泪：“哎，那我就听儿子的。六十年了……”捂上脸拐腿走进里屋。

常青坐下去：“表哥，你在大酒店安排，不光是咱几个吧？”

林凡收拾着东西：“那当然，我也请了行里几个不错的同事。”

常青搓着手犹豫了一下：“表哥，我……想求你个事……你……”

“嘴里含个枣似的，有啥话痛快说！”

“你现在是行里的业务主管了吧？跟你们行长活动活动，让我跟你当个信贷员吧……”

林凡定定地看着他，嘿嘿笑了：“我给你活动活动？想啥呢？别说是你，就是我们董事长的亲戚，也不是想进就进，那得凭能力！活动活动就能进，还用年年招聘啊？上回我替你报了名，可面试就拿下了，说明你不行嘛。也是，信贷员讲交际能力，你这笨嘴拙舌的根本也不是干这个的料，还是先好好送你的水吧……”

常青便不再说话。到生日酒宴上，他也一直静静地坐着，心事重重，终于在林凡、陆阳他们欢歌祝酒时，悄悄离开了。

宴会很晚才散。林凡将娘扶回家坐下：“娘，今晚您还高兴吧？”

“高兴高兴，娘没白疼你一回啊。”

林凡端来一盆热水：“娘，洗脚歇吧。”

娘笑着，却深深地叹了口气。林凡看看娘的脸色：“您怎么……是不是青子半道走了惹您不高兴了？这小子也是……”说着蹲下去给娘脱鞋。

娘看着他：“打从他坐那儿，我就看他有心事。我问过他，他吭哧憋肚地也没说出个啥。小凡，跟娘说实话，你俩之间，闹别扭了？”

“没有啊。”林凡一怔，可马上明白了，“哦，是这么回事，他让我帮他去我们银行，简直是开玩笑，根本不可能的事。我说了他几句。再说了，大学毕业，总也找不着工作，能力也太差了，不能总指望别人……”

“话不能这么说啊。青子说不出道不出，可吃苦耐劳，从山沟子中走出来念了大学，容易吗，你咋就不想法帮帮他呢？”

“娘，我怎么没帮他，是没有适合他的工作啊……”

娘摆摆手：“青子是你的表弟……不，应该是你的亲兄弟啊。你打小，娘就没奶，你是吃你老姨青子妈的奶才活下来的，你不能忘本啊你……”

蹲着给娘洗脚的林凡一下停了手，抬头望着娘，不自觉地跪了下去：“娘，儿子怎么有了今天，心里全知道。娘您放心，儿子会像帮过我的好人那样，尽自己的力去帮需要帮的人！”

娘一下子就把林凡的头揽在自己的膝头上。

六

赵猛走进纯净水厂的办公室，赵媛媛急迎过去：“哥，爸咋样了？”

赵猛到办公桌后坐下："控制住了。但要恢复是不可能了，争取别瘫就行了。媛媛，爸出事那天，到底是怎么回事？"

"咋回事我不是跟你说过了吗？那天冯胖子催债，爸正着急，来几个人要放贷款，爸不信，把人家撵走了。后来，还是人家把爸送到医院的呢。你总问这干什么，厂子咋办啊……"

"厂子？唉，"赵猛叹了一声，"这也真是祸不单行！爸的病得用多少钱啊，我看，就得裁减一些工人了，省点开支。"

赵媛媛愣愣地："你说要裁人？"

这时，常青开着送水车进院，跳下车刚要进车间，突听办公室传出赵猛的声音："你说什么？必须把常青留下？为什么？"

常青一愣，不由站下脚来。

屋中，赵媛媛有些忸怩地支吾着说："因为吧，他家在农村，挺困难的……而且，他……他是我高中时的同学呢……"

赵猛盯着低着头的妹妹，似乎明白了，冷冷一笑："恐怕，不只是同学关系吧？媛媛我告诉你，千万别胡思乱想！"

赵媛媛"呼"的一下抬起头来："哥，你啥意思？"

赵猛鄙夷地说："且不说他是个农村来的，就说憨憨的，三脚踹不出个屁来，能干个啥？还大学生呢，连个工作都找不到，跑咱这个体小厂来打工，能有个啥出息？"

屋外，常青惊愕地听着。

赵媛媛的声音又传出来："哥，你不能这样看人！你三年前娶嫂子时还不如他……"

赵猛大声说："两回事！为了这个家，为了你，听我的！"

常青一下子闭上眼，扭身急急走去。

兄妹俩谁也没想到他们争吵恰好被常青听到。第二天一切如常，却不见了常青，赵媛媛有些纳闷，便问赵猛是怎么回事。

"我还想知道是咋回事呢，你去问他！"赵猛甩下一句话，冷着脸走出屋去，急头白脸的赵媛媛跟着出来："哥你别走！这到底咋回事？"

林凡骑摩托车进了水厂院。赵猛见了林凡，打量一下：“有事啊？”

林凡：“我想找你们送水工常青。他的电话打不通。”

赵猛：“常青不干了。要水的话我安排人给你送……”

赵媛媛叫起来：“哥你行啊，你真敢把他解雇了？凭什么？”

“喊什么！不嫌丢人！我没解雇他，是他自己不干了！你看，这是他留下的！”赵猛丢下一张纸，大步走了。

赵媛媛愣愣地看着那张纸，是常青写的辞工报告。她皱了眉头：“辞工了？咋不跟我说？这个二百五！”

林凡相当意外，慢慢转过身，自语道：“常青不干了？他……找到啥工作了？”

但常青的手机就是打不通。越是打不通林凡越觉得不正常，便心神不定地一直打。

陆阳说：“林大哥，给谁打呢？要是客户，咱直接过去得了。”

“不是，是给我表弟。怎么回事，总是关机！”林凡想了想，无奈地站起来，“唉，先不管他了。走，咱去发展客户吧。”

肖雅看看他：“你要有事，就去办吧，我们去和客户谈……”

林凡有些意外：“你们去？”

陆阳笑了：“就是嘛，这么些天了，让我们独立试试嘛。要我看啊，不就是调查、填表、核查这些事嘛，我都看会了……”

林凡想了想：“试试？也好。我出门两天，有两个案例你们做一下。一个是搞摄影的黄伟，向咱提出了贷款申请，肖雅你去了解一下，看有没有贷给他的可能；再一个呢就是那个纯净水厂，他们正是急用款的时候，咱们该认真调查一下，看能不能帮一下……”

陆阳：“没问题，我去！林哥，你忙你的。”

七

常青真是自己把送水的工作辞了。他还有脸，不能让人看不起。但他找不到别的工作，只好回了乡下的老家。他关了手机主要是为了不让赵媛媛找到他。

他回到村子，只跟爹说了一句挣不着钱不干了，老爹再怎么问也不说话，便跟着爹上山放驴了。

肉驴是这个村的特产，哈达街上的驴肉火烧所用的驴肉就出在这个村。常青的老爹就养着好几头，再加上给亲朋邻里代放的，也就有了一群。

村外草坡上，常青无精打采地赶着这群驴。不远处，常青爹躺在草地上，瞅着天扯着嗓子吼唱道："三十里明沙哟二十里个水，哥哥我就想瞗瞗个你；从天明跑到日头落哟，把哥累成了罗圈腿……"

那边常青喊："爹，别喊了，烦不烦啊！"

"我更烦！"常青爹翻身坐起来，"再不喊就把你爹憋死了！"

常青一怔，咕哝道："爹，都怪我……没能耐。您别急，我是学畜牧的，先帮您养驴吧，工作咱慢慢找……"

"费多大劲供你上了大学！毕业了还是回村放驴，要知这样，上的哪门子大学哟！唉、唉！这可咋整啊……"常青爹痛苦地摇着头，走下山去。

常青愣愣地看着，再也忍不住，发泄地高喊一声，便抱头跌坐在草地上。只有山虫在吱吱叫。

那边传来一阵摩托车声，有人喊："青子！你真回村了！"

常青惊疑地抬头望去，是林凡走了过来。他一下便站了起来。

林凡笑着来到跟前："一听这跑了调的山歌就是老姨父，还教过咱俩……咦，他没在啊？"

常青冷冷一笑："认差人了吧？乡下的窝囊废哪敢和城里的大主管攀亲啊！"说着转身走去，向一头离群的驴扔了块石头，"没良心的东西，滚回去！"

林凡相当尴尬："青子，你听我说，不是我不想帮你，我实在是帮不上。我也不知水厂要把你裁了……"

常青根本不回头，赶驴向前走去。

林凡又羞又恼，喊起来："青子！把话说开行不行？！你再耍犟，别说我像小时候那样收拾你！"

这话倒让常青站下了，慢慢地转过身来，突然抱着头蹲下身去，号啕大哭：

“我到底该咋办哪……谁来帮帮我啊……”

林凡蹲下去搂住了他的肩，轻轻地拍着，很难受地垂下头：“我知道你辞工后，打不通电话，就找来了……”

常青长叹一声：“我妈为了我上大学，硬是有病不治，临死还拉着我的手，就盼着我能找个好工作。可我……找不到啊，让人瞧不起。”

林凡也叹气：“真是够呛。那想咋办呢？”

常青抹抹眼泪抬起头来：“表哥你放心，青子是没啥大能耐，但有志气，我一定会找到一份好工作，让地下的老妈能合上眼，让世上的活人不再说我的闲话！”

“这才像个爷们儿！不过，在当下，不是能够找个工作就算是就业了，如果能发挥自己的优势去创业，不是比端人家给的饭碗好吗？也许能闯出个自己的金饭碗呢……”

“眼前还顾不上来，还创业。你啥意思？”那边一头驴离群了，常青忙跑过去赶回来。

林凡望着驴群，突然问：“你这一头驴能出多少肉？能卖多少钱？”

“肉驴长得快，好的话能……咦？你问这干啥？”

林凡对常青说：“你不是学畜牧的吗？我有个想法，你就靠驴来闯出自己的天地不行吗？”于是哥俩便坐在山坡上认真商量起来。

到天傍黑的时候，他们回到家，常青已经面露笑容了。常青爹见了林凡，有些意外，好长时间不见了，张罗着要给他做好吃的。

林凡说：“先别忙，我有个重要的事要见见村主任，让他出面帮忙，可我不大熟，老姨夫你得领我见见他。”

这是轻而易举的事，他们在村委会见到了村主任。寒暄过后，林凡介绍了自己的身份，而后郑重其事地谈了他要帮常青创建肉驴产业基地的想法，希望得到村里的支持。

村主任听完，惊讶地盯着林凡：“你说啥？让常青建肉驴基地？这，行吗？”

林凡说：“村主任，肯定行。肉驴是咱这地方的特产，常青又是学畜牧的，这就是优势，为啥不能把肉驴做成规模？”

常青爹一听，头摇得像拨浪鼓："小凡，你别瞎忽悠，你要想帮你表弟，给他出点实招！养驴是个啥？我养一辈子驴了，还是山老样一个！能成啥气候？"

"老姨父，你那是没知识……"

常青爹一瞪眼："嗯？"

林凡嘻嘻一笑："啊，我是说，你是没得到支持。常青要是养驴，可以学习外地的经验嘛。就咱们市秀山区有个村办的小养鸡场，现在呢，成了当地的肉鸡大企业，产供销一条龙，带动当地各村的农户都给他们养鸡，有自己的加工厂，各种鸡肉产品销往全国以至国外，成响当当的名牌了。青子是学畜产的，有满肚子的系统理论知识，就差和实践结合了，为啥就不能像他们那样搞个养肉驴的大企业？"

常青爹："说这都没用，你就给老姨父说实的，你不是要说什么支持吗？"

林凡又笑："老姨父，只要你支持，我肯定支持，让青子成功！"

常青看着爹和村主任："我看表哥说得中。你们就答应我试试吧。"

常青爹看着林凡："你支持？你咋支持？"

林凡："我可以贷给他款，购入一定数量的驴驹，建设驴场，一年后肯定见效益！"

村主任："你能给贷款？真哪？"

林凡："还得请村主任支持。你得给当担保人。"

村主任思索一下："建肉驴基地，大伙都跟着养，再建加工厂，还别说，八成真有戏……"

常青爹："我说村主任啊，这不行，我儿子哪能在家养毛驴子，他还得找工作呢……"

村主任直咂嘴："哎呀，林凡是你亲戚，他还能祸害你啊！林凡，你给我好好说说，分析分析，中的话，只要常青想干，我担保！"

八

两天后，林凡从乡下回来了。正是下班时，肖雅和陆阳从银行出来，正碰见林凡骑摩托车来到跟前："林大哥回来了？事办完了？"

林凡兴奋地锁好车："挺好，歪打正着，没想到发展了一个大客户。你们怎么样？"

肖雅："我已经完成了对黄伟婚纱影楼的评估调查，准备明天报行里的审贷会。"

"把材料先给我看看。你呢？"林凡转向陆阳，见陆阳腮上贴着一大块纱布，有些奇怪，"这是咋了？"

陆阳支吾着："哦……咋个不小心磕的……"

林凡笑了："这么大个人了，咋还磕脸蛋子了，不是让谁给咬了吧？水厂咋样？"

肖雅瞪了支吾的陆阳一眼："就这德行，谁咬他！你怕挨批评对领导说是磕的，对师傅你还不说真话啊？你不说我说，他这是让水厂老板给打的。"

林凡大吃一惊："打的？咋回事？"

陆阳被肖雅揭了底，只好说出了实情。

就是林凡回乡下的那天，陆阳也去了纯净水厂。赵媛媛把陆阳介绍给哥哥赵猛："哥，爸那天发病时，这位陆先生也在，是他们帮我把爸送到医院的。"

赵猛看看他，点着头："唔，那谢谢了。陆先生来，有什么事吧？"

陆阳："不客气。我是受我们林经理的指派来的，主要是来谈钱的事情……"

赵猛一下子眯起了眼："啥意思？你们垫的医疗费不是还了吗？唔，明白了。媛媛，去拿一千块钱来，算是对这几位的酬谢吧。"

陆阳急忙说："一千块？不不不，这怎么行……"

赵猛呼一下站起来："那就对不起了，等着我给你们写感谢信吧。我还有事，不陪了。"说着大步向屋外走去。

陆阳一愣，急忙追出去："哎、哎，我不是那个意思！我不是来讨酬谢的，是想给你们送钱的……"

赵猛根本没有站下的意思，陆阳紧紧地跟着："别硬撑了，我知道你们资金相当紧，我们可以帮你渡过难关……"

赵猛烦躁地："你别唠叨了行不行！我不借！利息那么高，还不起！走吧走吧！"

陆阳皱皱眉，还是跟着："你咋比你老爹还倔呢。这样吧，你不是想谢我吗？答应这笔贷款，算帮我完成一个客户怎么样？"

赵猛呼一下回过头来："我觉得你们是无利不起早嘛！你们这是乘人之危要从中渔利！我爹那天犯病就是你们气的，我还没找你们算账，还来挖坑下套，想干什么？"

陆阳脸一下涨得通红，也火了："你怎么能这么说话？真是不识好歹！连句人话也不会说，属驴的？太没修养了！"

赵猛一瞪眼走过来："骂谁哪？"

"不敢。买卖不成仁义在，奉劝一句，小老板，没啥了不起，要啥呀？就这臭脾气，离你爹不远了……"

赵猛挥手就是一拳："放你妈个臭屁！"……

于是，陆阳的脸上便贴上了纱布。

林凡惊愕地听完，好半天才轻轻地说了一句："我知道了。下班了你们走吧。"

那一夜，林凡没有睡好。

第二天上班，林凡把一叠材料递给肖雅。满怀希望的肖雅急忙问："还行吗？哪儿还要修改补充？"

"重做。"林凡冷着脸说。

肖雅一下瞪大了眼："重做？就是说，一无是处？"

陆阳也相当惊讶："她的方案我看了，还帮着做表了，咋就不行？"

"资产表、损益表都不细，尤其是交叉检验一块，"林凡翻着方案，"好好看一下，这里面没有收集到客户多少有用的信息，比如家属、朋友、生意伙伴……"

肖雅："我这是为尽快帮黄伟把影楼开起来啊。你不是说，咱们的微贷，就是帮助这些急需扶助的微小经济体嘛……"

"这不错。但你要记住，我们是金融企业，而不是扶贫机构，给客户提供的是贷款而不是救济金。我们在支持他们发展的同时是要回收的。因此，在放贷时要尽量做到零风险，而前期调查核实客户的各方面信息是相当重要的。重做吧。完后再给我看！”

肖雅有些沮丧。陆阳有点打抱不平：“师傅，你这不是有点小题大做吗？多大个事呀还重做……”

林凡瞪他：“闭嘴！你还有脸说，竟和客户动手了，岂有此理！”

陆阳立刻将脸扭向一边，梗着脖不出声了。

林凡：“走，跟我再去纯净水厂！”

陆阳大吃一惊，呼一下扭回头来：“什么意思？是找他算账还是想让我去赔礼道歉？”

“去联系这笔贷款！”

陆阳声音不自觉地高起来：“我不去！两次了，那就是个‘拒无霸’，还干什么？你虽是我师傅，我也得说，你不像个汉子！我挨打了你不替我说话，还要去巴结人家，真是……为钱不要脸了……”

林凡怔了一下，也想喊，但深吸一口气又压下了，对陆阳说：“你给我听着，人的脾气千奇百怪，客户也是各种各样，有配合的也有不配合的，有谦和的也有狂傲的，有诚实的也有虚伪的，咱们做信贷的都得适应，尽量把业务做成！只有我们找客户，不能让客户找我们，这是我们行的服务文化！跟我走！”

陆阳哼了一声扭过脸去。

“那好吧。你冷静两天也可以，但一定要去！陆阳你要明白，我这是为你好。你现在刚实习不久就和客户闹僵，不想想后果吗？”林凡转身向屋外走去。

肖雅愣愣地看着，推陆阳一把：“别犟了，快答应师傅！要不，闹到行领导处把你解聘就晚了！”

陆阳一怔，急忙追上师傅表态，什么时候去，他一定跟着。

九

赵媛媛从药店给瘫痪的老爹买药出来，听背后有人喊她。她回头看，见是常青笑着跑过来。

赵媛媛有点吃惊，急忙迎过去：“你个大傻瓜！咋不跟我说声就走了？”

“哦，我是……不想给你找麻烦。你哥，不是要裁人嘛……”

“哎呀，为这你就走了？我看你是在别处找到好差事了吧？”

“要能找到早走了。我回乡下老家养驴了。”

“你……回去养驴了？”赵媛媛看着他眨了半天眼，“哎呀，你没个去处辞什么工啊。走，跟我回厂，我让我哥重安排你……”

“好马不吃回头草，那更让你哥看不起了。我要办肉驴产业公司了……”

“养驴办公司？”赵媛媛抬手摸他额头，“你……真傻了吧？”

常青挡开，憨笑：“真的。我表哥给我出的主意，还帮我贷了款。我今天来就是办贷款的。”

赵媛媛直眨眼：“是呀。你表哥是干啥的？”

常青告诉她，就是把赵老爹送医院那个富民银行的姓林的。

赵媛媛回厂想把这事说给哥哥，可赵猛根本不听，而是跟她说，想要处理一些厂子的产业。赵媛媛一听就急了，坚决不同意。

赵猛更着急：“这个厂是我说了算！欠这么多钱了，不处理点产业，拿啥还？”

赵媛媛：“坚决不行！厂子决不能动！卖了厂子还怎么发展？”

“那你说能怎么办！总不能卖住房吧？”

“豁上卖住房也不能卖厂子！没住处可以将就，没了厂子就没发展基础，不是坐吃山空，等着饿死吗？为啥就不能贷点款迈过这个坎呢？不知爸爸和你是咋想的，一说贷款吧就觉着丢人，真是死要面子活受罪！”

“哎呀，我也不是没去贷，那些大银行根本就没把咱这小企业放在眼里，嫌麻烦还不赚钱，咱一出事人家就更不理了……”

“那不会去找那些小银行吗？人家富民银行就来两回了，你怎么就信不着人家呢？非傍大款干啥？”

赵猛直咂嘴：“老话不是说‘上赶着不是买卖’嘛，我总觉着他们上门送钱有点不对劲。咱要再遭一把骗，更是雪上加霜了……”

“哎呀，那你不会到富民银行看看嘛，有没有这几个人！我听常青说了，送爸去医院那个叫林凡的是常青的表哥，刚帮常青贷了一大笔款建养驴场，骗子还能骗亲戚啊？”

“是吗？”赵猛眨了半天眼，“那也没准，搞传销的专从亲戚下手。不过呢，常青比穷光蛋强不了多少，骗他干啥？姓林的真给常青贷款了？”

“常青亲口说的！哎呀，咱去富民银行问问不就清楚了嘛。”

赵猛有些动摇了：“要不……就找找他们？不过……”

有个工人进来说，有两个富民银行的要找老板。

“说曹操曹操就到，又来了。”赵猛一怔，从窗子向外望望，见林凡和陆阳正在锁车子。

赵媛媛眼睛一亮：“这不正好嘛……”

赵猛稍一迟疑站起来：“姓陆的小子也来了，准是为那天的事来找我理论的。我就不出面了，你接待一下，看他们是啥意思。”

赵媛媛：“你打了人让我替你赔不是？我……”

正说着林凡带着陆阳推门进来了：“赵老板你好，我和陆阳来看看你。”

赵猛有点尴尬，强笑着站起来：“哦……啊……这是哪里话，一个巴掌拍不响的事。我不怪他了，你们谈……”

林凡一笑：“赵老板，你以为我们是来向你赔礼道歉的？”

赵猛只好站下来，嗤笑一声：“那么，是来找我向你们赔礼道歉了？好吧，那天是我不对，行了吧？”

陆阳翻翻眼，哼了一声：“你……”

林凡拉拉他，对赵猛说：“你刚说了，一个巴掌拍不响，你们双方都有责任。我们的陆阳是新人，有些业务包括和客户交流，正在学习，可能惹你不高兴，但你不能动手啊……”

赵媛媛急忙说：“那天我哥是话赶话说急了，对不起对不起了……”

林凡：“既然话赶话的事，为什么不能坐下来心平气和地交个朋友呢？俗话说不打不成交啊。”

赵猛有所触动，挠挠头，讪笑着：“你看那天吧，为厂子的事我本来就心烦意乱，陆先生呢还老缠着，我就失控了……对不起了，对不起了。一会儿咱去饭店，我给你们赔礼……”

林凡一笑：“吃饭不必了。你能认真地和我们说会儿话吗？”

赵猛：“啊，坐坐。媛媛，快给客人沏茶……”

这次赵猛真是有些感动了，认真听林凡的介绍。经最后的交流和确认，他终于爽快地答应了贷款，并陪同进行了各项调查。

夕阳西下，林凡和陆阳骑自行车从纯净水厂出来，陆阳的脸色好了许多：“师傅，想不到，你真有两下子，到底把水厂这笔业务拿下了。”

林凡：“不是我有两下子，是他们确实需要这笔贷款。”

陆阳：“不过，我总觉得……为了拉点贷款竟然这样低三下四，有点太屈辱了……”

林凡一笑：“是吗？你觉得，为了完成业务量，就这样点头哈腰赔笑脸是有失尊严对吧？可我觉得你只看到了表面。完成业务量是对一个信贷员最起码的要求，那是和银行的效益、个人的收入相关联的，想办法积极完成是必需的。而且，有深一层的意思，你还没体会出来。”

“深层意思？什么？”

“这也是在积极主动帮助最下层的无助的人群。那些大企业，有大银行撑着，可遍地开花的小企业、个体工商户，谁来管啊？而这，正是世界金融界专家认为的最有发展潜力的‘蓝海’。咱们行恰恰选择为基层服务的微贷业务作为战略发展方向，真是太对了，这就叫‘蓝海追梦’！你想，这种为最底层百姓服务，促进社会稳定、经济发展的大好事，能不‘好梦成真’吗？”

陆阳有些不屑地笑笑：“这么深的意义啊？我还真没体会到……”

林凡只管说下去：“如果你以为我是在唱高调，那我就通俗点讲，对我个人而言，我觉得我是在扶弱济贫，在行善事……”

陆阳笑出了声：“呀，这怎么有点……”

“不要笑。我是从最底层出来的，能活到现在，要感谢无数人的帮助。我的老娘……哦，为了养活我，拖着残疾的身子拾过垃圾、扫过大街，在邻居的帮助下卖过菜……后来，我是在扶贫基金的支持下才读完了大学。我忘不了那样的时日，忘不了帮过我的人，我要报答他们。我也深知最基层民众的要求和渴望，我想帮他们……”

陆阳不再笑了，似有所悟。

灿烂的晚霞把天地染成了玫瑰色，也给骑车慢行的林凡和陆阳镀上了一层淡淡的光。

林凡带着陆阳和肖雅就这么在微贷的业务上奔波着，大的如各类公司、工厂，小的如货摊、甚至卖鞋垫的，只要有需要，他们都上门服务。到年底，林凡及由他辅导的实习员陆阳和肖雅，被评为富民银行微贷部年度业绩最高的信贷员！

十

又是一年春草绿。

那天，肖雅和陆阳办完一件业务，悠闲地往回走。肖雅说：“一晃来富民银行快一年了，再过一个月咱们实习期就满了吧？”

“就是啊。”陆阳点头，“林凡不是跟咱们说了吗，要对咱一年来的工作考核了，过关的转正，不行的就拜拜了！”

“那咱可得用心准备，可不能前功尽弃。”

“这还用说嘛。”陆阳瞟了一眼肖雅，嘴角掠过了一丝笑，“你转正是手掐把拿，我呢，就不能掉以轻心了。”

肖雅有些奇怪：“怎么可能呢，师傅教咱们是同样的，你也不比我笨，发展的客户比我还多一个，怎么会没了自信？”

“哦，那不一样，师傅对你倾注的心血比我多，单独带你出去搞案例也多，自然是有区别了。”

“那倒是。这回他布置，考核前让咱们对所有客户除正常回访外，要对重要客户进行深入考察。他要带我下乡考察常青的肉驴公司呢。”

陆阳淡然一笑：“那好呀。但愿他能给你更多的指导。回来能传授给我点吗？”

“那当然……咦？你什么意思？”肖雅一下站住，盯着陆阳，“我怎么听这话有点酸呢？”

“怎么了？我说什么了？我只是羡慕你嘛……”

“少给我阴阳怪气的！你话外之音不就是说他喜欢我吗？呸！”肖雅眯眼瞅着陆阳，“你也不想想，人家说过有女朋友，在美国读博士，比你我强百倍，能像你这眼光看上我吗？小心眼儿样！陆阳我告诉你，你要再这样，咱就各走各的！”

“你看看你急啥，我根本没这意思啊……”

“那好，在我和师傅下乡期间，你把我在城中的客户经管好，全都走一遍！”肖雅扭头走去。

不怪陆阳有醋意，林凡还真是这么安排的，没过两天，他就骑摩托车带着肖雅去考察常青的肉驴公司了。

林凡他们来到村头，他突然把车停下来，对后座的肖雅说：“你下来，就走着进村吧。”

肖雅非常奇怪：“让我步行？还老远呢，为啥？”

林凡指了一下不远处草地上的驴群：“看到了吗？去查访一下，和放驴的人聊聊，他们是不是在与常青驴产品公司合作，什么条件，效益如何，没合作的为什么。他们都认识我，你去能听到真话……”

肖雅：“干啥这么神神秘秘的？像搞情报似的……”

“差不多。”林凡笑了，“对有些客户还真得有些谋略，想办法得到真实信息，才能最大程度降低咱们富民银行的风险。”

“常青是你表弟呀，还用这样？”

“越是亲戚越容易大意。你去吧，在村中走一遍，中午到常青驴场找我。”林凡说完骑着摩托车走了。

肖雅只好朝那群驴走去。放驴的是个老头儿，肖雅和他亲热地打招呼，以要买驴肉为由和他聊起来。

放驴的老汉笑着说：“你要买驴肉？哎呀，跑这冤枉路做啥？我们在城里就开着驴肉专卖店嘛，都是养成熟了才杀，质量没挑。再说我这驴也不能卖给你呀，养成了，得交到驴产品公司去，有合同的。”

肖雅：“这么说，你们都参加了公司，在别的家也买不到呗？”

“那当然，因为驴产品公司是统购统销，一条龙服务，村中愿意养的，公司提供小驴驹、饲料，养成了，公司就地收购加工，统一外运，不比自己去农贸市场卖强？村里老百姓都抢着养，家有妇女和老人就能喂嘛。这可是村里的来钱之道……”

“哦，我听说，你们这个驴肉公司的总经理挺年轻，他咋就把摊子干这么大？”

“遇上财神爷了！是富民银行给贷了一笔款，那小子有了底垫才干起来的……”

“胆子不小，他不怕遭人反对干不成啊？”

“这小子有知识，是大学生，别看不言不语，可有个犟劲，认准的事八头牛也拉不回来。一开头，有看热闹的，有反对的，我就最不赞成，气得我差点揍个兔崽子……”

肖雅笑了：“大叔你真是，不同意就不干，凭啥揍人家？”

“凭我是他爹！好几万块钱还不上哪，还不成了我的饥荒？可这一年下来，一算还真见回头钱了！我真服了，我那外甥真没瞎出主意，帮了一方人啊……”

肖雅吃惊地盯着老头儿，一跺脚：“您是常青的爹？哎呀，撞枪口上了，还搞啥情报……”

常青爹直眨眼：“闺女，你说啥报？你……是干啥的？”

“我就是你外甥林凡的手下。”

“呀，这小子回来了？在哪儿呢？”

这会儿的林凡正在村委会和村主任亲切唠着。

村主任听说他是来核查贷款的，便问了最关心的问题：“常青公司的贷款都按月还了吧？”

林凡笑着点头：“要不早找你这担保人了。”

村主任放心了：“我觉得也不至于拖欠嘛，卖一头驴就还个差不多。我看哪，这养驴要成咱村的支柱产业了！”

“那还不是得到了村主任您的支持。”

“不不，关键是你们银行支持。没钱，我再支持能干个啥？再呢，也得说常青这小子能干。有文化有知识就是不一样，看事情想问题比我们强多了。我琢磨了，我得把这个村主任的位子让给这个敢回村创业的大学生了……”

林凡眼睛一亮：“真哪？常青要真能经过这种磨炼，将来肯定会有大发展的！”

村主任笑着：“不过，我有个条件，在我让位下台之前，你得支持我一把。”

“只要我办得到，没问题！”

“给我贷点款，我要给村里的老百姓搞上喷灌机，让粮食产量上来。我下台前总得给老百姓干点实事，留个念想。”

林凡有点意外：“村中要贷？好事。可，谁给你们担保呢？”

“我。”随着说话声，常青带着爹和肖雅进来了，“我们公司愿给村里担保。表哥，你每回来都不打招呼，总是微服私访，突然袭击，干什么，信不着我呀？”

常青爹笑：“还派个闺女去套我真话……”

林凡大笑：“老姨父别恼，我得为银行、为你们都得负责啊。好好，不暗访了，咱明察！肖雅，走，咱先察看常青驴产品公司经营情况，而后察看村里的资产，分析申贷的可行性。”

常青憨笑：“走，先去看驴场。我可不怕。”

林凡和肖雅在村中忙了两天，不但核查了原来的业务，还发展了一项新业务，很有收获。

往回走的路上，肖雅说：“村里给常青公司担保，公司发展起来了，现在有了实力，又为村里的发展担保，不会出问题，已经形成良性循环了。”

“是呢。你们实习员不是要以切身体会和实例搞讲演比赛嘛，我看这个案例就不错。农村企业和个体户，更需要我们的微贷啊，就像干渴的土地盼着及时雨一样。你就写写这个吧……”林凡说着，将摩托车慢慢停下来。

“怎么不走了？”肖雅问。林凡掏出手机，向那边草地指指：“拍个照片。”

肖雅莫名其妙其妙地向那边看看。草地刚刚返青，只有早春的马兰花显示着春的气息。草地上，一个蒙古老乡赶着一辆拉干草的牛车慢慢走来。

肖雅：“这有啥可照的？我不照。”

“不是照你，我要照那辆牛车。咱们总行不是要搞员工的摄影展嘛，这和年年搞文艺会演是一个意思，都是咱行精神文明建设的重要内容，咱们都得积极参加参加呢。”林凡边说边举起手机，追着拉草车前后拍照。

赶车的是个三十多岁的蒙古族汉子，他“吁”的一声停下车，皱着眉：“照什么照？好玩吗？”

肖雅忙解释：“我们是要拍一下草原的淳朴风情、牧区的真实生活。来老乡，笑一笑……”

那汉子却是一声冷笑：“我这破牛车就是牧区的真实生活了？不是的！我有四千多亩草场，三百多只育肥羊。为响应政府号召，我要把散放改为圈养育肥，那就得拉草，可还没有拉草的汽车，只好用这牛车，根本就供不上用。”

“为什么不买呢？”林凡问。

“买不来。我看好了一台农用汽车，钱不够，款贷不下来。”汉子说着赶车要走。

林凡看着那忧郁的眼神，突然说：“大哥，你家离这不远吧？我们想去你家喝点奶茶，可以吗？”

汉子稍一怔，回过头来：“过路的朋友要喝茶，肯定要招待。只要不嫌弃，来吧！我叫巴图。你们是谁？”

十一

富民银行微贷部中有一排存储着微贷系统各种信息的电脑。陆阳在一台电脑前认真地查看着，不时记上几笔。看着看着他停下了，向前凑凑细看，不由说道：“黄鹤楼婚纱摄影，要到还款日子了，咋还是空白啊？”

旁边一位主管过来看了一下，对他说：“这是你的客户吗？得提前提醒、督促啊，可别造成逾期，那客户和信贷员都要遭罚的。”

陆阳点着头开始拨打肖雅的电话。拨通了好半天，肖雅才接，说是和林凡正在牧民老乡家喝茶吃手把肉。陆阳一声冷笑，挺有情趣啊。并告诉她，她的客户婚纱影楼没还贷。

那边的肖雅却没当回事：“什么？不能吧，那个客户是很讲信用的，每月都按时还贷的……你替我催着点……主人来敬酒了，一会儿再说。”挂了。

陆阳差点把手机摔在地上。但他还是去了那家婚纱影楼。他推门进去，一个姑娘急忙迎过来：“先生，要照相吗？”

“我找你们黄经理。他的手机一直打不通。”

姑娘说黄经理好些日子不来了，在医院伺候病危的老父亲呢。

陆阳跟姑娘说，他是富民银行的业务员，是来告诉这个月的贷款快到日子了，请黄经理按时还贷。否则，不但要有经济损失，还有信誉损失，再办贷就难了。他说完转身要走，却一下站住脚，惊愕地看见玻璃门上赫然贴着两字：转兑。

陆阳大惊，急忙再拨肖雅的手机，传来的却是关机的提示音。

第二天，他又到婚纱影楼去了一次，已经关门了。当他回到银行，迎面见林凡和肖雅说笑着从走廊那边过来。他不由停下了脚。

肖雅笑笑，打招呼：“下班了？等我一会儿，一块走。”便进了旁边的洗手间。

陆阳没理她，看着林凡一笑：“这趟春游，一定开心吧？”

林凡：“挺开心。这次真没白跑，发现了……咦？什么春游，咱们这不是在做业务吗？”

陆阳冷笑：“那么，本该昨天就能回来，为啥拖到今天？驴产品公司是你的客户，非拉上肖雅干什么？”

林凡怔了一下：“唔，这呀，客户不是我的亲戚嘛，我必须带一个人，以防出现误差。为啥今天才回来，是因在半路上又遇上了一个潜在客户……”

“编，接着编！那为什么不能带我？你到底想干什么？”

林凡吃惊地瞪着陆阳，一下皱了眉头：“你……怎么了？这是说什么呢？”

“说什么你明白！”陆阳说着竟推了林凡一把，“请你自重！”

肖雅从洗手间跑出来，见二人脸色不对，一下插在他们中间，瞪着陆阳：“你说什么了？”

陆阳看看她，又看看气得直哆嗦的林凡，狠狠地抹了一把脸，无所谓的样子咧咧嘴：“啊，没啥，我是一着急，声高了点……”

肖雅：“啥事让你跟师傅要急？”

陆阳深吸一口气：“你的客户出事了！就是那个搞婚纱照相的黄伟，要逾期，你又不在，我能不急嘛！前天我就给你打过电话，你不是忙着吃肉喝酒嘛。”

“少扯没用的！”肖雅说，“我不是让你盯着催吗？”

陆阳冷笑：“我去两次了，见不着人。再给你打电话，关机了。真是太忙了……”

“我那是手机没电了！今天没再去看看？”

“已经关门了。”

林凡大吃一惊：“有这事？为什么不早说？走，去影楼！”

影楼果然已经是大门上了锁。旁边一家商店的人告诉林凡他们，这个影楼的小黄干不下去，要兑出去了。

肖雅瞪大了眼：“要兑出去？他干啥去了？这……他怎么能这样……”

林凡：“别急。马上联系他的担保人……”

陆阳：“联系过，已经去外地经商了。”

林凡：“这……肖雅，你到小黄家中去过吧？走，去家里找他！”

肖雅放贷之前调查时是到过客户黄伟家的。当他们敲开门，见到的是满脸悲戚的影楼经理黄伟。

他见了林凡他们，有些意外，垂下头：“哦……是林经理，你们是来过问贷款的事吧？请进吧。这几天抢救我老父亲，实在顾不上别的事，老父今天去世了，等把他安葬了，我一定先把还贷的事办了，你们放心……”

林凡有些意外。他们进了屋，见厅中摆着一个灵位，上有一个写着名字的牌子，前面燃着香，周围摆着花。

林凡和陆阳、肖雅向牌位三鞠躬，对黄伟说："节哀吧。那我们……就先走了……"

"谢谢。请你们原谅，我必须办完老父亲的事再办别的。我……太对不起我的老父亲了。我十来岁时老爸就下岗了，还身患癌症，但为了我有一门手艺，他用积攒的几千块钱让我学摄影，并在你们的扶持下开了影楼。可是你们看，老父亲走了，我却找不到一张父亲的照片！"黄经理看着那个写着名字的牌位哽咽有声，"我对不起我的老爸啊！我是照相的，给这个照给那个照，怎么就没给为我操心一辈子的老爸照一张啊……"

林凡也很难受，但不知说什么好。他们回到银行，只有沉默。到底肖雅沉不住，嘤嘤哭起来："咋会这样呢，突然间出了这么大事故，正是转正的关卡，我这不是完了吗……"

林凡皱着眉："他老爹身患癌症这个情况，你原来不知道吗？"

肖雅犹豫了一下："我到他家去过，他说有个父亲，但当时没在家，我也就没再细问……"

林凡："恰是这一点出事了。还有担保人，竟迁走了……"

肖雅："去年你让我重做，为了尽快完成一个业务，就……"

陆阳："已经这样了，先别追究那些，快商量怎么办吧！黄伟真不还贷，肖雅八成也就实习结束了。师傅，别生我的气了，求求你，想个办法吧……"

林凡："别太紧张。逾期这事，是时有发生的，你们是第一次遇到。梅花香自苦寒来，没有经过逾期磨炼的信贷员成不了好信贷员。遇到这种情况，那就是一个永不放弃，不断和他接触……"

陆阳："哎呀我的师傅呀，黄伟为给他爹治病，借了几万块钱的外债，把影楼都押出去了。没了资金来源，就是再盯着有什么用？"

肖雅也乞求地望着林凡："师傅，咋办啊？这个黄老板原来是很讲信用的，每月都是提前还款，从他对他父亲的孝道看，这人处事不会有恶意，当是个诚信之人……我想，咱能不能再给他做一次续贷？让他还清外债，保住影楼……"

陆阳眼睛一亮："对呀！只要他产业在，有经济来源，不但能还贷，而且还会发展……"

“你们的想法不错。”林凡思索着，“不过，续贷是不可能的。他这种情况，已经没有了偿还能力，行里是不会再批的。”

肖雅无望地：“那可咋办呀……”

林凡用力搓搓脸，深吸一口气，故作轻松地笑了：“没啥大不了的，把这事交给我吧。我保证让他及时还款。”

陆阳和肖雅惊讶地：“真啊？”

“谁让我是你们师傅呢。”林凡说，“肖雅呢，你们俩，去白音塔拉找那个拉草的巴图，给他办买农用汽车的贷款。这次一定要做细，不能问问拉倒。”

肖雅：“一定办好。”

陆阳看了肖雅一眼：“太谢谢了，要不肖雅的考核可就……”

林凡故意板起脸来：“有你什么事啊？”

陆阳一下子窘得满脸通红。林凡哈哈大笑着捶了他一拳：“你小子，要谢也行，请我吃麦当劳！敢跟师傅瞪眼耍横，赔礼道歉！”

陆阳稍一怔，立刻喊：“麦当劳是个啥，走，去大酒楼！”

等陆阳和肖雅去白音塔拉给牧民巴图办完贷款回来，“黄鹤楼”婚纱影楼又重新开门了。

肖雅和陆阳忙问林凡是怎么回事。

林凡很淡然地说：“不用问，那影楼还是黄伟的，就是他重新开业了。而且将要逾期的贷款及时还清了，以后还贷也不用担心了。”

肖雅惊喜地：“真哪？太好了！”

陆阳：“这么快，你又给他整到续贷了？唔，你说过，那不可能，那你是咋给他解决的？”

林凡一笑：“没有金刚钻……”

陆阳撇撇嘴，忙接话：“不揽瓷器活，要不能当我师傅？得得，我服你是高人行了吧？啥招儿就说说呗……”

“你就甭问，此招保密。逾期的事不会对你们转正评估造成影响了，你们下一步稳下心来做好有关转正的各种材料，参加考核。巴图车贷的材料交给我，我去办。”

十二

那天，林凡正在办公室做一份调查表，有人告诉他楼下有人找。他急忙出来，四下张望："谁找我？"

巴图从停在路边的一辆农用车旁跑过来："兄弟，你看，我这新车怎么样？"

"是巴图大哥？"林凡看看那辆车，"买上就好。解决点问题吧？"

巴图真诚地笑着："还用说。过去我得雇三个车拉草还供不上，现在啥都不误了。真感谢你帮大忙了！"

"应该的。巴图大哥，找我有事啊？"

"没事没事，就是来看看你。"说完笑着上车走了。

林凡怔怔地看着车走了，一笑："没事，就看看我？好实在……"

他的手机响了，接听："是娘？有事啊？……什么？有人给咱家送了一只羊？……是个蒙古族老乡，说是感谢帮他买车……"他惊愕地收起手机，"这个巴图，怎么这样……"

林凡急忙返回办公室，见肖雅和陆阳在兴奋地说着，便问："考核完了？怎么样？"

肖雅："明天还有一场业务测试，估计过关是没问题了！"

林凡收拾着桌子："那就好，抓紧准备吧。我去办点事。"

陆阳看他有些焦急，便说："林哥，好像有啥急事吧？用我吗？"

林凡："是巴图给我送了一只羊，我得给他送回去。"

"送回去？人家就是表示一点谢意，送回去不合适吧？再说，人家是送到你家里的，行里也不知道……"陆阳有些不在意地说。

林凡转过身来："兄弟，你还记得你们进入咱行就一再讲的'白手套'精神吗？信贷员无论和客户相处多亲密，都不能接受客户的任何礼物。"

肖雅："哦，那倒是。可这么远，又是一只羊，能说送就送啊？"

林凡："雇车送！反正是不能让这只羊在我家过夜！"

陆阳："雇车？多远啊，雇车的钱可能比羊钱都多，值吗？"

"那也得送。我帮他可不是为了这个。再者，这传出去多不好，用贷款去讨客户便宜，坏了咱银行的形象！"林凡说着走了出去。

"我跟你去！雇什么车……"陆阳愣了愣，跟出来，他说着掏出了手机按号，"喂，赵猛大哥吧？我是陆阳……赵哥啊，我想借你送水小卡车帮个忙，啊……是拉个羊……"

林凡："哎哎，你怎么……"

陆阳瞟他一眼马上对手机喊："喂喂，油钱我出……"

赵猛很快把车开过来，带着林凡和陆阳把那只羊送了回去，费了好大劲才让巴图收下。

回到市区已是明月高悬了。陆阳不过意地对赵猛说："你说这巴图，急了，非要把羊杀了给咱煮手扒肉，那不得天亮啊。赵哥，让你跑了大半夜，太麻烦了……"

赵猛："说啥呢？不是你们帮我，我说不上咋样了，还不知该咋谢你们呢。往后少说这些外道话！先送林经理回家吧？"

陆阳回头问似是睡着的林凡："林哥行吧……呀，你鼻子出血了！"

林凡疲惫地闭眼依在后座上，有血从林凡鼻孔流出来。听到喊声，他睁开眼抹了一把，忙掏出手绢堵住："赵哥，找个有水的地方停一下，我下车洗洗。"

赵猛在街头一喷泉处把车停下，林凡下了车，可一晃荡却跌了个跟头。陆阳忙跳下来拉他："怎么了？"

林凡起来："没事没事，迷糊了一下。"

"迷糊就跌倒了？那可别不当回事。"赵猛也下了车，"我爹原先就常迷糊。要不，去医院吧……"

林凡到泉边去洗："我这鼻子一犯累就出血，是啥病我知道，用不着去医院。"

陆阳："要我说还是别大意。赵哥，送他到医院止止血吧……"

林凡摆着手刚要说什么，他的手机响了。他用手绢塞住鼻子，接电话："喂，是常青啊，这么晚了有事吗？……啊啊，你说什么？哎呀……那好，我这就联系……”

他收起手机：“赵大哥，还得麻烦你，走，去兽医院！”

赵猛和陆阳直眨眼：“你鼻子流血……去兽医院？”

林凡：“哎呀，说啥呢！是常青的驴场发生了疫情，让我在市里给他联系兽医专家。我是想啊，咱马上去请，连夜就走。”

陆阳：“用得着连夜就去吗？”

林凡：“客户的事就是咱的事，他们的风险也是我们的风险啊。病驴已经出现死亡，疫情不容拖延啊……”

赵猛跳上车：“林经理你别说了，我明白你的意思。我那么对你们，你还帮我，何况是有客户遇上大坎了。再说常青也不是别人啊。走！”他边发动车边打手机，“是媛媛吧？你把轿车开过来，送几个人……问什么，去常青那儿……”

十三

等林凡他们带着兽医专家赶到常青的驴场，已经是第二天早晨了。专家立即开展工作，有的消毒，有的开始检查。

常青和所有人都围着专家们忙前忙后，跟在一边的林凡却显得相当疲惫，无力地蹲了下去。

时到中午，几个专家交流一下，一位说：“我们还要解剖研究一下。不过没大事，报得及时，是可以控制的……”

常青身边的媛媛抱着常青胳膊直摇：“太好了，没大事了！”

常青松了一口气，回头对蹲在地上的林凡说：“表哥，你听，多亏你来得及时……”

林凡抬起头来，努力笑笑：“那就……好……”突然倒了下去。

众人大惊。昏迷的林凡很快被送到了市医院。医生处置完，把常青和陆阳叫到办公室：“人醒过来了，暂时没什么危险了……”

常青和陆阳都长出了一口气。但医生又说了一句：“不过……他已经没什么希望了……”

陆阳一惊："什么意思？"

医生有些意外地盯着他们："嗯？你们不是他的亲属吗？他是白血病，难道你们不知道？"

二人吃惊地盯着医生："白血病？"

常青大叫一声，抱着头蹲了下去："天哪，怎么会是这样！"

他们反复询问了医生后，从震惊中冷静下来。陆阳说："没想到是这样。常青，这事只有咱俩知道，一定要瞒住，要不，他会受不了的。客户我负责，亲属那边你负责。"

二人达成了一致，一定要瞒住！他们回到病房，肖雅急忙问："大夫咋说？"

陆阳无所谓地笑着："没事。医生说了，就是疲劳过度，在医院休养些日子就没事了。"

林凡娘长出一口气："那就好。没说鼻子老出血是咋回事啊？"

常青："啊，查了，大夫说就是……累的。表哥，你就安心在医院治疗，很快就会……好的……真的，我不撒谎……"

"你也不会撒谎。"林凡笑着说，"没事就好！我听你们的还不行吗？"

这一次，林凡好像相当累，很听话地住院了。那天，他问削苹果的肖雅："就这么点毛病，和行里说什么？你看看，咱支行领导、总行的领导都来了。谁说的？"

"我可没说。"肖雅把削好的苹果递给他，"不过呢，这不正说明是行领导对咱信贷员的爱护，对咱微贷工作的重视吗？"

那边翻报纸的陆阳说："我跟部长说的。我得请假照顾你呀。"

肖雅："呀？就你自己请假了？你咋这自私？"

陆阳："我是为了夜里给林哥陪床。"

林凡："非常感谢二位，不过，我谁也不用，都给我回去！你们不是说了吗，我啥事没有，就是个累得慌，陪什么？"

陆阳正要说什么，黄伟拿着一大堆营养品走进来："林大哥，我才听说！没事吧？"

林凡笑："这不好好的吗？就他们大惊小怪非把我送这儿来。影楼生意缓过来了吧？"

黄伟感激地："多亏大哥你借给我钱，我才保住了影楼，要不我就彻底完了。林哥，你入院肯定得用钱，我明天就张罗点先还你……"

林凡急摇手："不忙不忙。等你啥时生意缓过来，把钱交给……肖雅他俩就行，让他们转给我娘……"

肖雅相当吃惊："你是用自己的钱帮黄老板渡过危机的？"

陆阳："这、这就是你要保密的绝招？"

林凡哈哈笑："最笨的下下之策！没法传授！不说这了，哎黄伟老弟，我得给你提个建议，往后，你别净给年轻人照婚纱照，也应该为八十岁以上的老人搞艺术拍照，为那些老人留下最后的笑容……"

黄伟大有感触："太好了！我一定这么干，免费！这不但是为高龄老年人做好事，更可告慰我的老父亲。林大哥你等着，明年这个时候，我就让你看上我专为高龄老人拍的影展！"

林凡笑着："好，我等着！"

十四

陆阳和常青对林凡和家人瞒着病情，但对银行领导是真实汇报的，行领导马上跟医院进行了沟通，定下了最后医疗方案。

那天，陆阳、常青陪林凡在医院的花坛中散步，谁也不说话。常青终于忍不住，碰了陆阳一下，悄声说："说吧。"

陆阳深吸一口气："林哥，我想，跟你说个事，你别着急啊……"

林凡瞅他一眼："啥事？说吧。"

陆阳："林哥，你听我说，你的病呢，咱行领导和医院说了，要不惜一切代价为你治……"

常青："还有，就是……医院建议你去北京。表哥，我陪你去。"

他们以为，林凡听了这话，一定会非常奇怪，要问出了什么事，要不惜代价，还要去北京？但没有，林凡却意外的平静，随即笑着点点头：“明白了。那好啊，我去。”

这倒让陆阳和常青不知说什么好了。林凡在花坛边坐下来，抚摸着身边的花草，抬头望着蓝天，轻叹了一声：“春天真好啊……”

送林凡去北京就医的事在银行的努力下很快落实了。三天后的一个早晨，林凡在常青的陪同下，走向一辆带着红十字的医护车。

林凡娘在赵嫒嫒的搀扶下，招着手：“别想娘，好好治病……”

肖雅抱着陆阳的胳膊招手：“林哥，我们等你……”

银行的几位干部也招手。

林凡平静地挥手向送行的人告别，满脸洋溢着灿烂的笑容。

医护车远去了。一位护士将一个厚厚的信封递给了陆阳和肖雅：“这是林先生让我交给你们的。”

肖雅奇怪地：“给我们？什么？”

他们来到公园的山峰上，在盛开的映山红花丛中的一块岩石上坐下来。

“这么些天了，让我们透透气吧。林哥走了，有个事我可以跟你透个实底了。”陆阳说。

“先看看师傅给我们的信吧，这么厚，说什么？”

“是呢。”陆阳把信打开来，念道，“陆阳、肖雅，我亲爱的弟弟妹妹，这样叫你们不介意吧？哥要最后和你们说几句贴心话……”

肖雅呼一下抬起头，盯着陆阳：“最后？什么意思？”

陆阳一下子闭上了眼，云在转，山在转。他垂下头：“这也是……我要跟你说的……”

肖雅一下把信拿过去，急急念起来：

“请原谅哥哥，我瞒了你们太多。其实，我的病，我早就知道。在婴儿时我就被查出了先天性血液病，因为没条件治，便逐渐恶化，到我工作后才知已成不治之症。但我没垮，也没告诉任何人。

“因为这，我只能把对爱情的渴望压在心底。我和你们说我有个在美国读博士的姑娘，完全是虚构的。一是不想让娘伤心，二是不想伤害想接近我的姑娘们。在适当的时候，你们和我娘点明吧。

“要治我的病就得骨髓移植，可我没有亲属，等配型对我来说那是可望不可即的事。我娘没结过婚，我是她在医院拾来的弃婴，一直养到现在。她就是我的亲娘。我之所以拼命地工作，并非是为了治病，而是想留给她足够养老的钱。

“常青也不是我的亲表弟。我被娘抱来时，常青娘正在城里打工，是她帮娘把我奶活，我娘她们便结为了姐妹。

“弟弟妹妹，哥为啥要说这些？因为哥能活到现在不易，我想感谢太多太多的人，这也许是我想帮助弱者的原因之一吧！但哥并没能做多少，就要走了。有两件事，能替哥办吗？我过去联系过的所有客户，都已经留在了你们俩的名下，你们能负责好吗？再有，你们能常去看看我的老娘吗？有一张银行卡，是我给老娘存的养老钱，你们能替我保管吗？

“咱们都二十几岁，正是人生的春天。春天，欣欣向荣，蒸蒸日上，多好啊！可我，享受不到了。亲爱的弟弟妹妹，你们珍惜吧……”

肖雅再也忍不住，掩面失声：“哥啊……”

十五

一个月后，陆阳和肖雅来到公墓园中一块新墓碑前。小雨淅淅沥沥地下着，像是在哭泣。林凡帮过的琴行的小朋友们拉着小提琴，奏着施特劳斯的《春之祭》。碑前站着林凡的同事们和客户们。

陆阳和肖雅献上花束。陆阳说：“哥，你走好。我们已经真正明白第一次见到你时，你那首诗的意思了。”

肖雅流着泪，吟诵道：“春风，化作晶莹的雨滴，静静地；雨滴，汇成清澈的小溪，悄悄地；小溪，流向干渴的土地，轻轻地；土地，滋润着希望的种子，默默地……”

陆阳大喊：“哥你放心，我会实现你的梦想！”

人 熊

李樱桃

一

星期一、星期二、星期三，熬着、盼着，一到星期天，吴踪便像着了魔一样，那远处的山诱惑着他、勾引着他，使他常常不由自主地向远处的山奔去。

夏天时，偶尔还能碰到几个人，现在是冬天，满山看不到一个人影子。

在他眼里，没有人的山更像是一座山，而他也把自己想象成山上的一棵树、一株草，或是山上的一块小石头。

他还根据季节变换来搭配衣服，使得自己更好地和山融为一体，夏天穿绿色的衣服，秋天穿黄色的衣服，冬天穿灰色的衣服。

他觉得，山也有灵性，也有喜好。一些人为了显示自己，专门穿与山反差很大的衣服，爬到山上后，便骄傲地把山踩在脚下，然后高呼着："我来了。"他觉得，山不喜欢这样的人，因为他们是来征服山的，他们迟早会得到山的惩罚。

他和那些征服者不一样，他是把山当作一个朋友。爬到山顶后，他会亲吻这山的头顶，然后，他也会站在山顶上，但是，他不会站在最高的地方，他会站在一旁，他认为那是山的肩膀。

他站在山的肩膀上，山很高兴，风吹着，树动着，那是山在欢迎他，和他小声说话。

那次和同学来爬山时，几个同学说，这山上有一头熊。一个男同学开玩笑说，那最好是一头母熊，还说他的女上司就是女人，她最会讨女人喜欢。一个女同学说，对她来说，公母都一样，她都让他们舒服。大家都笑了，说你公母通吃。女同学说，只要入她的保险，她管他公母了。这女同学是保险公司的业务员，常常三句话不离本行。

因为有熊，许多人都不敢往深处走。开始时，他也害怕，只是爬了半年，也没有碰着个熊影子，他也就不害怕了。有时，一个人默默地爬着山时，内心里还希望真的能够碰着一头熊。

他渐渐地往山的深处走去，似乎要走到山的心里去。

那一天，他只顾往前走着，忽然觉得前面的光亮被挡了一下，他抬起头，便看到了一头熊。

令他没有想到的是，这头熊竟像人一样站立着，两只眼睛也像人的眼睛一样，好像即刻要说出话来。

他原以为自己是不害怕的，待真的见到熊时，他却无法让自己不害怕了，手抖着，腿抖着，牙磕着。

听人说，碰到熊的话就装死，可这熊明明看他活着，他现在装死，熊会相信吗？然而，又没有别的办法可想，似乎只有装死这一招了。

他正准备趴下来装死，那熊看了他一眼却掉头走掉了。

他靠在树上，顺着树出溜到了地上，摸一下头，摸下一手的冷汗来。

二

第一次与熊遭遇后，吴踪好几天缓不过劲来。到了星期天，他也懒懒的，便没有去爬山。

第二个星期天，那山又在远处诱惑着他、勾引着他，他又无法自抑了。

此后，他又像以前一样，星期一、星期二、星期三，熬着、盼着，直到星期天，像约会情人一样，向着远方的山奔去。

那山好像也一直等待着他，等他到了时，树摇着，草动着，整个山似乎都微微抖动着，欢迎着他的到来。

对山的想念，冲淡了对熊的害怕，他只一个劲儿地往山的深处走着。他觉得，只有走到山的深处，他的心才是安稳的、平静的。

走得累了，他便躺在山上，看着蓝天，晒着太阳，耳边是风声，还有远处动物跑动的足音。

开始，那熊的影子似乎总是跟着他，他抬眼望去，似乎到处都能看到一头熊，待他揉揉眼再仔细看时，却什么也看不到。

他不知道，这是他的幻觉，还是熊在跟他捉迷藏。

那一天，他走到一处水潭旁边，想洗洗脸再走。待蹲下身时，他发现自己旁边的草丛里趴着一头熊。

他的脑子里轰的一声，差点一头栽到这水潭里。

他闭上眼睛，只等着熊扑过来，压着他咬他撕他，他觉得自己无论如何也是在劫难逃了。

不知过了多久，他睁开眼睛，接着他看到了直直地伸在面前的自己的一双手。原来自己还活着，还没有死。他转了转眼珠子，斜着眼看了看旁边，那头熊还在那里趴着。

他把冻僵的手收回来，然后转过身子，定定地瞅着旁边的熊。他这回看清了，那趴着的只是一张熊皮而已。

惊吓解除之后是彻底的松懈，松懈下来的他瘫坐在地上。定了一会儿神，他又蹲起身来，伸手摸了摸这熊皮，暖暖的、软软的。

他站起身，拿在手里的熊皮重重的，他正琢磨如何处理这熊皮，忽觉眼前的光亮被挡了一下。他抬起头，便看到一头怪物。

他定定地站在那里，呆呆地看着面前的怪物，那怪物也定定地看着他。

那怪物长着狮子的头，人的身体，而且是一个男人的身体。黝黑发亮、饱满健壮的一个裸人。

“给我。”他不能相信，这两个字是从这怪物嘴里发出来的。

他低头看了看手里的熊皮，怪物要的是自己手里的熊皮。

他把手里的熊皮递过去。那怪物伸出一只长手臂来，把熊皮抓在手里。

他看着浓密毛发下的那一双眼睛，他觉得，这眼里的神情很熟识，像是在哪里见过。

怪物跑跳着离开了，重重的熊皮被他轻盈地提在手里。跑到远处时，那怪物还回头看了看他。

三

好几天，吴踪都没有从怪物的回忆中挣脱出来，无论他干什么，怪物都像影子一样挡在他的面前。

下班吃罢饭，躺在床上时，他一遍遍地回忆着那天的情景。水潭、熊皮、怪物、裸人、眼睛，这些细节像被放大镜放大了般，一个个地摆在他的面前，任他一个个地揣来磨去地研究着。研究的结果是，那怪物是一个野人。

他翻身下床，打开电脑，在百度里输入了“野人”两个字，接着就出来了野人的许多信息。他打开百度百科一栏，世界各地流传着许多有关野人的传说，中国的野人，喜马拉雅山的耶提野人，蒙古的阿尔玛斯人，西伯利亚的丘丘纳，非洲的切莫斯特，日本的赫巴贡，澳洲的约韦，还有美洲的沙斯夸之，也就是传说纷纭的“大脚怪”。

根据目击或遭遇者描述，世界各地出现的野人都有相似的外形特征：直立行走，身高过两米，手长垂至膝，脚大，双眼朝前，面似人脸，毛发长且色黑红。

他的家在内蒙古自治区的首府呼和浩特，他爬的山就是呼和浩特著名的大青山，只是，野人的资料里没有任何大青山的信息。这说明，自古以来，大青山都没有野人，或者即使有也从没被人发现过。

现在，他在大青山发现了野人，如果他把这消息公布出去会是怎样的结果。

他想象着，这一消息被报纸登在头条的位置，上面是大红的标题，旁边是他醒目的大头照。之后，许多的专家、学者便会找到他，他们会组成一支浩浩荡荡的队伍，向着山里挺进。

这一切对他来说，意味着什么。他会出名，他也会像那些名人一样四处演讲，一遍遍地讲着他如何发现了野人，这野人甚至还会说中国话，说现代汉语。像蝴蝶效应一样，他的命运会由此而发生改变。他不用再待在那一个讨厌的单位，干讨厌的工作。

是的，他讨厌他的工作。可是，这工作却是他经过千军万马的拼杀才夺过来的。

不光是这一次的拼杀，他的前半生都是拼杀来的，小学、中学、大学，经过了无数次的考试，他终于把别人甩在后面，终于挤上了这一条独木桥。

对那些挤落在桥下的他的同学，他有的只是庆幸，他庆幸自己不是那一个失败者。

大学毕业后，他通过公务员的考试，又于千军万马中拼杀出来，踏上了一条人们羡慕的光明大道。可是，只两年的时间，这光明大道在他的眼里便灰暗一片了。

他觉得，这公务员的工作完全没有意义，而最有意义的意义就是和领导聊天沟通感情，而他偏偏没有这样的天赋和才能。

两年来，他看到的工作只是一派和另一派的拼杀，一人和另一人的争斗，所以一切的工作今天还是轰轰烈烈，明天便可全盘否定。

他每天精心校对、打印、装订的漂亮的红头文件，也只是为了应付上面的检查，所以，只求花团锦簇、赏心悦目。

他感觉自己的工作是空的虚的，他的心也是空的虚的，他需要一件实际的东西来填补这空虚。

现在，他遇到了野人，一个实实在在的野人。

他也要像那些专家那样，把野人当作自己的研究对象，一辈子不撒手，一辈子吃着这一个野人。

不知多会儿，他又到了山上。他穿着一身红衣服，扛着一面红红的大旗走在前面，后面跟着许多人，手里拿着枪炮绳索。

他们埋伏在那一个水潭边，他又看到了那一张熊皮，他一下子把熊皮抓在手里，接着，那一个野人从水里钻出来，湿淋淋地站在他的面前。

这时，一阵人喊马叫，一帮人围住了野人。野人看了他一眼，一把抓过他手里的熊皮，披在身上，往地上一滚，便变作一头熊，很快跑得无影无踪了。

他在后面喊着，回来，回来。他觉得，那跑远的野人把他许多美好的梦想都带走了。他蹲在地上哇哇地哭着，哭出了他的所有委屈。

哭着哭着，他睁开眼睛，原来只是一个梦而已。可是，他的枕巾已是湿了一大片。

他回忆着梦里的情景，野人似乎还在远处盯视着他，他一下子记起了那熟悉的神情，那是他第一次看到的熊的眼睛里的神情。

在野人的盯视下，他成为名人的梦想火苗慢慢地熄掉了。

四

生活又归于平静，吴踪没有向任何人提起见到野人的事情。野人会给他带来名利，可是，有名利的地方就有争斗，而争斗的对象野人又会是怎样的一种结局。正像梦里梦到的一样，野人会被绳捆索绑，之后的一切结果就不是他和野人所能预想到的。

他的生活经验告诉他，任何事情都有可能发生。野人会被关在牢笼里供人观赏，会被放到解剖室里一小块一小块地切割研究，或许还会研究出野人肉可以使人返老还童、益寿延年。那么，他所看到的野人以及野人的家族，会是怎样的一种境况?

他不知道，野人是否预知到了自己命运里的危险。他想着，那野人既然会说话，一定也能听懂一些话，那么，他可不可以告诉野人，让野人躲开这危险。

可是，他再没有碰到野人，一切似乎都是他的幻觉而已。然而，那分明不是一个幻觉。熊的眼睛，野人的眼睛，那样远远地盯视着他。

同样爬着山，他再没有了以前那一种单纯的快乐，他常常神思恍惚。他想放弃爬山，可是，只一个星期，他便无法忍受了。走到街上，看着满街的人与车，他的心也像这拥堵的道路一样水泄不通。

他又向着远处的山出发了，他心里的寂寞与空虚需要一座山来填满。只是爬着山时，他无法完全集中精神。有时，望着深不见底的山沟，他想着，某一天，如果他从这山上掉下去，那他就彻底地与这山融为一体了。

冥冥之中，他也似乎等待着这样的结果。他没有想到的是，他真的等到了那一个结果，只是这一个结果和他想象的完全不一样。

当他睁开眼时，他看到眼前的一切都铺着朦朦胧胧的黑的底色，野人在这黑色的空气里飘荡着、游走着，像一个黑色的幽灵。

这黑黑的世界是一个洞穴，有两米多高，一米多宽，洞里敞阔，洞口窄小，洞口处射进的一小块亮光落在洞壁铲挖的痕迹上。

他不知道这野人为何要把他弄到这里，他身上除了一个背包别无他物，而这背包里的东西应该也不是野人所感兴趣的。

那么野人感兴趣的是什么，是他自己吗？那么他对于野人又有何用处？

他记着查过的资料，经食物残渣分析表明，野人消化功能发达，食杂草、树叶、竹枝、果实、小型啮齿动物、鸟类、昆虫及其卵蛹等。

对于消化功能发达的野人来说，他也可称得上是一个小型啮齿动物。那么，他也可以是野人一顿可以改改口味的点心。

这一切或许都是命中注定，他一直盘算着利用野人来成名获利，便遭到了这样的报应。

当野人那一只大手向他伸过来时，他慢慢地闭上了眼睛。

那只手没有卸掉他的胳膊，掰断他的腿，也没有抠出他的眼珠，揪落他的耳朵。那一只手竟是轻轻地落在他的脸上，轻轻地抚摸着他。

那手很粗糙，像妈妈粗糙的老手。小时候，他病了，妈妈便是这么摸着他，摸着时，眼里会滚下一串泪珠来。

接着，他被这只大手扶了起来，他靠在这有力的手臂里。待他睁开眼睛时，他便看到了那一双眼睛，还有眼里那即刻要说出话来的神情。

一只水碗放到了他的嘴边，他闻到了水的甘甜清香，原来水也是有味道的。他喝了一口，一种凉而脆的感觉。

他被轻轻地放到地上，他试着动了一下身子，右腿马上钻心地疼着，他的右腿摔断了。

他环顾四周，看到了自己的那一个背包。他用手指着背包，野人便把背包递到他的手里。他把手伸进包里，却抓出一把手机和相机的碎片。

没有手机，他便和外界失去了联系。失去了联系，他只能留在这里。留在这里，不能接骨，不能消毒，那他这条腿就完了。这条腿完了，他就成了一个残疾人。

他见到的残疾人也像面前的野人一样，蓬着头，黑着脸，像动物一样蹲卧在路边，面前放着一个小铁桶，然后盯着从面前走过的大大小小、粗粗细细的脚与腿。一双脚终于停下来，一个硬币落在小铁桶里，一颗头便虔诚地磕在地上。

他感到了绝望。当他敲打着那些个花团锦簇、赏心悦目的文件时，他也有过绝望的感觉，可是，他要是成了一个残疾人的话，他会连绝望的感觉都消失掉。

野人还是蹲在他的身旁，手里拿着一把草。他看野人把草放到旁边，用手撕他的裤腿。

他现在无法想象，即使被这野人生吞活剥，也只能听之任之了。

野人果然低下头，俯在他的腿上，牙和嘴触到了他的腿。他闭上眼睛，等着被撕裂的那一刻。“喳”的一声，却没有疼痛的感觉，原来撕开的只是他的裤腿而已。

野人把草送到嘴里，嚼了半天。他感到腿上一阵热，那嚼过的草末涂到了他的腿上。

野人低头摆弄他的伤腿，他看着那一颗毛乎乎的脑袋，眼里一阵热辣。

涂了草药，伤腿似乎不那么疼了，不知不觉昏昏地睡去了

五

早晨睁开眼，吴踪伸手摸着手机，可是，什么也没有摸到。没有了手机，手里空空的，心里也空空的。

他的生活像上了发条的钟表，每天有条不紊地转着。现在，这钟表停止了转

动。

他不知如何应对这停止的生活，他想着他是应该先打个电话，请一个病假。可是，没有手机，他就请不了假；请不了假，就会被记旷工；累计三天旷工，他就会被从单位开除。

他真希望发生的一切只是一个梦而已，梦醒后，他照样去上班，照样打着那些花团锦簇的文件。

可是，一切真实地发生了。他掉进了山沟，摔断了腿，摔烂了手机和相机。

他被野人救到这一个洞穴里，无法想象，只等着残废，等着死亡。

野人醒来后，披着熊皮出去了。接近中午时，一头熊走进了洞里，进洞后，抖落身上的熊皮，还是早晨出去的那一个野人。

野人采回了草药，还抓回了一只野兔。

野人依照昨天的法子，把草药嚼了一气，把旧的药末子抹去，然后把这新嚼好的药末子涂到了他的伤腿上。

没有了手机，没有了时间概念，看着洞口黑了亮了，亮了黑了，他在这洞穴里竟是躺了一个星期。

一个星期里，野人一天三次为他的伤腿换药。开始，他感动着，甚至流下了眼泪，后来，便觉着这野人幼稚。他只等着这腿慢慢地烂掉、死掉，然后，他整个人随了这腿一起烂掉、死掉。

在他看来，那应该是一个奇迹，他的腿不仅没有烂掉、死掉，而且慢慢地好了起来。

一个星期后，他试着坐起来，然后站起来，然后小心地挪着步子。

他把草药抓在手里，想发现这草药里的神奇与奥秘，可眼前的草药也只是一把普通的草药，没有任何的奇特之处。

他站在远处细细地端详着这野人，这野人的身上似乎隐藏着巨大的秘密。

可是，这野人除了拥有一些特别的技能外，也只是一个野人而已。

野人没有如他想象的那样，生吞活剥、茹毛饮血，野人的洞穴里拢着火。那火被搁置在一个土坑里，火焰微微地跳动着，像一颗跳动的小心脏。

野人把捕来的野鸡、野兔用泥涂了身子，然后就架在这火上翻烤着。烤着烤着，这野物便飘出一股股的肉香来。

他碰到了一个会说话的野人，这是最让他激动与兴奋的。可是，在洞穴里待了一个星期，他发现，这野人除了会说简单的一两个字外，别的话语一概不会。

但是，这野人如何学会这简单的话语，还有，野人又如何懂得用熊皮来伪装自己，仍然是一个巨大的谜。

六

那一天，野人一早出去后，吴踪就起来练习走路了，他想赶紧把腿练好，赶紧下到山下去。

他手扶着洞壁来来回回地走着，走着走着，他发现了一个秘密，他推开了一扇门。

那一扇门是一个活的石壁，装在洞壁上。门推开了，他看到了另一个小的洞穴。

他看到，小的石洞里有一个石人，石人的旁边卧着一头石熊。石人和石熊的前面是一个石头台子，石头台子上放着一个瓷盘，瓷盘里放着野鸡的翅膀，是烤熟的野鸡翅膀。

他们昨天吃的是野鸡肉，那么这野鸡翅膀应该是昨天晚上，他睡熟后，野人放在这里的。

那石头的雕刻虽然粗糙，但是，石人的面貌和衣饰都清晰分明。

石人身材魁梧，比一般人似乎要高壮好多的样子，像评书里形容的，鼻直口阔，两耳垂肩，盘腿坐在一个石头台子上，把一个石台子占去了大半。相比较，他身边的石熊反而娇小了许多。

他毕业于考古专业，以衣饰装扮判断，他确定这石人属于明朝。

那么这石人是谁，这里怎么会有他的雕像，为何与这石熊一起被供奉在这里。

他呆立在那里，面前的一切是他预想不到，也解释不了的。

他四处搜寻着，希望找到这谜团的答案。忽然发现石壁顶上有一条石缝，石缝里似乎藏着东西。

那石缝在洞穴的顶上，离地有两米的距离。他一脚踩着石头台子，一脚踩在石熊的身上，攀着石壁，将石缝里那一件东西取出来。

他慢慢地踩到地上，顾不上右腿的疼痛，急急地看着手里的这一个秘密。

让他没有想到的是，那竟然是一本书。

他走出石洞，小心地掩上石门，把书放在石洞外面的一个石头台子上。

那是一本线装书，蓝色的封皮，黑色的毛笔字体，因为是繁体字，他大致猜测着，封皮上的四个字应该是“常氏家谱”。

封皮和黑字上面蒙着一层灰土，他也没敢抖落，怕抖坏了里面的书面。

他小心地翻起封皮，里面的纸都发了黄，毛笔写就的竖排繁体字，许多都不认识。

书里提到一个叫常遇春的人，还提到了常遇春的父亲，后来又提到一头熊。

他记着，常遇春是明朝朱元璋手下的一员大将，怎么会出现在大青山的山洞里，而且又怎么和这熊扯上关系。

从遇到熊的那一刻，他的心里就存着一个巨大的谜团，现在这谜团像滚雪球一般竟是愈滚愈大。以他个人的思考能力，他无论如何也解不开这一个谜团。

他想到了他的老师，他的老师是考古方面的专家，而且认识许多汉语言文学的教授和民俗方面的专家。

他想等野人回来后，和野人打一个招呼再走，可是，虽然野人救了他，给他治好了腿伤，他还是摸不准这野人的心思。如果野人不放他离开，那又如何是好。

他把书揣在怀里，穿好衣服，拿起手边的一根棍子，拄着走出了山洞。

他站在山洞外面，朝四面望了望，没有望到野人的影子。

尽管拖着伤腿，他也没有停下歇一歇，他怕野人追上来。

下山后，他在路边拦了一辆出租车，出租车载着他很快驶到了市区。看着满路的人与车，他知道，他又要回到以前钟摆似的生活中了。可是，他也担心着，这钟摆似的生活是不是还是属于他？

事实印证了他的担心，当他到了单位后，他的那一个岗位早已被人取而代之了。

他去找领导，领导说他违反了单位的规定。他知道，规定只是领导的一个借口而已，他也知道，无论什么规定都是摇摆不定的。

要是他说，自己摔断了腿，摔烂了手机，那么领导就会和他要医院的住院证明。他拿不出医院的证明，他说是野人治好了他的腿，领导会相信吗，如果不相信，他是不是还得把那一个野人带到领导的面前。

他把那一本书的复印件给了老师，然后把那一个真品藏到一个自认为安全保险的地方。

他不是不信任自己的老师，只是，他现在真的是一无所有了，他不得不给自己留一条后路。

七

两天后，老师给吴踪发来了邮件。

这真的是常遇春的故事。明朝开国大将军常遇春的父亲，是个采药行医的穷儒。年轻时，他到大青山上去采药，碰上了一头正在发情的母熊。

那母熊把他抱进了自己住的山洞里，强迫他“成了亲”。

母熊晚上与“丈夫”同吃同眠，白天出外寻食时，就用一块千斤巨石把洞口堵住，只留一个小小的通风口。

后来，母熊生下了常遇春。常遇春吃着母熊的奶，十二年后，长成一个身材魁梧、力大无穷的小伙子。

母熊白天出去觅食，常遇春的父亲便教儿子背书写字。不长时间，常遇春就认识了许多字，也懂得了许多道理。

写完字后，父亲给他讲了外面世界的繁华热闹。常遇春听得入了迷，问父亲，外面那么好，为何咱们不出去呢？父亲叹了一口气，接着把他被囚禁在这里的经过讲了一遍。

常遇春听罢说，我就不相信一块巨石能挡住我们。说着，过去把巨石一推，那巨石便被推在了一边。

父亲高兴地说，你再把巨石挡在洞口，等明天你的母亲走了后，咱们再悄悄地离开。

第二天天刚亮，母熊就出去寻食了，常遇春把巨石推开，父子出了洞口。刚出洞口，强烈的太阳光晃得父子俩连眼睛都睁不开。等了一会儿，他们才眯起眼睛跌跌撞撞地向着山下跑去。刚跑到半山腰，就见母熊边跑边痛苦地号叫着追来了。

父子二人跑到一条河边，刚好这河边有一条船，赶忙上了船。

船刚离了岸边，母熊便赶到了。母熊在岸上又蹦又跳、又哭又叫，还把两个大奶头使劲地扶着、揪着，意思叫儿子回来吃奶。可是，船越漂越远。

后来，常遇春辅佐明太祖朱元璋打下江山后，当了官。相传朱元璋当年怕常春遇威胁朝廷，赐他一大碗烧鹅吃。常春遇因为对烧鹅过敏，所以平日不吃烧鹅。但皇帝所赐，又不能不吃。结果在涕泪交流之下，把朱元璋所赐的烧鹅全数吃完，之后全身溃烂。

常遇春挣扎着病体逃到山里，他又到了当年母熊生他养他的那个洞里。那一头母熊尽管已经很老了，但还是认出了儿子。

母熊每天上山采草药，给常遇春一天三次地涂抹。之后，常遇春身上溃烂的地方慢慢地好转了，身体好转起来的常遇春却是再也不想回到那个可恶的人类世界了。

常遇春来时，带了些吃饭的家什，母熊打回野兔、野鸡等野味，常遇春就想办法烤熟了吃。

开始母熊不习惯吃熟食，常遇春一遍遍地把烤熟的野味喂到母熊的嘴里，母熊便也慢慢地爱上了这熟食的味道。

后来，母熊把别的熊带到洞里。开始，他不明白母熊的意思，后来，他明白了，那带来的是一头头的母熊，他的母熊妈妈是让他和这母熊“成亲”。

家谱叙到此处便停止了，家谱没有提，常遇春有没有和那母熊“成亲”，成亲之后或没有成亲之后的情况也没有提到。

他的老师给他打来电话，问他是哪里发现的这书，并让他一定要保管书的原件。

后来，老师小声问，他是否见到了那一头母熊和常遇春。他想着，老师不是急糊涂就是脑残了，常遇春和母熊是明朝的人和事，现在，他们要是还活着的话，不成了精。

他说，没有。老师追问，那你是从哪里找到的这书。他说，是一个旧书店里淘到的。老师停了一会儿，嗯了一声，显然对他的回答不太满意。他的脸也一阵热，他以前从来都没有骗过老师。

八

交了房租、水电费，吴踪的钱包便扁了下去，他当务之急是找到一份工作。可是，找了一个星期，都没有找到一份可干的工作。

他现在才觉得，工作根本没有讨厌不讨厌一说，工作就是一个饭碗，只要碗里每天有饭就行。

钱包里的钱终于花光了，要是没有野人这一说，他可以去求老师帮忙，现在，他骗了老师，再去找老师帮忙，他张不开口。再说，没有野人这一说，他也不会摔断腿，也不会丢掉工作，不会落到这一个悲惨的境地。

现在，一切都晚了，现在，当务之急是吃饭。以前，他觉得，他的工作是空的虚的，现在，他才明白，其实他的所有梦想才是空的虚的，只有吃饭、睡觉才是实在的、迫切的。

说白了，他其实也像野人和熊一样，是一头需要活着的动物，吃喝拉撒，不需要透彻清醒的思想，不需要不切实际的梦想，因为清醒着未免痛苦，梦想着总是失落。

他找到了一份工作，是给一家饭馆端盘子。他原以为，一切的体力劳动都是简单的，只是体力的参与，没有脑力的付出。可是，只一个星期，他就明白了，底层阶级的竞争更是明枪执杖，毫无顾忌。

他不知道是不是因为中国人多的缘故，人多的地方就难免有侵诈，难免有抢夺。或许也可以以秩序来维持，但是秩序首先要有一个承诺，使守着秩序的人能够得到报偿，当秩序里的人总是一无所获时，秩序便成了傻子的圈套。

他开始也是这秩序里的一个傻子，后来，他也慢慢地跳出了秩序，成了一个所谓的聪明人。聪明也好，呆傻也罢，他现在的任务就是把这盘子端好，把该挣的工钱挣到，除了自己的吃喝拉撒，能给弟妹攒点学费。

那一天，他把一盘木耳炒肉放到桌子上，抬起头，却看到老师正盯视着自己。

老师没有说什么，只是吃着饭，吃完饭也没有离开，直等到他下班。

他说，打车走吧！老师说，不用，咱们边走边聊吧！

他和老师的情谊只限于请教一些问题，过年过节发个信息问候一下。他考上公务员后，老师打过电话来，对他表示了祝贺。他想着请老师吃个饭，后来，当这公务员的工作由新奇变作厌恶时，请客的心思也就放下了。

走了一段，老师沉默着，他也沉默着。他感到了压抑，却也不想打破这压抑。

他抬头看着天，天有些黑，有些灰，他想起了家乡那黑得透明的夜，城市的夜空黑得总是不很彻底，像是罩着一层灰不灰黑不黑的雾。

来这城市里已经三年了，他似乎还是第一次这么专注地凝视这天空。因为天空的灰与黑，天空的阴与晴，左右不了他的生活，也左右不了他的心情，左右他生活的永远是近在眼前的人与事，他的专注便也永远落在眼前的人与事上。

老师终于打破了沉默，你打算以后咋办。他甚至每时每刻都问着自己这一个问题，可是，不管问多少遍，这个问题还是摆在那里，无法回答。

他想到了野人，他知道，老师总要绕到野人的问题上。可是，老师没有绕，老师直接说，你要是把野人的资料拿出来，咱们可以联合报一个项目，你可以和我一起来研究这个项目。

他知道，报了项目，就有了钱，他就等于有了工作，他的房租、水电费，吃喝拉撒等一切问题也就解决了。可是，这是一个怎样的项目，他们怎样对待这项目里的那一个野人。

他想到野人的那一双即刻要说出话来的眼睛，虽然最终没有告诉他什么，可是，那一双眼睛对他来说是熟识的、亲切的。还有野人给他抹药末子时，那一颗蓬乱的头，以及他的热辣的眼泪。

你不要以为，你不说，就永远是一个秘密，现在，人什么做不到，宇宙飞船上了天，地下几千年的墓藏都打开了。

城市的发展一天一个样，有的地方都削山造城了，你能保证，你不说，别人就发现不了那一个野人？

现在这秘密是你发现的，你知道你发现了什么，你发现了全人类的一个秘密，这个秘密会震惊世界，而发现这秘密的你会是怎样。你的前途，你的命运都会发生改变。

老师絮絮叨叨地讲着，他的头上却像是罩着一把油纸伞，老师的话语叮叮咚咚地落在伞上，却是渗不到他的头脑里，直到老师提到了他的父母。

你不为你自己考虑，也得为你的父母考虑，他们花许多钱供你上大学是为了什么，还不是为了你出人头地。

你父母要是知道你没了工作，他们会怎么想？还有你弟弟妹妹也要考大学了，单靠你父母能行吗？你不得帮他们一把。

父母是他永远的痛，每当他想起父母，就躲不开他们那两双可怜巴巴的眼睛。开始，父母的眼里是期待，后来是满足，再后来又变作了小心翼翼，他们眼中的儿子成了一个人物，过上了幸福的生活。只是，父母永远不了解儿子所谓的幸福是怎样的幸福，他们只为儿子的幸福而幸福着。

现在，这美丽的幸福瓶子打碎了，他都没敢告诉父母，他不知道父母能否承受这一个打击。

他们会认为，他们的儿子不争气才丢掉了饭碗，丢掉了光明的前途。那样的话，他不知道父母会是怎样的一个状态，也许会没脸见人，抬不起头来。想到这里，他流下了眼泪。

现在，是你发现了野人，一切的行为与结果你还都可以掌控，要是别人发现了这野人，你能想到结果会是怎样的吗？

你以为守住了野人的秘密，便保护了野人，可是，当人们下决心要弄清一个秘密时，这个秘密还能是一个秘密吗？不管是削山造城，还是移山找人，都不是没有可能的事情。到那时，野人还能藏到哪里去。

藏到哪里去，他仿佛看到野人满山里跑着，后面是无数的枪炮绳索。

第二天，房东起来后，看到屋门大开，待走到屋里后，已是人去屋空。

房东正要骂人，却收到一条短信，一看正是吴踪发来的，短信的内容是告诉房东，房租已打到了他的卡上。

房东笑了一下，然后回到屋里打开电脑，把租房信息挂在网上，等待着下一个房客的到来。

京城里的票贩子

张　畔

当年，我在县政府办公室当副主任的时候，同时被县委任命为驻京办事处副主任。办事处主任是从县供销社调过去的，姓侯，名忭长，外号“侯大巴掌”。当时，我不过是兼职而已。偶尔，年内去京城几次，也只不过是例行公事，传达一下县里主要领导的指示，没什么要紧的事去办，这也是我后来在这个县辞职去南方谋求新的职务的直接原因。所以，我与侯忭长的接触并不是很多，但侯忭长给人的印象却颇深的。侯忭长言词犀利，办事老辣，在一方很能说得出去。我们大家都知道，当年侯忭长和县里的几大班子的领导们都相处得不错，尤其与当时的县委书记、县长的关系非同一般。这大概也是侯忭长长期稳坐驻京办事处主任这把金交椅的缘故吧！

时间倥偬，岁月嬗递。

转瞬间，我已经离开家乡十几个年头了。偶尔，回忆起与侯忭长相处的二三件事，也只不过是些无关痛痒的小是小非问题罢了，不愿长久留在记忆里，但又难以忘却。侯忭长这个人也令人难以忘怀……

今年，我儿子考上了特区的一所重点高中。我呢，由所在单位的领导派遣，于近日去京城出一趟公差，尔后给我一个月的假期。妻子说老家来信了，叫我们抽空回家看看。

诸多缘由，让我再次见到了阔别多年的同事侯忭长。

从特区坐三个小时的飞机到了京城。

下飞机后，我，妻子，儿子仨人都感到有些茫然。

妻子和儿子仅在十年前来过京城一次，况且也只是匆匆而过。当时，妻子因举家南迁，心绪不佳，无心浏览京城的古都风韵和当代的人文风光；儿子年纪尚小，加之旅途困顿，几乎是在睡眠中从京城而过，所以谈不上对京城有什么印象。我也是在四年前来过京城。

现在的社会发展日新月异。乡村在变，城市在变，我们的京城除了保留下来的珍奇的古建筑外，该拆的也拆了，不该拆的也已拆得差不多了，高楼大厦平地起，铁路公路纵横交错，令人眼花缭乱。

我和妻子商定在京城玩几天。

我们决定去找侯忭长。一是京城住宿难且费用昂贵，二来眼下正是暑期，大中学校学生放假，车船机票紧张。几经周折，我们好不容易在西直门火车站南的一条胡同里找到了办事处。

“啊？这……这不是……这不是谁吗！”我不知道自己是什么德行让侯忭长这么吃惊，“这……这么多年没见，我都有些不敢认你了。这是夫人和孩子吧？来！快屋里坐。”

侯忭长老了。他圆圆的脸上满是皱褶，头顶谢去大半，稀疏的头发也已经黑白参半了，走路一顿一顿的。

“真没想到！真没想到……你……你会来我这，坐吧！瞧这，到处都在搞建设，到处乱糟糟的。真没办法……”

侯忭长接着又是一番唠叨，感慨人生，评论社会，抨击物价飞涨、人情淡漠、世风日下。

妻子悄悄说：“这老头有病。”

“爸，我饿了。”儿子跟我说。

“常贵！你没看见我这儿有客人吗？！还不快过来，给客人倒杯水喝。”

侯忭长不耐烦地朝外面大声地喊了一嗓子。

常贵闻声从外面一瘸一拐地走进来。

常贵当年是县委的看门人，年纪与侯忭长不相上下，老家在距县城三百里外的一座大山里，一直是光棍一人。

“来啦！”

常贵还能认出我来。只是那神情让人感到十分陌生，除了有些衰老之外，还多了一种淡漠和冷寂。

妻子说她见过常贵后，仿佛回到电影里人剥削人的旧社会。

“常贵也是个不幸的家伙。”

“咋的？”

“你辞职时间不长，他也被撵出了县委大院。”

“为啥？”

“这你该知道的！别看常贵在县委大院待的时间长，可他一直没占上编。国家机关一直在改革，临时工随用随清。我见他没地方去，就把他弄这儿来了。管他吃，管他住。活呢，不累！看看院子，望望门。吃住不说，另外每月我还给他二百元的工资。”

“常贵！常贵！！”这时，从隔壁的房间里传来一个年轻女人破死破活喊常贵的吼声。

“哎！我在这。”

“常贵，你是眼瞎啦，耳聋啦，还是脑袋瓜子混沌了？”外边的女人扯着嗓子骂人。

“咋……咋啦？”半晌，传来常贵胆怯的声音。

“咋啦？你说咋啦？天都到这个时候了，地也没扫，碗也没刷，垃圾也没倒。我问你，还想吃饭不？！”隔壁的女人又吼又叫又砸东西。

“真子媳妇，你轻点，我这儿有客人。”

外边的女人这一闹，想跟我叙叙旧的侯忭长有些下不来台，脸红一阵白一阵的，憋了半晌才无奈地向外边的女人递过去这么一句话。

“咋啦！咋啦！我……我咋啦？有客人咋啦？你就是中央的总书记在这儿顶

啥用？！这……这些活谁干？”

外边的女人开始说天说地地数落起来。

“妈，这人是谁呀？咋这样不讲道理呀！”

儿子跟妻子在一旁小声议论着。

侯忭长的脸色十分难看。

“这……这是我三儿媳妇小惠，老家乡下的。”侯忭长在给自己找台阶下，“说归说，做归做，小惠可是个刀子嘴豆腐心的人。看在我的面上，可别往心里去呀！”

“没啥，没啥！”我也竭力地打着哈哈。

儿子再一次喊饿了。

妻子说叫上你爸到外面饭馆吃饭去。

“别介！就在这吃。”侯忭长十分诚意地说道，样子又是热情洋溢，大声朝外面喊：“真子媳妇，家乡来人了，他们饿了，你叫人炒菜做饭。”

“做饭？你没看见太阳挂在啥地方吗？是做饭的时候吗？”

“真子媳妇，你……你说话要注意点！家乡的客人就在我屋里呢……”

“爸！你没看我正忙着呢吗？！再说啦，找你的那些人，哪个不说是你的老乡的？现在世界这么小，天南地北的人都是老乡啦！”

“真子媳妇！你！你……”侯忭长这回真的生气了，“真子媳妇，你让我在客人面前下不来台呀！”

“哈哈哈！爸，你别生气，我是跟你说着玩的。我……我这就去给咱们老乡做饭去。不过，爸呀！”

“啥事？”

“做饭可以，就是没肉没菜了。吃面条吧！”

“太好了！太好了！妈，这几天我就想吃面条。”儿子一听有面条吃，高兴得差点蹦起来。

妻子看看我，又瞅瞅儿子，轻轻地摇了摇头，眼神里有些怨气又无可奈何。

“老侯，你也别张罗了。就按孩子说的，吃口面条吧！”我装出一副无所谓的样子打着圆场。

“好！那……那就吃面条！吃面条！”侯忭长如释重负，“咳！这年头啥买卖都不好做了。你知道吗？”

“啥？”

“这几天，京城里的猪肉涨到十五元一斤了。一个破茄子一斤也涨到了六元。谁还敢吃呀！简直没穷人活路了。”侯忭长一边侍弄着屋内仅有的一盆花，一边对时世大发感慨。

“谁说不是呢！这年头啥东西都涨，就是工资不涨。”妻子也随声附和。

“妈，我饿！”儿子已经是第三次喊饿了。

“好啦，好啦！大爷这就叫他们给你做面条吃。真子媳妇，告诉食堂师傅，立马做三碗面条，把卤子整鲜亮点。”

“知道了。”

“常贵！常贵！”侯忭长又恢复往日的威严。

“哎哎哎！来啦，来啦！”常贵连声答应着，并以最快的速度来到侯忭长的面前。

“老板，你有啥吩咐？”

“你拿上东西，把客人领到客房先休息一会儿。饭好了，领他们到食堂去吃饭。”侯忭长十分做派地指使着常贵。俄尔，转过脸对我笑笑说：“老弟，你们先到客房休息一下。我还有点事要办，有事找常贵。”

侯忭长朝妻子点点头，很气派地走出了房间。

“妈，这个人我好像在哪见过。在哪呢？哦，对啦！在电影里。”儿子也凑过来瞎起哄。

“嘁！商人。一副商人的嘴脸！小人得志……”妻子不屑一顾地说。

“他……他就是这么个人。”常贵小声地嘟哝着，拎起地上的东西招呼着我们到别的房屋里去……

常贵领我们上了小二楼，进了一个大筒子间。

筒子间已经住满了人。

南腔北调。男男女女。老老少少。嘈嘈杂杂。气味混杂。

常贵很热心地把我们安顿在一个背着阳光的角落里，那里有三张空床，床上脏兮兮的被褥散发出一阵一阵潮湿发霉的气味。

“主任，将就一下吧！京城人多，住的地方小，比不了咱们的老家。”

常贵满脸歉意地朝我笑笑，在女主人大呼小叫的催促下马上离开了筒子间。

“这个常贵够可怜的啦！”妻子说。

“谁说不是呢！给老家伙干这么重的活，一个月才给二百元。还显摆显摆。臭美！二百元，还不够我的零花钱呢！”儿子有些愤愤不平。

“这……这简直不是人住的。”

“侬是哪里人？”

“上海。”

“你是哪里人？”

“俺是山东曲阜人。”

“孔圣人的家乡。”

“你呢？”

“啥？”

“到京城来干啥？”

“我们东北今年雨水好，丰收在望。这不，我和老伴从银行支出多年攒的钱，想到这大京城逛逛，开开眼界。咳！哪想到这京城里搞活动，住没住的，玩没玩的，到处是车，到处是人，大楼挨着云彩，大马路宽得无边，大车小车一辆接着一辆，人厚得像羊群。再说这吃的，住的。刚来的那天，我寻思着，老伴跟我受了大半辈子苦，既然出来了，就该让她吃得好点，住得好点，玩得开心。哪成想，咳！先说住的吧，我们去了几家旅馆，有的愣是不让你进！有的呢，进是进去了，还得跟你要证件，身份证、结婚证，一问住宿费更是吓死人了，一张床住一宿少说一百六十元，多的三百，五百，八百，一千二。啥！总统套间住一宿一万两千元。咱们一个乡巴佬，哪住得起呀！找来找去就到这儿来了。这儿也不贱呀！一张床一宿八十元，两个人一宿就是一百六十元呀！来了好几天了，也没看着啥东西，倒弄了好几肚子气。想回家吧，又买不上火车票。再说说这儿的吃的吧，贵得吓人呀！赶上吃金子啦！一盒米饭五元，扒拉两口就没了，吃光四盒还觉着饿。面条呢，吃着实惠，可也不便宜呀！中碗八元，大碗十元。吃饱一顿饭呀，至少得三十元。一年挣多少钱呀！咳！这趟来京城呀，算是开庄稼人的眼啦！”

筒子房里乌烟瘴气。

我的床边是一位说东北话的老汉。

这老汉长得五大三粗，说起话来嗓门高，声音大，一番对时世的感慨把全屋子里的人都吸引了。

“妈，听他这么一说，这京城也没啥待的了？”儿子小声地跟妻子说。

“儿子，话可不能这么说。”

“咋的？”

“这京城是我们中华民族经历过多少帝王多少朝代传承下来的，文化底蕴非常深厚。远的不说，从清朝初年到现在，虽然社会在不断地变革，但这里一直是我们国家的政治、经济、文化中心。”

“妈，快收起你当政治老师的腔调！我不愿意听。”

“好你个小崽子，吃饱了撑的吧！”

“是的。妈，他们这儿做的面条真好吃！我……我还想吃一碗。”

“咋的，比我在家给你做的还好吃？”

“就是。你……你做的那面条呀，难吃死了。”

“好呀，你个没良心的东西，这么些年我算白白地伺候你了。好吃，好吃谁让你白吃呀？你没听刚才那位大爷说吗，一碗十元钱呀！”

“妈，我爸是这儿的老板的好朋友，就是这面条再好吃，再值钱，他们还好意思跟我爸要钱？”

“谁知道。等着瞧吧！天下没有免费的午餐呀，儿子！”

“烦人。”

儿子和妻子嫌筒子屋人多嘴杂，空气污浊，娘俩打着嘴架出去逛大街去了。

“先生，到哪弄点水喝去呢？口渴死了。这出门在外，人生地不熟的，可真不容易呀！”跟我说话的是温州的一个做眼镜生意的个体小老板，“先生，我看你跟这里的人熟，跟他们要壶水喝，哪怕我出钱”。

“常贵！常贵！”我喊了半天也没人答应，只得自己出了筒子间，下楼去找水。

这驻京办事处已今非昔比。小二楼破败得不堪入目，原来很讲究的办公室，现在楼上楼下都改成了一间能住十几个人的筒子间。小二楼外墙体油漆剥落，煞是难看。楼上楼下有几扇门窗已经耷拉在框子外，随时有掉下来的危险。楼顶的一角缺了一个口子，残破的红砖茬口在太阳光下非常炫目。楼顶盖着一块蓝色的塑料布，随着风儿一起一扬，不时还发出不甚规则的抽打声。

我的心里不禁有些悲哀。这是为逝去的县里驻京办事处以往的辉煌，还是为岁月的流逝而造就的现实？

我的心惶然了。

侯忭长在他的接待室里忙碌着……他再次强调我有事找常贵办。

进出办事处的男男女女，老老少少，来了一拨又一拨，他们大多数都是来找侯忭长买火车、轮船、飞机票的。

我不知道从何时起县里的办事处还兼营着旅客的各种出行票据。

我在一个旮旯里找到了水房。

这水房是用活动板房材料临时搭建的。经过些年头的光照日晒、风吹雨打，整个看上去东倒西歪，破旧不堪，随时都有倒塌的危险。紧挨着水房是一间不分男女的厕所，从半拉门里不时散发出令人作呕的、发酵了的粪便味，团团的蝇虫发着刺耳的声音，在人的耳际飞来飞去。

常贵蜷缩在水房里的一张黑乎乎的小床上酣睡着。

水房的空间很小，一张小床，一个中等大的茶炉，旁边是个大煤箱子，剩下的地方也仅仅供一人伸手打开水的。

茶炉旁挂着一块木头牌子，上面醒目的一行红字：每壶开水一元！

“主任，你……你打水呀？”

“常贵！你咋睡在这？”

常贵疲倦地打着哈欠，随手卷起黑乎乎、脏兮兮的被褥。

“主任，这有啥奇怪的。”

“你一直住这？”

“是的。八年多了，冬暖夏凉的。再说了，人家是做买卖的……”

“咋的呢？”

“主任，你想，一张床一个晚上少说也得收六十元的床费，老侯他舍得给我住吗？”

“老侯他，他咋这么对你？”

“主任，还能咋着？给口饭吃就不错了。”

“常贵，看上去，老侯这生意经营得还不错。他人还不至于……”

“主任，有些事你是不知道。”

“啥事？”

“也没啥。我来的第二年春天，老侯就把我从二楼上撵下来了。小楼上下改成了四个筒子间，每间安了十张床，人多时临时加床。还有两个包间，一般都是老家来领导和领导的家属们住。”

“这办事处不是成了老侯做生意的旅馆了吗？”

“谁说不是呢！听说这县里的办事处呀，是当年为了方便毛主席接见从咱们老家来的红卫兵小将们建的。后来，就成了县里的头头们进京办事的地方了。”

常贵很认真地讲着，看来他还知道不少。

“我来的那年秋天，老侯和京城里的一个姓李的承包了这办事处，说是每年向县里交十万元钱。过了一年，姓李的没法和老侯干到一块，就去西部区发展去了，老侯也花了四十万元从县里买下了这办事处。”

“咋的？这办事处已经是老侯个人的了？才……才四十万？”

“主任，这有啥奇怪的。早就听说了，你在特区也在干大事。现在咱们国家不都是兴个体嘛！这几年，老侯算是发大了。来这里的人，都是上火车，下火车打尖的，别的不说，光收床费，好的时候一天一宿就不下四千元，加上打开水，吃食堂，小百货，一年下来，明着收入少说也得一百万元以上。”

“是吗？！”

“我这是保守着说呢！”常贵显得很是兴奋，“主任，我……我今天见了你非常高兴，说得也多，你……你别见怪呀！主任，在县委大院的时候，官们对我都行，可是……可是我还是觉着你对我最好……”

我很震动，心里有些隐隐作痛。当年，县委、县政府在一个大院里办公。作为一个政府办公室副主任，在我的记忆里，对常贵从来就没有什么特殊的关照。

“老常……”我一时无语。

“主任，你可能忘了。有一年过年，你用县里的小车亲自把我送回老家和我老娘团圆，没把我老娘乐死！我老娘第二年就没了……”常贵神情有些黯然地往茶炉里添了两铲子煤，“哎！主任，今天咱们不说这些。今个……今个见着你高兴！”

我心里不禁有些怅然。

“主任，我这也是瞎叨叨。其实呢，老侯这人对我还算不错。你想，他这整天整宿都不断人，没我这么个人行吗？老妈去了，老家也没啥亲近的人了，我也没啥牵挂的、投奔的，有这么个吃住的地方也就行了。”常贵淡然地一笑，“哎，对了！主任，老侯的几个儿女都在这儿发展呢！”

“是吗？”

“他们头几年做买卖，没挣啥钱。这几年呀，干那个，挣老鼻子钱了！”

“干啥那么挣钱？”

“倒票。”

“倒票？”

“是啊！有汽车的、火车的、轮船的，还有飞机的。你不知道吧？这倒票呀，越是到了节假日越来钱。五一、十一、元旦、春节、大中学校的寒暑假，还有京城里国家举办的那么多的大小活动，人来人往得越多，他们这些倒票的人挣钱的机会就多，赚得也就多。”

“是吗？那你没去试一试？”

“我？我是那块料吗！”

我和常贵相视一笑。大千世界，形形色色，人不可苟同。一切都顺其自然吧！

“爸，你快想想办法吧！”

妻子和儿子出去逛街时，接到老家一个电话，说岳母得了急病住进了医院，叫我们赶紧回去。当时，妻子他们正好在火车站，急忙到售票处一问，说是三天前的车票已经全部售完，连一张硬卧票都买不到。任妻子说了一篇好话，换来售票员最后一句硬邦邦的话："没辙。"

妻子的神情很沮丧，焦虑中有几分忧伤和恼气。

"爸，你倒是有没有办法弄到车票呀？大舅说，姥姥病得都快不行了。"儿子再次催着我说。

我只得硬着头皮去找侯忭长。

"咋的，今天你们也要回去？而且，还是三张软卧票？老弟呀，你这不是要老哥的命吗！现在是暑期，各种票金贵着呢！这不，这还有三位女大学生等着我给弄火车票呢！都是咱们家乡人。"

侯忭长的接待室里男男女女挤满了人。

"侯大爷，说啥今天你得给我弄一张票。我……我爷爷病得厉害，都快不行了。"

"大爷，我爸明天过生日，我必须坐今天晚上的火车走，花多少钱都行。"

"大爷，我们知道你这儿有票，你就别难为我们了。说吧，我们三个，上、中、下三张软卧票，一共多少钱？"

三个二十岁左右的女孩缠着侯忭长要火车票。

"咳！真拿你们没有办法。上、中、下三张软卧，软卧，这样吧，三张一千二。"

我感到大为吃惊。我去售票处问过，正常的软卧票价是：上铺一百一十五元，中铺一百一十九元，下铺一百二十三元。

侯忭长很不耐烦地往外轰撵着人们："散啦！散散啦！"

"大爷，这么着吧，三张票给你一千，算是您老照顾我们了。"一个女孩说。

"一千？不行。你们不知道，我这车票也是加价买的呢！"

"大爷，求您了。我们又不是第一次在您这儿买票，照顾一下我们这些穷学生吧！三张票给您一千一，行吧？"另一个女孩死乞白赖地缠着侯忭长。

侯忭长装出一脸无奈相："咳！真拿你们几个丫头没办法，一千一就一千一吧！谁让咱们是老乡了呢！"

侯忭长慢腾腾地从裤子的口袋里摸出三张火车票交给了三个女孩。

三个女孩交了钱，拿着票欢天喜地地走出办事处。

“老弟呀，其实我也赚不了啥钱……”侯忭长对愣在一边的我说。

“哦！”我不置可否地应了一声。

“爸！”真子媳妇在外面喊。

“啥？”

“真子来电话了！”

“咋的？”

“他，放出来了。”

“咋的，放出来？这……这回咋这么快就放出来了？”

“咋的？你是希望你儿子因为倒腾个破票在那个破地方蹲一辈子呀？”

“真子媳妇，你咋跟爸说话呢！我是说这次咋的就……”

“爸，你不知道。这次呀，是和巩丽做的。巩丽是谁呀，京城里一个大人物的亲戚，谁敢惹她呀！”

“我说呢……”侯忭长显得很兴奋，嘴里哼起了小曲，过了半天对我说：“老弟，看在咱们多年的交情上，我给你上、中、下三张今晚上去家乡的软卧票，你给我六百元钱就行了。”

我无话可说，从口袋里掏出六百元钱，买下侯忭长的高价车票。

我回到了筒子间，把买票的经过说给妻子和儿子听。

妻子说侯忭长这个人不地道，太抠门。

儿子说我交友没到家，白白地扔出去二百多元钱。

不过，他们都很高兴，有了车票就可以早早回老家了。

“儿子，别跟你爸耍贫嘴了。快收拾东西，咱们坐车回家。”

“是喽！”

我们在离开办事处前，我想跟侯忭长和常贵道个别，结果一直到最后也没见着他们的踪影。

“你们走啊？”

“是的。”

“过来把账结了。”

“账，啥账？”

妻子不解地问依在接待室吃瓜子的年轻女人。

这女人长得并不怎么难看，看上去很富态，很丰满。不过，给人的感觉是她的神情里有几分霸气，几分刁蛮。

“啥账？嘁！我说给你听。过站费每人四十元，面条三大碗三十，开水两壶两元，加在一起一共一百五十二元钱。得，你就给我一百五十元吧！拉个主道，下次再来。”

妻子恨恨地看看天，看看地，到一边独自生闷气去了。

“爸，她……她这不是宰人吗！”儿子愤愤不平地对我说。

“别乱说。”

“就是嘛！”

这时，办事处来了一辆豪华奔驰，从车上下来一个肥肥壮壮的年轻男子。

“小惠！”

“真子！真子，这么快就回来了？”

“你希望我在里边待一辈子呀？！”

“去你的，谁这么想了！”

他们旁若无人地拥抱在一起，又是亲又是咬的。

“想我了吗？”

“想了……想死你了……”

“德行！”儿子小声地骂着走开了。

“这次抓我们的是区里派出所的一个小沙弥，没下一个回合就叫巩丽杀下马来了。爸呢？”

“谁知到哪里享清福去了！扔下一句话，就和常贵一起出去了。”

“啊……哎，小惠！”

“啥？”

“这次咋样？”

“还能咋样？就那样呗。火车票出手五十六张。轮船票，从天津到大连十二张，从天津到上海八张，从天津到海口五张，从天津到汕头九张。飞机票，去深圳三张，去桂林三张，去昆明两张，去拉萨三张，去哈尔滨五张，去呼和浩特两张。”

“净赚多少？”

“小小意思。四万两千三百二十元！”

“小惠，你行啊！好好好！今天晚上咱们上‘东来顺’撮一顿去！然后，我们去那……我给你找一个一米八以上的亮亮的龙仔！”

“真子，你快得了吧！说是为我，去那种地方，还不是为了你的那位红颜凤姐！”

他们打情骂俏地嬉闹着。

我默然地将一百五十元钱放在桌子上，心口有些发痛，闷闷地走出了驻京办事处的大门。

此时，京城里灯火辉煌，一派繁荣盛世的景象……

背叛和誓言

迟凤君

四十年前，柳树沟的李祥、安德生和张翠莲打手击掌立下誓言，他们向党保证，向村民保证，扎根柳树沟，建设柳树沟，一辈子不离开柳树沟，终生不悔，日月可鉴。

四十年后，李祥的儿子李小瑞给他老子下了最后通牒，说这一次真的由不得他了，一定把他和老妈接到北京，因为他们年纪真的大了，七十岁的人了！真要是有个三长两短，怎么办？

这以前李小瑞曾几次三番地动员李祥，他知道老爹有一个情结解不开，就特别提了出来，说："那都是几十年前的话了，还真的当真了？你们说'扎根''建设'，根是扎了，可建设什么了？地越来越旱，挑水要走一里路，山还是那么秃，小学校撤了，卫生站黄了，小剧团散了，文化室没了，村上的人也一个个都走了，你还在那儿干什么？别说你儿子现在境况还好，就是不好，我也不能看着你和我妈两个老人再在那个沟沟里生活下去了。"李小瑞为了爹妈思想通顺，还提前把李祥和老伴接到北京住了一个秋冬，想让他们打开一些眼界。你们看看，北京有多大，有多好，看看咱们中国有多大，有多好。可是没想到李祥和老伴并不为此而心动，差不多是觉得不如不来。不来，或许还有一些向往，这一来，走也走了，看也看了，吃也吃了，一回味，还不如咱那沟沟里。

李祥回来后，安德生老汉特意来看他一次，问他北京怎么样，他张口就说不如咱这嘎达。他还举出些例子来论证他的观点，说路是宽，但车太多了，一堵，半天；说天安门广场大，大也不是咱家的，咱家的场院虽小，可是愿意放玉米秸就放玉米秸，愿意堆羊草就堆羊草，北京哪有米粒大小的地方是咱的？说是楼高，楼高有啥用？遮住半边天，晚上把星星月亮都挡住了，站在上面还直发晕；上个楼还要等电梯，一停电，完，就得爬楼梯。

说起吃的，李祥更是怨不可耐，“听说”，李祥老汉十分客观，先强调了“听说”二字，他说：“听说没一样是干净的，菜，化肥不说，农药！简直就是每顿饭吃毒药。粮食，哪有新米新面？做出的饭也不好吃。咱这儿小米、荞面都是家常便饭，那儿，金贵着呢！一斤小米八元钱，天呀！猪肉、鸡肉，哪是粮食喂出来的呀，全是饲料。”说来说去说到了空气，“简直不让人喘气了，”他说，“就是没有雾，那空气里也尽是汽油味……”

安德生笑了笑。三十多年前，他作为县级的劳模还到过北京，到过人民大会堂。回来后，人们也问这问那，他就自豪地给人们讲，可怎么讲也没讲到空气。他无论如何也不会想到三十年后，空气竟然成为去北京的人谈论的一个话题。空气，空气，呵呵，安德生觉得是有些可笑了。不过，在新闻里他也的确是听到了，这并非是李祥的造谣，他想。

李祥以为安德生笑他的不真实，表情就更严肃了，他说：“你笑，笑啥，这都是真的！”他停了停，摆了摆手，好像没法说或者说出来太丢人的样子，但是，他停了一下终于还是往下说，“那医院……”他说。他想起了他那次看病。

那是初冬，李祥忽然咳嗽起来。他老伴责怪他说：“不让你抽烟，不让你抽烟，咋样？再抽！”

李祥说：“这和抽烟没关系，我在家比这儿抽得还重，几年了我都不这么咳，而且，来这里抽得少多了。”

的确，到了儿子家，李祥首先被限制的就是抽烟。儿子知道老爹抽了一辈子烟了，不好戒，就说：“爹，你每天少抽一些，你没听电视里说，得癌症的大多数都是吸烟的人。”

开始，李祥并不服气，他说：“啥癌癌的，毛主席一辈子抽了多少烟，邓小平抽了多少烟，人家活的岁数小吗？”

儿媳妇马上接过来说：“爹，那你可是不知道，毛主席、邓小平抽的烟都是特制的，咱可不能和人家比。”

李祥心里明知儿媳妇特反对自己抽烟，特别是怕熏着孙子。孙子虽然大了，都念中学了，可是一回来就吵吵嚷嚷说屋里的烟味太重。因此，李祥就减少了抽烟的次数，而且每次都是到楼外或走廊抽去。尽管这样，他还是咳嗽了。儿子和媳妇也都注意到了，就一致强调去医院。

医院里的人像蚂蚁窝里的蚁群，走路都要相互躲避着。李祥从未上过大医院，更想象不到有这么多人。他们是早晨去的，到中午才听到广播里叫到李祥的名字。一个女大夫拿着听诊器好像连看都不看他一眼，前胸后背地听了一会儿，就开出单子来。李祥心想到底是北京的医院，看病就是快。但他想不到儿子把他领到另一个楼层，那里也聚集了很多人，几排座位上都坐满了，很多人都站在那里，儿子和李祥也只好站在那里。过了半天，空出一个座位，儿子急忙拉着爹过去坐了，李祥感到很不好意思，好像抢了别人的东西一样。又过了半个多小时，又一次听到了呼唤李祥的名字，儿子急忙拉起他又进了一个屋，在医生的安排下躺在一个像床的东西上，然后就被送进一个像山洞的东西里面。

出来后，李祥以为这回总算检查完了，可是儿子又把他领到一个窗口，又排了一会儿队，然后儿子就让他把胳膊伸进去。里面的医生都哑巴一样，而且戴着口罩，顷刻就从他的血管里抽出一些鲜红的血，随后将一根棉签压在针扎过的地方，儿子急忙按住了，又让他自己按住。儿子又把他领到一个楼层，在一个窗口拿出一个塑料瓶子，领着他到了卫生间，让他接一些尿在瓶子里。李祥解开裤带，四面看看，担心别人看见了，拿着瓶子哆哆嗦嗦半天对不准。后来终于对上了，尿却不出来，一着急，瓶子落在尿池里。儿子便又跑去拿来一个，半天，李祥才把尿滴到瓶子里面，脸上和额头上早出了一层汗，这时已经过了晌午。

儿子领李祥到外面吃了一点东西，再回到医院，先让李祥坐在椅子上，告诉他别离开。儿子再回来，手上就拿了一个大纸袋子还有别的单子。李祥再一次跟着儿子来到第一次诊病的那个楼层，又排了一会儿，儿子便把李祥带到医生面前。医生拿过大纸袋子，抽出里面像照片一样的东西，对着窗子的光左右看了一眼，又看了看其他几个单子，说："感冒。"然后就开了单子，这一回的确是开了药。

李祥吃了三天就好了，又吃了三天，药还剩一大堆。李祥很心疼，知道花了儿子不少钱，但他没有说出口，继续又吃了三天，药还剩了不少。

他把这情况给安德生老汉说了一遍，说着说着竟有些气往上来，他像发誓一样说："哼，大城市，有哪块好？再也不去了！"

安德生老汉说："那你可说准了，就在咱这沟里过一辈子，我陪着你。"安德生想提一下以前发誓的事，但毕竟过去这么多年了。这些年他们有过很多分歧，甚至是明争暗斗过，比如选劳模时，选村主任时，发救济粮救济款时，有慷慨的时候，也有心照不宣的时候，可现在毕竟又是一番日月了，不提也罢。

李祥说："一定！"说完了心里好似放下了一块压在心头沉甸甸的大石头，轻松多了。

可是，他没有想到儿子这回念了真经了。儿子几乎和他翻了脸，儿子还告诉他，媳妇又生了一个女儿，给他生了个孙女儿，也需要他们老两口帮助照看。现在雇一个保姆就得好几千，那还有把孩子给偷走卖了的。这每一条理由都是一柄利剑，将李祥坚定而固执的情思斩得七零八落。他左思思右想想都无法拒绝了。再说，毕竟是北京啊！又只有这么一个儿子！于是，他又想起北京的一些好处来，比如天安门广场吧，往那儿一站，心情就是不一样。比如买东西吧，那大超市应有尽有。比如那地铁吧，人是多了些，可也有宽松的时候，就是方便，花两元钱可以在地下一天不出来，反复坐！还有那古迹，风景。就说吃的吧，也是花样繁多，又不贵，自己说吃毒药那可是太夸张了，还有……他这么想来想去，终于和老伴说："去吧！"

但是，他觉得很对不住老安头，也对不住张翠莲。特别是老安头，他是当着他的面又一次下的保证。他这一辈子从没说过谎，没骗过人，怎么让老安头说自己说了不算呢？可是，这件事又已经没有退路了，他只有和老安头解释清楚。

安德生刚从地里回来。他春天在沟外雇来犁杖，帮他的田里撒了十亩的玉米种，现在玉米长势不错，他每天都要到地里走一趟。

李祥一进院子不由得就发出一声赞叹：“这小院收拾得跟皇宫似的。”

的确，安德生的院子是又规整又洁净。三间正房，两间厢房，虽旧却泥抹如新。院子里溜溜光，连一根草也看不见，窗子上的玻璃反映着一种温馨的光。安德生的老伴去世早，一个儿子，娶了三里外杨树沟的媳妇，两人总是争吵，谁对谁错，老安头也说不太明白，但心里总是不安定。儿子和媳妇结婚三年生下一个男孩子，安德生就给孙子起名安安，意思全在里面了。安安四岁的时候，妈妈和爸爸就一起出外打工去了，家里只有安老汉一边带孙子一边侍弄庄稼，小日子过得还不算太差。他还养过几只羊，养过十几只鸡。可是老安头有一种心脏病，这些羊和鸡都一点一点卖光了做了买药钱。但是，安德生老汉觉得只要还有十几亩地，有他孙子，他就不会垮的，多少岁月都这么过来了，肯定还会过下去。

安德生见李祥踏进院来，急忙迎了上去，说：“老哥哥怎么有兴致上我这破窝来了？”是的，李祥一两年也不上他这儿来一回。

李祥开门见山，唉了声就直告详情，说：“对不住了，我说的话像放屁一样，算不了数了。”

安德生一听就哈哈笑了起来，说：“这话是咋说的，我早知道你早晚得走，这叫万事不由人，此一时彼一时，我儿子说不定哪天回来接我，我不也得走啊！当年咱们虽说是立了誓言，可情况变了，咱们坚守这么多年就已经是对得住良心对得住老天了。”

李祥说：“是呀，当年要不是发了誓，说不定还真早走了，后来也动过一些念头，可现在真的是要走了，这山呀，沟呀，还真有些舍不得呀。”

安德生也叹息了一声，说：“人走一步说一步，车到山前必有路，船到桥头自然直，像咱们这个岁数的人别想那么多啦！”

李祥没说话，心里有一股酸楚。

他们俩又回忆起一些少年往事，一些青壮年的事，都说就好像和昨天似的，这人生可是真快，一转眼，老了。

李祥说：“安老弟，我要走了，有件事你得帮我。”

安德生说："不用你说我也能猜着。"

李祥笑了，说："你猜。"

安德生说："你是想寻一块墓地。"

李祥笑着说："要么说咱俩怎么不隔心呢，我肚子里有几条蛔虫你全知道。墓地是一定要寻一块，我再回来怕是就要躺着回来了。"

"看你说的。"安德生想了一下，又说，"反正早晚都得有那么一回，早点看个墓地也好，但是东南北你就别想了，好的都被人占了，也就剩西山了。"

李祥紧着说："那咱们就上西山看看。"

安德生这些年没少看了风水的书，也时常有人请他看风水，李祥当然知道，他觉得他的墓地不能缺了安德生的点化。

他俩向西沿着沟畔慢慢走，又上了一个坡，往北拐了几个弯，停了下来。这里虽不是山坡的最高点，却能俯瞰全村的各个角落。安德生指着几棵碗口粗的稀疏的松树，问李祥："还记得不？"

李祥当然记得，那时，他当青年队长，张翠莲是妇女主任，安德生是民兵连长。他们一起共有七男二女来栽树。那是清明时节，有些细雨蒙蒙。李祥按树苗棵数分派男青年每人挖几个树坑，女青年挖几个树坑，因为女青年体力弱，自然要少挖几个。女青年只有张翠莲和她一个本家妹妹张翠兰。山坡土质坚硬，半石半土，男青年挖一个也要歇一会儿，张翠莲和张翠兰挖得就极慢而且吃力。李祥偷看了张翠莲一眼，见她在使劲地蹬着铁锹，她头上的红头巾一下一下地闪动着，像一团火烧着这早春的山野，也烧着李祥青春的心。李祥就对着张翠莲和张翠兰喊了一声："算了算了，你俩分树苗去吧。"分树苗就是把树苗放在每一个挖好的坑里，这自然比挖坑要轻得多。张翠莲不会不懂李祥的心思，抬眼看了李祥一眼，李祥的目光也正从她身上瞟过。

休息时就有一男青年说："这地方栽这松树，等咱们老了也长不大。"另有一男青年说："咱这山沟沟也不知道啥时才能变化了。"张翠莲这时很激动地说："咱们就是要好好地建设家乡，改变这山沟。"另一个男青年马上接着说："像我们没念过几天书的肯定是要在这儿干一辈子了。"他说着指了指李祥、安德生还有张翠莲，"像你们几个念过中学的说不定哪天有工作就走了。"他说完这句话，把手中的铁锹使劲地往地上顿了一下，以示他对张翠莲的空谈表示轻蔑。

张翠莲看了一眼李祥，脸微微一红，说：“我们说过要扎根农村的，一辈子不变！”这话在别人听来都是半真半假，在李祥听来却是大有深意的。李祥也紧跟着表态，安德生也表态，就是那一次，他们三个打手击掌，发下了天大的誓言。

李祥和张翠莲的爱情没有果实，或许他们连爱情也算不上。都是在心中滋长着一种感觉，谁也没有说破，而且，张翠莲清清楚楚地知道李祥已是身为人夫之人了。李祥中学毕业回村不到一年就结了婚，尽管婚姻是父母做了大半的主，但也不算是包办，双方也都见了面，也相看了，也都同意了，结婚也就顺水推舟了。张翠莲知道这些，但这些阻挡不住她对李祥的好感。平日里，她也深感李祥对她与别人不同。但是，他们的爱情没能向纵深发展，只停留在了这个层面，见了面，一声“李祥哥”，一声“翠莲”，都有了。

但是，让李祥最接受不了的就是村子里的姑娘一个个都嫁了出去，张翠莲却绝不外嫁！她真的是在履行她的誓言吗？李祥的心越来越不平静了。听说有几个条件相当不错的，其中一个是售货员，还有一个是镇上的医生，还有一个军人，在那个时光里，这都是相当了不起的职业，但都被张翠莲一一拒绝了。女人的心事真难懂，李祥当然更是似懂非懂。

后来，村上来了两个“知识青年”，天津的，也说是扎根农村的。张翠莲很快和其中一个叫郑爱东的好上了。可是不久，郑爱东又回天津了，他们俩的事不了了之。张翠莲过了三十五岁才嫁给了一个倒插门女婿，结婚后一直没有孩子，更想不到的是十几年前丈夫打工死在了外面。张翠莲在悲伤、寂寞和孤独中从杨树沟抱来一个哑女，十多年了，两人相依为命。李祥总觉得欠着张翠莲什么，可自己又说不准，更没有勇气去承担什么，只是在无事时想起来，心中就有点隐隐的不安或微痛。

安德生看李祥半天不语，就说：“你想啥呢？”李祥这才回过神来，呵呵着，眼角已挂上两颗清泪。

安德生又说：“你的心思我知道，一会儿我陪你看看她去。”

两个人又左左右右地转了转，最后定下一处。李祥觉得十分满意，又细细地看了看，在心里画了一张图纸，准备说给儿子。

两人下了山坡已近中午，安德生瞅瞅太阳看看李祥，李祥也瞅瞅太阳看看安德生，两人一笑，同时说了一句话：“走，上她家吃午饭去。”

张翠莲早已满头白发，脸上堆满了皱纹，虽说刚过六十还不算太老，但山沟里的风风雨雨毕竟更多地增添和加剧了她的沧桑。她一见安德生和李祥便开口不逊，说：“你两个老鬼今天是怎么啦，一百年也不上我这儿来一回。”

安德生和李祥都说：“找饭吃来了，有啥好吃的，砸你一顿。”

张翠莲说：“你说吃啥，没有我让哑女到南沟买去。”哑女已经出落成大姑娘了，既俊美又精明，村里村外的事一概能办。

李祥从怀里掏出十元钱给张翠莲，说：“让哑女买瓶酒去，今天咱三人喝两杯。”

张翠莲说：“酒现成的，春节范家沟表妹的儿子来拜年带来的，还在那放着呢！”

李祥说：“那也成，钱却不往回收。”他喊来哑女，意思是给她随便自己买点什么。哑女直摆手。

安德生说：“要给就多给点，你把哑女当要饭的呢！”

李祥一笑，又拿出十元来朝哑女递着，哑女还摆手，却没有刚才的频率和力度。

张翠莲知道李祥不好意思再把钱收回去，就示意哑女收下，哑女便笑着接了过去，又礼貌地问李祥：“你没去北京吗？”她往北京的方向指了指。

李祥明白她的意思，就摆了摆手。哑女用遗憾的表情问李祥：“你怎么不去呢？”李祥再摆了摆手，用了一个不屑的表情，意思是说北京没意思。

哑女感到惊讶了，她用小手指点了点李祥，再用大拇指指了指北京的方向，再用手比了一个个台阶的样子，大概是说长城，然后又在上唇左右比画了一下，代表胡须，又指指自己家的屋，大致是说故宫吧，那里住过皇帝老儿，是皇帝的家。哑女是说，你怎么说北京没意思呢？北京那么好，那么大，有那么多台阶的墙，还有皇帝的家，你这样说真不是个东西！这样理解是不是准确李祥不管，他就是这么理解的。他想这哑女真是够精的，还知道长城和故宫，就伸出大拇指夸了夸哑女，说她真不错，知道的事这么多。他又用另一个拇指指了指北京，也在自己的嘴巴上左右抹了一下，显然是长胡子的了，然后把两个拇指并在一起，这就很明白了，意思是将来哑女也要找一个北京的男人。哑女是何等精明，一看就懂，她不高兴了，使劲剜了李祥一眼，把手中的二十元钱也摔在了炕上。

李祥和安德生都笑了。张翠莲正忙乎着做菜，见哑女生了气，就知道他们在说了什么，就说这孩子就这样，就不让说这事，一提就急。李祥就联想一下张翠莲年轻的时候，别人给她提亲，她是不是也这样呢？

张翠莲做了四个菜，一盘腊肉炒韭菜，韭菜是自家小园子的，腊肉是去年春节时买的肉风干后做成的。还有一盘子是咸鸡蛋，是自己养的鸡下的蛋，每个鸡蛋都用刀切成了两半，鸡蛋黄浸出的油一闪一闪地发着光。另一盘是小葱炒鸡蛋，小葱也是自己小园子的，还有一盘是煎咸鱼，这是前些天张翠莲和哑女去南沟小商店买来的。

安德生和李祥齐喊“太丰盛了”，张翠莲说：“这些年难得这么一聚，今天好好喝点，我也要喝点。”

酒虽然不太好，却也是用盒子装着，还是瓷瓶的，很有档次。三个人于是便坐在桌前。哑女已经无影了，不知道干什么去了，张翠莲说不用管她。

他们先是说一些闲话，对于李祥要走也各自发表了一些意见，意见核心都是表示理解和同情。李祥总是一腔的无奈，他忽然说：“老安头说了，要是他儿子来接他他也会走，那翠莲你呢？要是你有儿子或女儿在外面哪个城市，要你去，你咋样？”张翠莲想都没想，就说：“我坚决不去，也许女人和男人不一样，也许是我这个人太各色。”她不再往下说了。

李祥感动了一下，猛地喝了一大口酒。他知道，张翠莲要是再往下说，就一定会说，她既然立了誓，就终生不变。张翠莲就是这么个女子，看着柔弱，心地却坚实得要命，这一点李祥太清楚了。也正是由于这样，她几乎是毁了自己，但是她不会后悔的，在这一点上，安德生也好，他李祥也罢，一比，差远了。他也知道张翠莲收住了口没再往下说是怕他多想什么，真是给他一个极大的宽容和面子，他觉得在张翠莲面前自己一下子矮了不少。

安德生看出了李祥的尴尬，就急忙转移话题，对张翠莲说："你来一段吧，可是好久没听你唱了。"

李祥也说："好，我也正想说呢，当年咱们办小剧团的时候，大伙可都愿意听你唱的。"

张翠莲说："这么多年了，现在老了，嗓子像破锣似的。"安德生说就唱一首歌，李祥也说就唱一首。

张翠莲给安德生和李祥的杯子里又倒了一些酒，自己也倒了一点，说先喝一口，给他俩唱个老歌吧，《我们走在大路上》。三个人一起举杯喝了一口，张翠莲清了清嗓子唱道：

我们走在大路上，
意气风发斗志昂扬。
毛主席领导革命队伍，
披荆斩棘奔向前方。

三面红旗迎风飘扬，
革命人民奋发图强。
勤恳建设锦绣河山，
誓把祖国变成天堂！

张翠莲唱了这几句就停了下来，说不行了，后面的都忘了。安德生和李祥直说好，一齐喝了一口酒。安德生又说，再来一个浪漫的，爱情的，啥岁数了，怕啥的。李祥也赞同。说完都爽朗地笑了一声。

张翠莲想了一下说，那就唱个《角落之歌》吧。这是一部电影的主题曲，安德生和李祥在电视中都听过，就都说好。

张翠莲唱道：

谁知道角落这个地方，

爱情已被久久地遗忘。
当年他曾在村边徘徊，徘徊，
为什么从此音容渺茫。

唱了这一段，张翠莲就哽咽了。安德生和李祥心里也都酸酸的，他俩一面鼓掌，一面鼓励张翠莲接着唱下去。

张翠莲擦了一下流出的泪，又唱：

谁知道角落这个地方，
春天已把它久久地遗忘。
当年他曾在山头停留，停留，
到何时他再愿来此探望。

张翠莲已经泣不成声了，安德生和李祥也都流出了泪水。他们又回到了青春年少的时代，又展开了一些不着边际的遐想，当然，最后终于归结为一声叹息。

李祥从张翠莲家回来的第二天就上沟畔去割柳条，回来后把柳条用水浸泡了，把皮去掉，柳条就像一根根雪白雪白的粉条一样。李祥用这雪白的柳条编了两只筐，一只送给了安德生，一只送给了张翠莲。

送筐的时候，李祥和老伴一起去的。张翠莲还说："其实北京离咱这儿也不算太远，你们这身体都这般强硬，说回来不就回来了。"言语中并没有怎么留恋或伤怀的样子，这让李祥又感到有些失落。是因为张翠莲和他的曾经吗？其实已经谈不上了。但也的确是张翠莲这无所谓的态度，使李祥觉得他付给了这片山沟这片土地一生的情感，到头来好像没有结出果子的树一样，任风雨吹打着，而没有谁能给他遮一遮，挡一挡。因此，他就又生发出莫名的孤独和惆怅。

李祥离开柳树沟是在一个初秋的早晨，是镇上的小汽车把他和老伴接走的，那是因为李祥在北京的儿子通过电话联系上了在镇上当镇长的同学。

安德生带着孙子安安，张翠莲带着哑女都来送行。他们该说的好像都说过了，因此并没有更新的离别话题。

当李祥坐在小车上看着柳树沟离自己越来越远时，他的自责便越发地加重起来。车窗的玻璃敞开着，他看见路两旁的庄稼晃动着，似乎是对他的一种蔑视或驱赶。他觉得自己就像一个败下阵来的逃兵，但他不知道是被谁打败的。他又似乎觉得是一种背叛，是的，这不就是背叛吗？是背叛了柳树沟，背叛了张翠莲和老安头，也背叛了自己。“可是，我一定不能背叛，”他又对自己说，“我还是要回来，坟地不都看下了吗？死了，骨头也要埋在这里！”这是他又一次发誓。

如果说以前的誓言还有给别人听的意思，这一次李祥可的的确确是说给自己的，而且相信，无论如何也不可能再背叛自己的誓言了。

他听见车窗外的风发出一阵欢笑。

梦中的额吉

刘国星

一

早晨的出牧是慌乱的，当然慌乱的不是阿爸而是牲畜们。羊呀、牛呀歇了一宿，刚起身，是要大声小火地吊几嗓子，活动利索牙口，才会张得开，咬得实，肠胃才会好。及至栅栏门一打开，羊呀、牛呀蜂拥而出，这可了不得了——羊羔子、牛犊子，就和母羊、母牛挤分了帮，都惊慌失措的。大的叫孩子，小的喊妈妈。再沉的耳朵，在包里也是睡不着了。小姐姐抻紧门帘子，挡声音，手臂不够长，努着，脸就涨成了红苹果。她怕惊醒了弟弟，可是羊呀、牛呀的叫声还是针芒一样钻了进来。“叫叫叫，有啥叫的？都在一个帮哩！”这点，小姐姐最佩服那些马儿们，人家公马鬃毛披拂，一声嘶鸣，马群得令后队伍般地跑向草场。边跑，母马就把马驹子找到了，并驾齐驱的，两不耽误。

“这些牛呀、羊呀的，太笨！”

弟弟巴图还是醒了，两只眼皮还没睁利索，就前后左右地找，被窝里当然没人，巴图就张大嘴巴喊：“姐姐，姐，姐——”小姐姐风车般转过身，像要接住那声音。小姐姐摇晃闭眼睛的巴图：“哎，在这，在这哩！”巴图大张的嘴巴就闭上了，泪珠倒还是流出来了，在两腮上淌得很欢实，可还是被小姐姐灵巧的小手追到了，抹住了，没流进巴图的棉袍子里。小姐姐洗了一块热毛巾，轻轻地擦拭巴图的小脸，热气腾腾的。她顺手又递给巴图一只热乎乎的奶瓶子，巴图吃得咕咕响。小姐姐又轻轻揉搓巴图的小耳朵，“慢点！对，再慢点！”小姐姐觉得巴图就是那些羊羔子、牛犊子哩！人家是找妈妈。他呢，是找姐姐。一找不到啊就叫。人家叫的是妈妈，他呢，叫的是姐姐。

小姐姐和巴图走出穹庐时，太阳已升到一竿子高了。青草的气息还有花的香味，迎面袭来。栅栏门敞开着，牛羊出牧了，营盘里显得很清静，蚂蚱“哧啦哧啦”的叫声难成曲调，一只雄鹰静立在蓝蓝的天空里……巴图笑着捉弄那鹰，小舌头一卷，一声尖锐的啸声就发出去了，雄鹰慌忙一个盘旋，飞向远方。有几次，小姐姐也试过，却咋也发不出那声啸。腮帮子都鼓疼了，鹰还在那里悬着。巴图每每都说那鹰就听草原汉子的，不听女人的，它不是听啸声，而是在认人。小姐姐点头又摇头，不这样认为，她还是觉得巴图聪明，将来巴图上学肯定得双百。巴图听到小姐姐说他聪明，腮上就现出酒窝子，脖子也仰起来了。边仰着，边放开腿，撒了一蹦子。要不怎么说乐极生悲呢！虽然小姐姐也表扬过巴图跑得快，能当运动员哩，可是，可是，一处小漫坡，或是一块小石头，陡然让巴图人仰马翻。这回巴图张张嘴却没哭——小姐姐说过，能当运动员哩！咋还当哭巴精哩！一挺身就爬起来了。小姐姐连连叫好：“巴图，这才是好样的，是草原的好汉哩！”巴图的脖子还没仰起来，却瞥见不远处一片洼地，一只山羊正率领两只羔子在吃草，就快马加鞭，一溜蹦子，蹿了下去。小姐姐也看到了，认出来了——大山羊是心疼羔子走不动路，故意不去草场走岔路的。两只羔子呢，一大一小。大的是它的亲羔子，小的呢，是它的干儿子。草原上的牛呀、羊呀、马呀、驼呀的，都有干儿子干闺女的。这没什么稀奇的，别的母畜不在了，丢下了还在吃奶的羔子，就靠干妈才能养活啊！大羔子要吃奶，吃几下，就使劲地撞。一撞，一撞，母山羊的后蹄都离了地，就有点恼。再吃，就转身子，不让吃了。小姐姐觉得小山羊也很不懂事啦！你看那个样，小犄角都从头顶上钻出来了，上面皴皮拉草的，撞人家哪能不痛呢？有角的小山羊也觉得没面子，晾在那了。那只没角的呢，吃几口草，也不吃了，就四蹄撒开跑向母羊。吃奶你就吃吧，它也玩花样，直接就从母羊身后的两腿间叼上了奶头子，一吸一吸的，嘴角上都渗出了奶浆子。母羊还在吃草哩，一走，奶头子拉得很长了。母羊就不乐意了，就一跳一跳地挣脱开了，把没角干儿子也晾在一边了。场面就有点尴尬。母羊吃了一会儿草，就抬起头，看着俩儿子。两个儿子左走右走，不敢上前，母羊的眼睛里就有些潮润。两个儿子先后喊了妈。母羊也喊。两只羊羔就跑向母羊，一左一右，双膝跪地，吃奶去了。

巴图凑上来了，他胖乎乎的小手实实抓住小山羊的角，低头就把脑袋顶在小山羊的脑门上，“来，来呀！干一仗！”小山羊却一挣一挣地，好像在说：“你干啥呀？人家正吃奶呢！”巴图又一蹁腿跨上小山羊的后背。小山羊生气地跑几步，四腿颤抖，就有点挺不住了。小姐姐赶紧地跑上去了。“呀，巴图，快下来。”巴图左手抓住羊犄角，腕上的五彩绳光彩闪亮，右手虚空地挥舞鞭子，做骑马状。小姐姐急急地喊：“快下来。”巴图摇头，草原汉子就要骑马。小姐姐说：“你这样会让人笑的。”“咋笑？”巴图问。小姐姐附在巴图耳边：“人家都练骑马，你练骑羊，啊，羞不羞啊？”巴图跳下小山羊的背，说：“姐，我要练骑马。”小姐姐眼珠转了转，说：“骑马也行，可你要好好长呀，现在你的脚还够不着马蹬呢！”

“不，不，我就要骑马。”

“你，你不听话，就再也见不到额吉了。”

巴图立即住了嘴，讪讪地凑上前，说：“姐，你梦见额吉了？”小姐姐仰起粉嘟嘟的小脸，说：“那当然，我昨晚还梦到额吉了呢！”巴图说：“那我听话！”“听话你就会梦见额吉啦！”小姐姐说。

巴图欢呼起来，嘴巴一翘，呜呜响，这回是开汽车，一溜蹦子，冲下坡去。

二

额吉第一次离家，小姐姐依稀觉得是个梦，那晚她沉在梦中，想睁开眼，却怎么也睁不开了。包里洒满灯光，四壁晃动人影。小姐姐记得，今天家里来了客人，一个胖子，城里的。也是阿妈的同学。那胖子亮光光的，太阳下面亮光光的，灯光下面也是亮光光的。怎么说呢！脸面卧层油，脖颈浮条黄链子，光闪闪辉映小姐姐的眼。胖子抽支拇指粗的烟，眼珠也闪闪地直盯你的眼，很不舒服。阿爸和额吉倒热情。阿爸与他大块吃肉，大碗喝酒。胖子像是醉了，要额吉献歌。阿爸也说唱吧！唱呀！额吉说那她唱支《下马酒》吧！“不不。”胖子摇手反对，“唱《诺恩吉雅》，就唱《诺恩吉雅》！”额吉低低地开腔唱道：“老哈河水长又长，岸边的骏马脱着缰。美丽的姑娘诺恩吉雅，出嫁到遥远的地方……”小姐姐见额吉好看的脸上有了泪，那胖子竟也一头倒在地上，嘴里却含糊不清地哼起那支忧伤的曲调……小姐姐再次睁开眼时，先是见到了阿爸那关切的眼神，说：“你呀！睡两天了。”巴图在旁边伸出小手放在小姐姐的小脑门上，说：“不烧了！”阿爸笑着点了头。小姐姐锐声喊：“快拿开你的狗爪子，凉死了。”巴图拿开手，嘴里嘿嘿着，“凉吗？不凉啊！”小姐姐问：“额吉呢？”阿爸的眼神里闪过一丝慌乱，“额吉，额吉出远门啦！”小姐姐也发现，包里的客人和额吉都不见了。巴图生怕丢下他，也抢着说：“嗯，出远门啦！”小姐姐有些恍惚，觉得额吉很近又很远的。她就举起了手臂，看手臂上的五彩绳。赤橙黄绿青蓝紫，多像一个梦呀！看着看着，小姐姐就觉得额吉又在眼前了……

端午节时，额吉给小姐姐绑了五彩绳，也给巴图绑了五彩绳。小姐姐问：“绑五彩绳做啥？”巴图也在一边问：“绑五彩绳做啥？”额吉看着四颗黑黑的眼睛，说：“这好啊！就是把福都拴住了，捆在你们的身上了。”小姐姐问：“那，你和阿爸咋不绑五彩绳呢？”额吉想想说：“孩子的福就是大人的福呀！福和你们呼啦啦地飞，总得有人牵着吧？都飞，那还不跑丢啦？有了五彩绳，咋飞，那线都拴在额吉的心上哩！”

额吉是在半年后回家的，小姐姐和巴图欢天喜地围上前，看呀，问呀，没个完。额吉却不抱他们也不亲他们，眼里的泪水拭也拭不清。小姐姐见额吉两腮塌陷，瘦多了，眼珠都陷在眼眶里，脖子上却挂着那条黄链子……阿爸说：“进包吧！”额吉点点头。小姐姐和巴图像两只羊羔子，一左一右，围前围后地跑。

额吉的眼睛注视着阿爸和巴图，也注视着小姐姐，像有重要的话要说。额吉说："你们知道吗？我不想离开你们，只是想在城里混好啦，再来接你们，可，现在……"额吉脸上的泪就流淌下来了。阿爸要说话，却被额吉制止了。额吉说："送送我吧！"阿爸点点头，抱起巴图走向包外。小姐姐和巴图都住了嘴，觉得长生天是不是要塌下来，小孩子就要闭嘴了，再不能说了，要听话了。

额吉就开始脱衣服，一件一件，都扔进火炉里。火焰跳啊跳的，还轰轰地响，像那个胖子开的汽车。额吉后来摘下的是那条黄链子，也随手扔进火炉。小姐姐问额吉："咋烧啦？""脏！"额吉只答了一个字。小姐姐又问："额吉，你还走吗？"额吉点点头："这次，我要出趟远门！"额吉洗净脸，打开柜子，拿出蒙古袍和罟罟冠，细心地、一件件地穿在身上。额吉的蒙古袍上绣了花鸟草鱼，额吉起身，鸟动了，鱼游了……小姐姐惊呼起来："额吉，真漂亮！像个新娘啊！"额吉苍白的脸颊泛过一层红晕。额吉前后左右对着镜子看，后来就把目光定在小姐姐的脸上，说："孩子，你要照顾好巴图呀！别拆帮！"小姐姐泪水流下来，额吉说："别光顾哭，说话啊！"小姐姐点头，答应着："我记住了！额吉你啥时回来呀？"额吉步履艰难地走向包外，飘过来一句话："你们想我，我会出现在你们的梦里！"巴图不知啥时钻进屋，接着话茬问："我能梦到吗？"额吉话语哽咽，"能！"

那时，夕阳欲沉入无边的草海，大地抹一层红霞，阿爸牵起红马，背上驮着盛装的额吉，向远方走去、走去……巴图哭得已经睡过去了，小姐姐努力抱住他，十个手指头挤成红红的胡萝卜。但还踮起脚，一直望着、望着……

三

那真是一把好枪。

阿爸中午归牧时，城里的姑姑也闯进蒙古包，像约好似的。姑姑爱笑，一笑眼睛就隐没在那圆圆胖胖的脸上。姑姑带来许多好东西——苹果、香蕉、凤爪、火腿肠，还给小姐姐和巴图买了新衣服。一件红色，一件蓝色。两个人穿在身上，就像是绽开在草原上的两朵小花。当然，最吸引人的就是那一把枪。铝合金制作的，青色的，发着冷光。能装水，一射一条水线就出去了。巴图乐得合不拢嘴。姑姑抱住问他：“小子，姑姑好吗？”巴图咧着嘴，手里把玩着小手枪，说：“姑姑好！”阿爸和姑姑说话，巴图就溜下地，灌满水四下里寻找目标，小姐姐也赶紧地盯着巴图这个小目标了。巴图走到牛跟前，远远地一扣扳机，一条银线就冲到牛的肚皮上。老牛一甩尾巴，那块射中的皮肤一颤一抖的，把那水珠子都弹到地上。巴图又走到马跟前，一扣扳机，马惊了，是马三分龙气呀！那马凌空尥几个蹶子，尘土飞扬的，却什么也踢不着，很疑惑，就四下里找啊找的。巴图笑得前仰后合。看一眼马的傻样，笑一阵，看一眼马的傻样，笑一阵。小姐姐脸却严肃得像块铁，真是一个好东西？饭桌上，姑姑喜眉喜眼看巴图，巴图也喜眉喜眼地看她。姑姑说：“好玩吗？”巴图说：“好玩。”姑姑说：“姑姑家还有一把大枪呢！”巴图问：“多大？”姑姑伸展开圆滚滚的手臂说：“这样，不，这样！”巴图眼珠子亮一下，说：“真有那么大呀！”姑姑说：“是呀！想进城看看吧？”小姐姐一下把碗掉到了地上。阿爸说：“你看你，要上学的人啦！是大人啦！”小姐姐说：“我不上学，我要等巴图上学我再上学。”阿爸责备她说：“你姑姑照看巴图，你呀，可不能没文化，成了个睁眼瞎！”巴图跳着脚欢呼：“进城喽！进城喽！”小姐姐眼里的泪都要流出来了。姑姑说：“你呀，别急，等你放假了，也进城去玩呀！”

终于觑个空子，小姐姐问巴图：“你不做草原好汉啦！”巴图一挺胸脯说：“做呀！”小姐姐说：“草原好汉练的是好汉三艺，哪有玩枪的？”小姐姐变戏法似的自背后取出一套弓箭。巴图拿起弓箭，瞄呀瞄的。小姐姐一把抢过来，“你还进城吗？”巴图看看弓箭，迟疑着说：“去呀！”小姐姐问：“去你能骑马吗？”巴图说：“我坐汽车。”小姐姐说：“草原赛马，哪有赛汽车的？”巴图就皱起了眉，说：“那咋办呀？”“别去城里啦！要是额吉回来，那里的车呀人呀那么多，上哪找你去呀，你会迷路的。”小姐姐说。

姑姑第二天一早要走时，却寻不到巴图，阿爸和姑姑在一处山坳找到他和小姐姐，只见两人正在练习射箭。远远地只见巴图两腿微分，眼睛眯缝着，正向树上的靶子瞄准。一下一下，兴味盎然的。姑姑和阿爸近前来，见那把小枪放在绿草地上，像块黑石头。姑姑兴冲冲地喊：“巴图，走呀，去城里看枪去。”巴图说："不去啦！我要当草原好汉，练箭哩！"小姐姐身子挡在巴图面前，像是形成了铁板同盟。阿爸跨上前，拾起枪，抱起巴图说："快走吧，要不这枪不给你啦！"巴图就急了，大喊"放开我"，顺手把那枪扔到地上了。这孩子真不听话啊！阿爸拍他一巴掌，巴图张大嘴巴哭起来。小姐姐冲上前，紧紧地握住巴图的手，也大声地哭起来，"不去，就不去"。阿爸火气腾地燃起来，高高挥起巴掌，说："小羔子，翅膀没硬哩！管不住咋的？"小姐姐想，两人的屁股要开花啊！那也不去城里，她答应过额吉的啊！就咬住嘴唇护住巴图……姑姑却扯住阿爸的手，说："就知道打呀！不去，就不去吧！"姑姑扭转身时，眼角的泪水滑落在青草地上。

姑姑回城的那天下午，小姐姐看到草原上的胖媒婆进了毡包，胖媒婆的腰身似水桶，一走一走，似滚动的一口缸，她好像还哼唱着一首歌，小姐姐听过，是《敖包相会》。媒婆见到阿爸时，脸上像绽开了一朵喇叭花。阿爸脸上也带着笑，还端茶倒水，很殷勤。小姐姐找到练箭的巴图，说："你玩枪吗？"巴图很惊讶，草原汉子不玩枪啊！小姐姐就趴在巴图耳边悄声细语地说了几句，两个小东西的脸上紧绷着笑。后来是，巴图拿着枪，一路把小姐姐追赶到毡包里，小姐姐围着媒婆笑嚷着巴图别闹了，巴图却不依不饶，他的水枪银线般射中媒婆的腰身，媒婆的衣服弹不下水珠子，她也不会尥蹶子，成了落汤鸡。媒婆顾不上言语奔出帐外，口里不再哼歌，而怒气冲冲地嚷起来："这羔子，有人生没人养的，谁摊上谁不是业呀？"送完媒婆的阿爸愠怒地返回屋，却见小姐姐已从巴图的手里夺过那枪，正一脚一脚令它扭曲变形。巴图看见阿爸进屋，也冲上前去，一脚一脚狠踩那枪……阿爸的脸色渐渐显出暖意。

四

祭七星那天晚上，草原上的天气已然变冷。阿爸率领小姐姐和巴图垒起七星，跪祭一番，巴图就喊困了。其实阿爸和小姐姐心里都明白，巴图喊着睡觉，是想梦额吉去。他说，他又好几天没有梦见额吉啦！小姐姐领着巴图钻进了毡包。阿爸跪倒在地，望着七个土块垒起的星斗，不禁喃喃说道："你呀，你还好吗？你在长生天那里过得好吗？你冷吗？”阿爸哽咽着说不下去了……其实额吉早在城里染上绝症，没救了，才回到草原。她身着盛装，是到赛罕乌拉山顶去了，那里四季冰雪覆盖，圣洁高远，是野狼和神鹰出没的地方，也是草原人天葬的圣地……

不知过了多久，阿爸回到穹庐内，见巴图已睡着了，小姐姐却还大睁着眼睛。小姐姐见到阿爸，像是等了好久，手里握段五彩绳，赤橙黄绿青蓝紫，在灯光下显出柔和的光。小姐姐说：“我想啦，你为啥没梦见额吉，你没有五彩线呀！没五彩线，你就和额吉连不上心呀！”小姐姐说着，手指灵巧地就给阿爸拴起了五彩线……阿爸很听话地擎着手。巴图醒了，问：“你们做啥？”小姐姐竖指挡住嘴唇，小姐姐拉着阿爸，齐齐地躺到床上，阿爸挨巴图，巴图挨小姐姐。小姐姐轻轻说：“闭眼，梦额吉！”巴图立即住了嘴，听话地闭上了双眼，好像怕丢下自己。

阿爸中途睁开眼，见小姐姐和巴图都静静地睡熟了，也赶紧闭上了眼睛，他也怕自己被丢下似的……

那条铁路是部队的

战雅慧

一

高粱跟在樱桃的身后亦步亦趋，樱桃头也不回地喝道："别跟着我！"声音不大，却十分的铿锵。"哎。"高粱虽瓮声瓮气地应着，脚步却没停。

天阴沉沉的，路边儿的枯树桠丫上有几只黑乌鸦在呱呱地乱叫。樱桃跺着脚骂道："讨厌！"高粱看看吓飞了的乌鸦又看看樱桃，樱桃用她那双雾蒙蒙的大眼睛剜了高粱一下，又剜一下。高粱咧咧大嘴，没吱声。樱桃停下脚步仰天长叹："唉！"高粱眨了眨小眼睛，怯怯地说："咱就别去给领导添乱了，回家吧，俩孩子……"

高粱话音还没落地，樱桃早已转身往回走了。其实她比高粱更惦记扔在家里的孩子。前天，李小妹一岁多的儿子就从床上掉下来把胳膊摔脱了臼。娘跟孩子疼得哭成了一团，最后还是樱桃跑到医务室请来了陈军医才给孩子的胳膊复了位，当时把李小妹感激得就差给陈军医和樱桃跪下来磕头谢恩了。从那天起，樱桃就暗自发过誓，绝不让自己的孩子离开自己的视线，可是今天……高粱如梦初醒，“我先回去看孩子了”，他边说边朝他们家的方向蹽去。

高粱和樱桃的家住在甘肃河西走廊西边儿的一个不起眼的小地方，站在他们家的门口就能看到祁连山半山腰的小村庄和山顶上皑皑的积雪。这个地方的名字极其雅致，清水。顾名思义，这里应该有一条清澈的小河，河水潺潺，碧波粼粼，山清水秀，杨柳青青。可事实上，这里没有小河，也没有清水，这里的人与畜共饮同一个蓄水坑里混浊的脏水。这里土地贫瘠，茅屋破败，树少人稀，荒凉贫困。

这里虽然是穷乡，但不是僻壤，因为这里有一条与祁连山遥遥相望的铁路。这条铁路很长很长，常有人踮着脚站在铁轨上伸长了脖子使劲儿地向东向西眺望，望断了天涯也望不到铁路的尽头。

一九五八年初春，突然有一支穿着破旧军装的十万大军开进了荒寂的清水。他们住帐篷，喝脏水，在这条东西贯通的铁路线上热火朝天地增修铁路。他们先在清水火车站往西再往北延伸出了一条孤零零的铁路，为了这条铁路，他们在清水的西边新修了一个简易的小火车站，人们称之为清水西站；还是为了这条铁路，他们又在铁路的南面修出了两条辅助的铁路，这两条铁路向南再向西，大约有三公里的样子就到了尽头。人们对往北的那一条铁路和有尽头的这两条铁路充满了好奇，很快这好奇又被这铁路两边儿的另一番景象所替代：曾几何时，这里竟突兀地出现了几大排歪歪斜斜、高高低低、大大小小、形形色色的半地窖式的住房，要不是这些鬼斧神凿的“房”顶上冒着袅袅的炊烟，谁能想到这里也能住有人家。

后来人们才发现，向北延伸的那条铁路是部队的，有了尽头的铁路也是部队的。向北延伸的铁路通往何方是个谜，铁路尽头是火车的大车库却有目共睹，车库旁边有大煤场、高煤台，还有大洗澡堂和大办公室。人们发现这些个大建筑（在清水就都算是大建筑了）原来是火车的“家”。火车在这个“家”里加煤上水，从这个“家”里咣咣当当、轰轰烈烈地开进开出。火车头煤烟滚滚，排气管怒吼着喷出白色的蒸汽，汽笛长鸣，地动山摇。

高粱跟火车一样忙，他每天两眼一睁就从那个家跑到这个“家”里来，他在这个“家”里待的时间要比在那个家还要长。他在这个“家”里上车下车、开车停车、修车擦车、开会学习、业务考核，再上车下车……

这个火车的“家”名叫铁路机务段，是〇〇二九部队后勤部的一个直属单位的直属单位的直属单位。机务段里有一群跟高粱年纪不相上下的大老爷们，他们是司机、副司机和司炉工。他们这些人仿佛从天上掉下来似的来路神奇。听说他们是中央军委从祖国各地的铁路局精挑细选出来的，是会驾驭大火车头在铁路线上驰骋的能人。这些能人的口音虽然南腔北调，但却有着许多共同之处：他们都穿着一模一样的铁路制服，背着一模一样的帆布挎包，迈着一模一样的大步子，亮着一模一样的大嗓门，一只手提着一模一样的小铁锤儿，另一只手拎着一模一样的猪腰子饭盒。不过无论他们如何一模一样，在上火车头之前，人们都能从他们充满朝气的脸上准确地分辨出谁是大李和小赵。等他们下了火车头以后再看，那一模一样的工作服就全变成了一模一样的油污不堪，每个人除了眼睛和牙齿在闪着白光以外，脸上和身上都是一模一样的黑黝黝、油光光，这时，就算是大李和小赵的媳妇站在大李和小赵的面前，要想一下子分清谁是谁也难。

一天，黑黝黝、油光光的高粱在下班回家的路上遇到了几个光着屁股的半大孩子（那时当地老百姓的孩子不分男女、不分冬夏全都光着黑屁股）。有一个一手裹着破棉袄一手指着高粱，吸溜着大青鼻涕说：“你是会开大火车会打大地洞的大黑妖怪。”高粱龇着白牙笑了，他拍了一下小黑屁股说：“快回家吧，小心你的鸡鸡给冻掉了。”

高粱和樱桃的家就住在南边儿的那片被光屁股孩子称之为“地洞”的住房群里。

樱桃进“洞”的时候，高粱正在做饭。他们家的面积不大，因没啥摆设，还算宽敞。在用破砖头支着床板的大床上，坐着守着弟弟的四岁的女儿大米。大米看见樱桃进来，高兴地叫了声“妈妈”，一岁半的儿子大豆坐在小姐姐的身旁也张牙舞爪地“妈、妈”地欢呼。

樱桃把大豆抱在怀里，她摸摸儿子的屁股，嗔怪道：“就知道吃，也不知道先给孩子换换尿布。”高粱说：“桃儿，我错了。”大米稚声嫩气地跟着爸爸学舌：“桃儿，我错了。”高粱和女儿相视一笑。樱桃没理他们的笑，她利落地干着活，手不停，嘴也没歇着：“都怪咱们当初那么听话，跑到这个破地方来，咋样？你相信党，党不相信你了吧？我呢，还丢了工作……”高粱说：“放心吧，这个党我肯定能入上。”

樱桃讪讪地说：“这也不能怪你，要不是外调的人回来说我爹的成分是上中农，本来就是中农的嘛，咋又变成上中农了呀？唉！就算我爹是上中农，上中农咋了？不也是咱们党团结的对象吗？再说了，我家是上中农跟你有啥关系呀，中农跟上中农有多大的差别呀，又不是咱们成心隐瞒的。再说了，你挣的这些个破奖状都快把咱家的墙都给糊满了，党还考验你个啥劲儿呀？不行，哪天我自己去找段长说去，告诉你啊，不许再跟着我。”高粱顿时收敛起笑容，说：“你要是真想让我好，就别去。”樱桃悻悻然，说：“是谁不想让你好了？是谁把我爹的成分给搅和成上中农了……”

二

高粱和樱桃是在东北一片叫喜鹊屯的黑土地上一块长大的。新中国成立前，高粱家要比樱桃家富裕些，小高粱常从家里偷豆包去讨好小樱桃，樱桃爹见到高粱爹也是点头哈腰主动让道。不幸的是，高粱妈得了一种怪病，为了给高粱妈治病，高粱爹卖光了家里所有的财产，包括土地、牲畜和房屋，也没能拽住高粱妈的性命。高粱妈走后，高粱爹把剩下的金银细软和宝贝儿子高粱一并送到城里的亲戚家去，自己就成了喜鹊屯房无一间、地无一垄的极品穷人。他栖身在樱桃家撂农具的小仓房里，给樱桃爹当起了长工。因为这个时候的樱桃爹的日子已过得十分红火，他买了好几十垧地，还雇了高粱爹这个长工和三个短工帮他耕种。从此以后，就轮到高粱爹见到樱桃爹点头哈腰主动让道了。

新中国成立后，农村开始土地改革。高粱爹是铁骨铮铮的贫农，他不仅分到了土地和房屋，还成了工作队最信任的骨干分子。樱桃家就麻烦多了，工作队一会儿说应该是地主，原因是他们家剥削过长工和短工。樱桃爹在会上捶胸顿足地说：“天地良心啊，哪回下地不是我走在前面，哪次干活不是我在打头阵，我起得比短工早，吃得比短工差，干得比短工多，天底下到哪儿去找像我这样剥削别人的地主啊？”樱桃爹用眼睛的余光去瞟坐在他身边的高粱爹，此时的高粱爹正昂着头看天，仿佛是在研究蓝天上那变幻莫测的流云。工作队队长沉吟了一会儿说给樱桃家定个富裕中农吧，樱桃爹泪流满面，说：“我买地的钱都是从牙缝里挤出来的啊，我的家人穿的啥吃的啥你们不是没看见啊，我可怜的樱桃都这么大了连件换洗的衣裳都没有哇，这跟富裕挨得上吗？”樱桃爹用眼睛去哀求高粱爹，此刻的高粱爹正低着头研究自己那两只分别钻出破布鞋的大脚指头，好像是在思考脚指头为啥要从鞋里钻出来。最后工作队决定给樱桃家定个中农成分，谁知就在这个当口，看天望地的高粱爹倏地站了起来，他指着樱桃大声地说：“大家请看啊，樱桃的脖子上还戴着一把小金锁呢，有金锁的人家咋可能会是中农呢？”十五岁的樱桃跑过来对着高粱爹呸地啐了一口唾沫，高粱爹抬手就给了樱桃一巴掌，樱桃爹疯子般嗷的一嗓子就张牙舞爪地往高粱爹的身上扑了过去，立刻，这两个爹就如胶似漆地滚在了一处，后来工作队的同志费了好大的劲儿才把高粱爹和樱桃爹给分开。

农会依靠穷人，原来做梦都想发家致富的人们这会儿巴不得穷得光腚才好。这让樱桃爹想破了脑袋也想不明白这个世界到底是咋的了，当初要不是他自己把日子过得太俭省，要不是他自己把自己当牛做马，如何能苦扒苦挣下这些个家业，一个小小的长工怎么敢骑在自己的头上拉屎撒尿哇？

恼羞成怒的樱桃爹恨透了高粱爹，他扬言今生今世此仇不报誓不为人。其实事后高粱爹也感觉自己做得有些过分了。后悔莫及的高粱爹到樱桃家给樱桃爹低过好几次头，道过好几次歉，他给樱桃爹虔诚地鞠躬，淌着眼泪认错。他说是他不该呀，都怪工作队给他洗了脑，让他昏了头……结果呢，樱桃爹次次都是对他破口大骂、恶语相逼，还扬言说不仅这辈子跟他没完，下辈子也不会放过他。

几年过去了，高粱因成绩优秀被铁路局招了工。一次他回乡探父，半路上遇到了亭亭玉立的樱桃。樱桃上下打量着高粱漂亮的铁路制服，笑盈盈地跟高粱打招呼。她不等高粱答话，大辫子一甩就羞涩地跑了。灵魂出窍的高粱痴痴地望着樱桃远去的倩影发呆，他的魂魄已被樱桃绯红的脸蛋上的那一对跳跃的笑窝给收走了。

老实巴交的高粱爹被穷凶极恶的樱桃爹给整得腰杆子越来越弯，都快弯到了脚面子上；他的姿态也放得越来越低，一直低到了尘埃里。高粱爹脸上的褶子在脚面上、尘埃里越聚越多，多得都快分不出个儿来了。儿子的突然到来让这些老褶子舒展了，灿烂了，可是，这灿烂的笑容很快就又僵在了他的唇边儿。从不正眼瞧他的喜鹊屯的大媒婆孙寡妇竟然气喘吁吁地颠着三寸金莲闯进了他的家，那速度快得几乎是跟高粱前后脚进的门儿。

高粱爹刚直起的腰杆子又迅速地弯了下去。孙寡妇跟樱桃妈是表姊妹。高粱爹不仅怕极了樱桃爹，只要是跟樱桃家沾点亲带点故的人他都怕。

孙寡妇在高粱家的炕头上自顾自地盘腿坐好，她双手一拍哈哈一笑，眉飞色舞的演讲就这样开了篇。高粱爹迷茫地听她对自己的百般奉承，听她自鸣得意地自吹自擂，好半天他才整明白了她的来意，原来她是给高粱和樱桃做媒来了。

樱桃竟然相中了高粱，樱桃爹竟然同意将他的掌上明珠樱桃许配给高粱。这石破天惊的大馅饼把高粱爹给砸得晕晕乎乎，他感觉自己是在做梦，他狠狠地掐了自己大腿一把，哎哟，还真疼。高粱爹激动得心跳像是在打鼓，他咧着大嘴眯着小眼笑嘻嘻地给孙寡妇又是倒茶又是装烟。高粱爹从儿子的笑容里仿佛看到了儿子的心花正在噌噌地绽放。他隐隐地感到，他和樱桃爹的关系可能会因为这朵绽放的心花有一个大的转折。

高粱和樱桃结婚了，孩子们的婚事让樱桃爹性情大变。当樱桃跟着高粱就要离开喜鹊屯时，樱桃爹啥话儿都没有，啥理儿都没挑。可当他看到樱桃妈一只手里紧紧攥着女儿临行前丢给她的那只小金锁，淌着眼泪用另一只手冲女儿挥手告别时，他眼眶里蓄满的泪水顿时喷出了一片汪洋……

高粱和樱桃小两口儿租住在江海市铁路局的一间小平房里。房子不大却朝阳，灿烂的阳光从大玻璃窗射进来，把他俩的心都给照得暖洋洋的，他们在这个温暖的家里，今天置一只碗儿明天买一个盆儿地过起了甜蜜的小日子。那时国家搞建设特缺人，大量地招聘工人，樱桃竟然凭着四年的扫盲文化考上了铁路局的正式工作。那天，樱桃手捧着铁路局的录取通知书一蹦一跳地跑回家做饭。她一会儿从厨房跑出来试穿工作服，一会儿去照镜子整理头发，心里还在猜想着高粱知道她考上工作后的表情，心猿意马的她把饭烧煳了都不知道。高粱下班后闯进家门先抢险救灾，然后抱起樱桃哈哈笑着在屋子里转磨磨，原来这个大喜事他早就知道了。吃饭时，高粱狼吞虎咽，香，这饭糊了才更香，香……

好日子过得飞快，三年后的一个初秋，樱桃和高粱抱着两岁的女儿大米在家里吃晚饭，铁路局的一位领导敲开了他们的家门……

再后来就是一只大木箱装了他们全部的家当，高粱和樱桃胸戴大红花，大米胸戴小红花，铁路局的全体职工敲锣打鼓，把他们一家三口欢送到往西去的列车上。高粱一家子喜气洋洋笑逐颜开，这时，工具室的那位大姐追到了火车站，她抱着樱桃哭着说："傻妹子呀，你呀，你总有一天会后悔的……"

樱桃笑了，她心想："我才不会后悔呢，谁都知道，我们是经过了一轮又一轮的严格筛选才戴上这朵光荣的大红花的，这说明啥？这说明我们政治可靠、业务精湛、年富力强，说明我们根红苗正，说明党信任我们，让党信任那是件多么荣耀的事啊！我咋可能会后悔呢？"

三

高粱偷眼看看噘着嘴巴生气的樱桃，赔着小心说："过去的事儿咱不提了，只要咱俩心贴着心，啥坎儿都能过去。"樱桃嗔怪道："你就是狗掀门帘子——嘴对付，你的心里还指不定咋怪我呢。"高粱笑了，说："那哪能呢，在咱们这个家里，你永远都是正确的，要是有错，也都是我的错。"樱桃撇撇嘴，心情好了许多。

"高师傅！出车！"窗外有值班员在叫班儿。高粱高声应着，"知道了！小吴，进来吃点儿吧？""不用了……"窗外的声音渐行渐远。

樱桃利落地往小饭桌上摆饭，说："你先吃着，我给你装饭盒。"高粱给大米穿好鞋，抱她下床，说："不用麻烦了，往饭盒里搁俩窝头撂块咸菜就得。"樱桃说："俩哪儿够？"樱桃往猪腰子饭盒里倒了些咸菜炒鸡蛋，又往饭盒里扔了三个大窝头进去。高粱端着大碗喝着玉米面粥，嘟嘟囔囔："我有俩窝头就够了。"

高粱穿好了油叽麻花的工作服，肩背帆布挂包，一手拎着小铁锤儿，一手提着猪腰子饭盒雄赳赳气昂昂地走出了家门，像极了《红灯记》里的李玉和。樱桃站在窗前眯着眼睛看着高粱远去的背影，天不知何时已放晴了，太阳在李玉和的身上闪着金光。

樱桃喂饱了大米和大豆，自己把剩下的半碗玉米面粥喝了，收拾完碗筷就去门后取铁锨。一直看着妈妈忙碌的大米不安地叫了声妈，樱桃放下铁锨，从床底下把家里的大洗衣盆拽了出来，她把一床小被子铺在洗衣盆里，把尿布垫在被子上，然后一手抱着大豆，一手拎着大盆对大米说“跟妈走”，大米蹦蹦跳跳地拽着妈妈的衣襟出了家门。

樱桃和俩孩子走出了小院儿。她把大盆放在院门口，把大豆放在大盆里坐好，嘱咐大米看着弟弟，她回头去取铁锨和小板凳。

大米坐在小板凳上守着弟弟大豆，樱桃在院门口的土坡下面一锨一锨地翻整土地，还不时抬头看看这俩孩子。她把翻出来的石头拣出来，把坑坑洼洼的地方弄平整，她拔杂草，修田埂，汗水顺着她的脖子往下流……

为了应对三年的自然灾害，樱桃费尽了心思。供应物资的火车皮每月只卖给他们全家连壳带糠的那么一点儿粮食，簸去糠秕瘪粒后根本就不够吃。高粱的工作太累，她不能让他倒下；孩子太小，她不能让孩子饿着。她只有饿自己，让自己吃差、吃少。她吃树叶，吞糠皮，整天饿得头昏眼花。可无论她怎么挨饿、如何节省，这粮食还是一月接不上一月，她还是顾了孩子顾不了丈夫，顾了丈夫又饿着了孩子。

那时的铁路家属每年都有铁路免票，樱桃为了省出全家的口粮让丈夫吃饱，她锁好家门，一手抱着三个月大的儿子，一手拽着三岁的女儿去娘家逃荒要饭。

樱桃就这样回到了生她养她的喜鹊屯。

樱桃抱着一双儿女回来了，让她爹和妈喜出望外。他们看见活泼可爱的小外孙子和小外孙女，高兴得老泪纵横。两个老人二话没说，乐颠颠地把樱桃和孩子迎回了家。

樱桃放下行囊吃了饭后就抱着孩子去拜见高粱的爹。她发现她这个公爹比以前年轻了许多，脸上的老褶子没了，红光满面的，更让她惊奇的是高粱爹的身后竟然戳着容光焕发的媒婆孙寡妇。樱桃叫了声孙姨，瞪着迷惑的大眼睛不知道该不该问他们之间是啥关系。

高粱爹再婚的事儿信上没跟樱桃和高粱提过一个字。

喜鹊屯油汪汪的黑土地年年都是大丰收，樱桃爹和樱桃的三个弟弟都是生产队的壮劳力，樱桃妈在房前屋后见缝插针栽了点果树种了些菜蔬，全家人吃饭不是问题，再加上樱桃他们娘仨，也不是问题。虽然顿顿吃的都是高粱玉米和小米，白菜土豆和萝卜，但在樱桃的眼里，这就是美味佳肴，就是山珍海味。樱桃没敢向父母描述大西北的荒凉，更不敢说出大西北的饥荒，她不能让父母为她操心担心，再说了，就算是他们知道了这一切又有啥用呢？

樱桃对爹妈说得最多的是高粱那神圣的工作，高粱在江海市铁路局时只是个小司炉工，可一到了清水机务段就立刻被提升为副司机了，要知道那可是部队的军用铁路线，司炉这么重要的活儿都是由优秀的中国人民解放军战士来担任的。樱桃说，别看咱高粱他不是军人，但那些军人都特听他的话，高粱还经常给这些军人上课呢。有一回她有事儿到高粱单位去找他，正赶上他给战士们上课，他往那一站，可派头了。他说："同志们，别以为烧火儿是件很容易的事儿，把煤扔进火车头的大炉子里就算了事；别以为司炉工干的不是技术活，只有一身的蛮力气就行。跟你们这样说吧，烧火儿这里面的门道和学问大了去了，所以你们要好好学习，认真实践。不懂科学，你的火儿就烧不好，火烧不好，火车头就走不快，甚至还走不了……"

樱桃妈看着女儿眉飞色舞地夸女婿，乐得呵呵的；樱桃爹精明，闺女，你不是说高粱不是军人吗？他一个开火车的小工人咋就成了部队上的人了？部队跟火车和铁路有啥关系呀？樱桃笑了，说："爹，您打听的都是些军事秘密，我不能告诉你。在我们那儿，好些事儿都是上不告父母，下不告妻儿的，所以呀……不过我实话跟您说吧，你问的这些其实我也不知道。高粱他的确不穿军装，但他的确是在为部队工作，部队的首长也的确对他特别的好。您想啊，高粱要不在部队，他爹咋会是军属呢，对吧？"樱桃爹点头应是，可心里愈加迷茫。

喜鹊屯的庄稼熟了，一眼望不到边的高粱硬挺着沉甸甸的大脑袋，长长的谷穗把谷子累弯了腰，田野里到处弥漫着新粮食的清香。樱桃和孩子在娘家一住就是大半年，还没有走的意思。这让樱桃爹的心里开始犯起了嘀咕，好端端的，女儿住娘家哪有住这么久的？虽然女婿也时常给女儿写信寄钱来，但那信就跟电报似的短小精悍，啥也瞧不出来。樱桃爹让樱桃妈试着问问女儿和女婿的关系咋样，樱桃妈乐呵呵地说他们的关系好着呢，还说就是瞎子都能瞧得出来女婿事事都顺着女儿。

樱桃就娘家婆家地两头跑，一年后她才恋恋不舍地抱着孩子离开了喜鹊屯。

四

樱桃抱着孩子再次登上了西去的列车。她望着车窗外那一天甚似一天的荒凉，不禁又回想起了她和高粱第一次踏上西去列车时的情景。

那时候的樱桃和高粱的心里充满了自豪感和荣耀感。

他们一家三口在火车上摇晃了快一个星期了，他们到站下车换车，又到站下车再换车，路遥远得仿佛没了尽头。樱桃长这么大从没出过这么远的门儿，不知道世界会有如此之大。火车喘着粗气吭吭哧哧地在辽阔的荒原上爬行，越爬越荒凉，越爬越让樱桃的心里发怵。她不停地颤声问高粱："咋还不到，难道党要把咱们派到天边去吗？"高粱咬着牙说："只要是党的需要，就算是天边又有啥！"

天边终于到了。他们在一个叫清水的小火车站下了车。出了车站，高粱雇了一辆小毛驴车拉行李，赶驴人带着他们顺着一条弯曲的小道往西走，毛驴的小四蹄儿把路给踢腾得尘土飞扬。樱桃眨着大眼睛打量着这个清水，清水的土地是贫瘠的黄土地，在不规则的、有田埂围着的土地里，散落着瘦弱的庄稼和收割后的凄凉。这儿的房屋又矮又小，全是用黄泥巴糊的顶，黄泥巴抹的墙。路上有几个光着腚流着大鼻涕脏了巴叽的孩子冲着他们做鬼脸，把高粱怀里的大米吓得哇哇直哭，樱桃的自豪感在女儿的哭声里一点点地逝去。

他们好不容易来到有了几间砖瓦房子的地方，赶驴人对高粱说西站到了。高粱把孩子交给樱桃，请赶驴人等他一会儿，高粱跑去单位报到。不大一会儿，高粱跑了回来，他请赶驴人帮他们租个民房，房子不论好坏，只要是能住人就行。赶驴人带着他们走边打问，有好心的老乡给他们现腾出了一间小仓房。这间仓房实在是太小太破了，只比巴掌大点儿的窗户上无遮无拦，门是一个挂在儿根木棒上的破草帘子，开着门，屋子里冷风嗖嗖，关上门，屋里是嗖嗖冷风。高粱直起腰，头就碰到了屋顶，他摸着头弯腰苦笑着说："桃儿，这是暂时的，暂时的。"樱桃失望极了，无奈极了，她想哭，没哭出来，这会儿再哭还有什么意思呢？樱桃和高粱开始拾掇这个新家，他们搬来土坯把从部队借来的床板搭在上面，在床板上铺好被褥，把女儿放在被褥上用小被子裹好，把那只木箱摆放在墙角，把锅放在由三块土坯支成的炉灶上。

两岁的女儿大米开始嘤嘤地哭，"妈！饿！"樱桃从包里摸出一个干馒头片递给她，大米拿着馒头片继续哭。一路上，女儿一直是吃开水泡馒头，这干巴巴的馒头让她如何啃得动？

高粱找老乡借了只水桶出去找水，樱桃出门拾了些柴草准备生火烧开水。不一会儿，高粱就提着水桶回来了，桶里混浊不堪的水面上漂浮着草沫子和羊粪蛋儿。樱桃叹了口气说："这清水的水咋是这样啊？"

这时一位大嫂端了一盆热气腾腾的面汤走了进来，她说的是一口山东话："大兄弟，大妹子，先吃点儿东西吧，啧啧，让孩子跟着大人遭罪了。"

樱桃忍了又忍的眼泪这会儿如同打开了阀门似的奔涌了出来，她哽咽地问："大嫂，你是谁呀？"山东大嫂笑了，俺们跟你们一样，都是为了这条部队的铁路让党给招来的，只不过是比你们早来了几天。大妹子，你家可比俺家强多了，俺家原来就是个驴圈，屋里也没像样的门窗，虽说是四处透风吧，可那驴粪的味道却总也透不出去。"说到这儿，大嫂竟爽朗地笑了。

樱桃心里的憋屈被山东大嫂的驴粪和笑声驱赶了一半儿。当一个人以为自己的处境是最悲惨的时候，突然发现还有比自己更悲惨的人时，他的悲惨就显得不那么悲惨了。樱桃擦擦眼泪给女儿盛了碗面汤，面汤里有雪白的细面条和黄灿灿的鸡蛋花。樱桃吸了吸鼻子，说："好香啊，谢谢你，大嫂！""谢啥谢，"大嫂笑哈哈地说，"咱们能在这儿遇上，就算是一家人了。俺们家人的身上都带着驴粪的味道，只要你不嫌就行。大妹子，你们先吃着，俺得回去了，俺家里还有俩小猴崽子呢，俺一会儿不在家，他们就得闹翻了天，俺就住得离你们不远。"

爽快的山东大嫂走了，樱桃开始喂大米吃饭，大米高兴得手舞足蹈，吃得小脸蛋绯红。樱桃对高粱说："梁子，你也吃点吧，过会儿这饭该凉了。你也真是的，刚才咋就不知道跟这位大嫂说句暖和话儿呢，她人多好啊。”回答她的是高粱均匀的呼噜声，原来高粱早就睡着了。他实在是太累了，这些天来，他带着老婆孩子上车下车地颠簸劳顿，从没睡过一个囫囵觉。

樱桃给高粱脱了鞋盖好了被子，把吃饱了饭的大米也哄睡了。她把给高粱留的一大碗面汤用毛巾包好放在箱子上，这才把剩下的几口凉面汤一气儿喝了。她看着熟睡的高粱心里一阵阵发酸，她起身把水桶里浮在上面的脏东西往外撇了撇，把水倒进锅里，心想，等他醒了，说啥也得让他吃口热乎的。

高粱一觉就睡到了第二天的早晨，他起床后啃了块干馒头就上班去了。他出车的时间有时是一天，有时是一天连着一夜，白天樱桃她们娘俩还好对付，一到了晚上樱桃就抱着大米缩在床上不敢闭眼睡觉。那个连小孩子都能一脚踹开的破草门根本就关不牢。门外西北风呜呜地吹，沙沙的树声风声和远近的狗吠遥相呼应，仿佛有无数的妖魔鬼怪在号叫。草门被风吹得摇摇晃晃哗啦啦地响，让樱桃总感觉有什么东西在使劲儿地撞门，似乎随时都会有什么怪物闯进家里来。最让樱桃惊慌失措的是下雨天，那轰隆隆的雷声和咔嚓嚓的闪电仿佛能把她的小屋给吞没。屋外下着大雨，屋内下着小雨，就算是雨过天晴了，屋内的小雨仍然还在淅淅沥沥地下个不停。

樱桃至今还记得，那时的天儿很冷，房东老乡帮着他们盘了个小土灶，部队的战士还给他们各家送来了一点儿取暖的煤。煤太少，不敢多烧，屋子里仍然是冷如冰窖。

樱桃的工作一直都没个着落，这反倒让她松了一口气。那时的部队机关、医院、后勤直属单位都设在需乘火车四五个小时才能抵达的另外一个小县城里，幼儿园和学校也都设在那儿。樱桃一想到为了工作要把女儿独自扔在那么远的家里，她就心惊胆战。

五

一个火车头的机组成员有三个人，高粱是副司机，司机是给高粱家送过面汤的山东大嫂的丈夫，姓谷，名叫谷大志，大家叫他谷子；司炉是从朝鲜战场上刚下来的河北籍老兵，姓麦，名叫麦德贵，大家称他为麦子。

高粱至今还记得他第一次上班时的情景，他们仨人驾驶着轰轰隆隆的火车头，在简易的清水西站站台上，调运好装满石渣、铁轨、枕木的火车皮。站台上穿着军装的值班员小绿旗一摆，小哨子一响，火车头汽笛长鸣，铿铿锵锵地拽着长长的火车皮孤独地向北驶去。

那时，这条几十年以后才闻名于天下的军用铁路线正在修建中，数十万扛着扁担、镢头的建设大军，高唱着艰苦奋斗的战歌在这里拼搏。两百多公里的施工线上白天红旗飘扬热火朝天，夜晚灯火通明人欢马叫。铁路从清水站开始，一点点地往大漠深处延伸，铺路大军一边铺路一边垫石渣，拉运石渣、铁轨和枕木的火车紧紧追随其后。

在火车头上工作的高粱崇敬地看着这些刚从朝鲜战场上下来的英雄们，看着他们用那扛过枪的肩头扛着枕木一溜小跑的英姿，心里充满了感动。和这些战士们相比，他们吃的这点苦算得了啥?

那时的生活的确苦。每次出车，机组人员都轮流在紧挨着火车头的那辆宿营车里休息。饭在宿营车上做，在宿营车上吃，宿营车让火车头给拽得走走停停、摇摇晃晃，人在车上摇，饭在锅里晃，馒头有时给摇成了瘪饼，饭经常是给晃得半生不熟。他们吃饭从不挑剔，也没有人发过牢骚有过怨言，因为吃好不是他们的追求，吃饱才是他们的梦想。

军用铁路在无数军人的汗水中一米又一米地向前挺进。这不是一条普通的铁路，她是中华民族的脊梁，是我们中国在世界上站稳脚跟的基石，是中国人挺起腰杆子的通道，是中国的国防和国力不断增强的窗口。中国的“两弹一星”从这条铁路运进了大漠，中国的宇宙飞船从这条铁路走进了高大的测试厂房。

当时那些火车司机和养路工人，对这条铁路的认识没有达到这么高的思想境界。他们对这条神秘的军用铁路的认识是初级的、模糊的，他们只知道这条铁路对国家、对国防非常的重要，但对重要到什么程度、为啥重要懂得并不多。他们的信念是朴素的，坚定的：党选中了我，我就是党的人，党叫我干啥我就干啥，党叫我咋干我就咋干，只要是党的命令，哪怕是苦死累死我也要不折不扣地执行。

高粱他们没有累死也没有苦死，但他们差点儿被活活饿死。

那天，谷子、高粱和麦子他们开着火车才走了一半的路程，天气突变，狂风嗷嗷地怒吼，沙尘弥漫了天地。谷子在混沌的天地间努力睁大眼睛，把脑袋和身子探出车窗外探路，不一会儿，他就让沙尘迷了双眼，高粱马上接替谷子把脑袋伸出了窗外……就这样，他们跟冲锋打仗似的你掩护我，我接替你，顶风冒沙，前赴后继。他们宁可把进了沙尘的眼睛揉得红肿生疼、眼泪长流，也不敢、不能关上车窗，因为看清楚前方的路况是火车司机最基本的职责。火车在大风中缓缓地爬行，由于煤质太差，风沙捣乱，无论麦子他怎么拼命地往炉子里扔煤，怎么努力想把火烧旺，火还是越烧越小，最后竟然完全熄灭了，火车不得不趴在了前不着村后不着店的戈壁滩。

高粱和麦子做重新点火的准备工作，谷子下车去察看前面的路况。让谷子吃惊的是，不远处有一大截铁路被沙子埋了铁轨，好险！要是一眼看不到，火车就会在这里脱轨倒道！

麦子没有点火的经验，高粱留下来手把手地教他。谷子自己扛着铁锹去挖掘被沙子掩埋的铁轨。狂风呜呜地吹，谷子抛出的沙子在狂风中飞舞缠绵，在谷子的身上脸上肆扰。谷子闭着双眼屏住呼吸使劲儿地挖，挖……

车长从车尾蹒跚到车头，他有责任把这里的情况向车站的调度汇报。可是风太大，他无法爬到电话杆上去打电话，无奈的他只好顶着风沙向前方的小火车站踉踉跄跄地走去。

高粱和麦子先清理炉底，热乎乎滚烫烫的煤灰被风卷起来溅在他们的身上，落在他们的脸上，他们全然不顾。他们不敢停下来，火车晚点就是事故，他们不能让小事故演变成了大事故；他们也不能停下来，前方的将士们还在风沙中翘首等待他们拉运的物资。炉火终于点着了，高粱让麦子守好炉子，自己去寻找谷子。

风沙弥漫，天地混浊不堪。高粱在铁轨中间摇摇晃晃地走着，他的肚子在咕噜咕噜地叫着，他感到身体发软，脑袋发沉。在这个餐餐都吃不饱的年代里，有这种感觉是常有的事儿。他给自己鼓了鼓劲儿，闭着眼睛脚步不停地向前走。突然间他被什么东西给绊倒了，他费劲儿地爬起来眯缝着眼睛去看，见一个大沙堆横在铁轨的中间。他使劲儿把沙堆搬倒，原来是谷子不省人事地埋在了沙堆里。大口喘着粗气的高粱背起谷子一步一步艰难地往回走。

不知道何时已是风停沙住，天恢复了原来的蓝，太阳也恢复了原来的灿烂。麦子压好炉火后，走下火车头，他和高粱把谷子抬到铁道边儿的一个朝阳的小土坡上。他们给谷子灌了点水，谷子醒过来后问："全，挖出来了？"高粱说："都，挖出来了。"麦子说："谷师傅一定是那个啥了，咱们都忙了这大半天了，我也早就那个啥了，我的两条腿那个直打战，浑身那个一点劲儿都没有。"麦子说的"那个啥"和"那个"，他们都心知肚明，但都心照不宣。当人人都在忍受着饥饿折磨的时候，这个"饿"字千万不能说出口，因为说出来不仅遭人恨还会使自己更饿。

谷子、高粱、麦子瘫倒在辽阔的戈壁滩上，太阳暖洋洋地照在他们的身上。高粱心想，瞧我们这仨人儿叫的这名字，不就是希望今生今世不至于被活活饿死吗？可有啥用啊？到头来还不是……唉，咱们要真的是谷子、高粱和麦子那该有多好哇，谷子可以碾出金灿灿的小米，小米可以熬成黄澄澄的小米粥，高粱米可以做出红灿灿的高粱米干饭，麦子可以磨成雪白的面粉，蒸出热腾腾的大白馒头。朦朦胧胧，高粱坐在了自家的小饭桌前，饭桌儿上摆满了浓稠的小米粥、香喷喷的高粱米干饭和雪白的大白馒头，他抓起一只大白馒头就往嘴里送，口水顺着他咧开的大嘴往下流……

前方有几个小人儿在往这儿移动，夕阳把这些小人儿的影子拽得很长很长——车长带着救援的战士们向他们奔来……

六

高粱疲惫地下班回家，他脱下身上黑黝黝的工作服，胡乱洗了几把脸，连饭都顾不上吃就倒在床上呼呼大睡。

自从樱桃住进了老乡家这间无窗破门的小破仓房，她就开始无限怀念起江海市的那间小平房，她怀念小平房里温馨的好日子，怀念小平房里灿烂的好阳光。

她问自己："我这是后悔了吗？不！既然没有后悔，那为啥会怀念过去呢？

为啥呢？”她把自己给问住了。

老乡家的房子实在是太破了，根本就无法遮风挡雨。大人可以忍受，小孩子们却不能。这不，谷子家六岁的大儿子谷建国、四岁的二儿子谷建军在老乡家的驴圈里都被冻病了，平时恨不能上天入地去捣蛋的两个小家伙，这会儿老实地躺在床上难受得直哼哼，把樱桃和谷嫂给急得一会儿给他们灌开水，一会儿喂他们吃药片，慌作一团。孩子的病还没怎么好利落呢，夜晚又是一场大风，把两家破门上挂着的破草帘子全都给刮得无影无踪。高粱累得进家就睡，根本就没有发现这个家没了家门。

樱桃给高粱盖好了被子，把床单挂在“门”上，她把女儿抱到房东家托给女主人，自己扛着铁锹叫上谷嫂到那些窑洞群的旁边去挖掘自己的新家。

两个女人结伴挖窑洞的事儿还是让高粱和谷子知道了，是呀，冬天的脚步越来越近了，总不能让自己的老婆孩子在冬天里冻成几根冰棍吧。歇班时，高粱和谷子再累也打起精神扛上铁锹去继续老婆们的挖洞事业，麦子也闻讯赶来帮忙了。樱桃和谷嫂在丈夫上班时，把孩子扔在仓房和驴圈里，继续着“家”的挖掘。半个月后，肩并肩的两个小院儿和两间窑洞终于修好竣工了。

樱桃至今还能回想起他们全家刚搬进窑洞时的喜悦心情。窑洞让细心的女主人糊满了报纸，显得格外的干净，格外的有文化。朝阳的那面墙上有两扇对开的玻璃窗，阳光好的时候可以把灿烂洒进这个小屋。房子后面就是机务段的那条铁路线，高粱说，每天能枕着轰隆隆的火车声音入眠是件最惬意的事儿。其实让樱桃感到最惬意的是这扇家门，这才是真正的门，它是用纯木头做的，虽然粗糙，虽然也有大缝和小洞，虽然没有油漆，但它可以从外面上锁，也可以从里面插上门闩。樱桃用报纸和破布把门糊了一层又一层，完全堵住了门的大缝和小洞。门有没有华丽的外表其实并不重要，重要的是要能突显出门的作用。门，给樱桃带来的不仅是安全感，还有归属感，这个新家让她有了满足感和成就感。两个多月了，樱桃第一次在有了门的窑洞里睡了一个安安稳稳踏踏实实的好觉。

住的问题基本上解决了，紧接着又出现了其他的问题。一是吃菜的问题，已是深秋的清水，菜少，品种更少，只有白菜、萝卜和土豆。这菜不好买也不敢多买，买多了会烂在家里。可是眼瞅着冬天就到了，在漫长的冬天一家老小没菜吃怎么行？二是取暖的问题，战士们给各家送来了一些煤，可这些煤远远不够过冬的，咋办？

其实这些问题一直都在困扰着他们，只不过以前让更重要、更突出、更紧迫的住的问题给掩盖和淡化罢了。

樱桃和高粱在院子里挖了个小菜窖，把白菜和土豆放进窖里，把萝卜埋进菜窖的沙堆里。樱桃还晾了一些干菜，腌了一缸酸菜和两坛子咸菜。基本上解决了吃菜的问题后，她白天背着女儿到铁路边儿去捡煤核，到戈壁滩上收集柴草，晚上她点着煤油灯给丈夫、女儿缝补、浆洗衣裳。怀孕的她就像一个大陀螺一样整日地转个不停。

樱桃每每回想起那时的日子，都说那时过得很平静，平静得没有感觉有多苦，也没有感觉有多甜，就是个忙。她挺着大肚子去机务段户外的自来水管去担水洗菜，给高粱洗工作服。她恨不能把全家的营养都装进高粱上班提走的猪腰子饭盒里，同时也把一家子的希望也都装了进去，因为她早已是自动离职的职工家属了。

就在她艰难地做好了“猫冬”的各项准备工作后不久，她在家中生产了。高粱出车不在家，樱桃让大米喊来了谷嫂，谷嫂生他们家闺女谷建东时也是樱桃给接的生。她们的封建残余思想相投，生孩子只能靠自己，因为卫生所里的军医都是男性。

两天后，高粱出车回来，樱桃躺在床上告诉他饭在锅里，这时高粱才听到了婴儿的啼哭声，才发现床上又多出了一个孩子。高粱高兴地抱着儿子哈哈大笑，“我有儿子了！”大米也跟着爸爸哈哈大笑，“我有儿子了！”大米的傻样儿把樱桃给逗笑了。高粱撂下碗筷对樱桃说了声：“我出去一下，就回来。”

高粱到村庄去挨门逐户地敲老百姓的房门，他要给樱桃买鸡蛋，多贵也要买。

他空着手走了一家又一家，就在他已经灰心丧气的时候，看见一家的房门虚掩着，他一边喊着买鸡蛋，有鸡蛋卖吗，一边推开了房门。阳光射进黑咕隆咚的屋里，屋子里空荡荡的。他刚要离开，发现炕上有一堆麦草在窸窸窣窣地蠕动。他好奇地走近去看，从麦草堆里慢慢地拱出一个长头发的草人。哦，这是一个女人，啊！这是一个几乎全裸、冻得瑟瑟发抖的年轻女人。高粱的心一酸，他闭上眼睛脱掉身上的绒衣扔给那个女人，女人用最快的速度穿上了高粱的绒衣。喂，她叫住了准备转身离去的他，他回头一看，也不知道她从什么地方摸索出了三颗鸡蛋，跪着用双手捧给了高粱。

樱桃这个月子的营养就是这三颗鸡蛋。

漫长而又难熬的冬天终于过去了，暖暖的春风吹拂在高粱和樱桃的脸上，喳喳叫的小鸟都能引得他们的儿子大豆呵呵地笑了。让樱桃咋也没想到的是，国家给他们供应的口粮越来越粗、越来越少了，好在她带着女儿在娘家住过一年，为自己节省了一年的口粮。她用簸去的糠秕瘪粒喂了两只母鸡，她还垦出了早就踅摸好的门前的那块空地。她学着母亲在空地上种上各种蔬菜，她担水浇田，她到村落捡拾畜粪，到公厕打扫粪便，她想把这块儿地侍弄得跟喜鹊屯的黑土地一样的肥沃。当她看到绿油油的小菜苗茁壮成长时，她的心里舒畅极了。

终于有一天，高粱看到锅里碗里竟然有了鲜嫩碧绿的小白菜，他激动地抱着樱桃热泪长流，说："桃儿，真是难为你了，我知道，你是你爹妈的掌上明珠，可是现在，我让你受苦了，桃儿！我对不起你呀，桃儿！"樱桃笑了，说："苦吗？我咋没觉得？"

小小的餐桌内容丰富了，高粱吃着樱桃种的新鲜蔬菜，回回都是夸大其词地赞不绝口。樱桃那浓浓的满足感和成就感又全都回来了，也许，这也是幸福吧。

七

在这条神秘的军用铁路终于建成通车的时候，铁路那头神秘的〇〇二九部队已改为更加神秘的八一二〇部队了。部队官兵在弱水河畔一边搞建设一边搞发射。机务段的机组人员和广大的官兵一样，开始与时间赛跑。

基地建设用的一砖一瓦、一针一线都要通过这条铁路运进来，火车头每天昂首挺胸，拽着装满各类物资的长长列车，在这条铁路线上轰隆隆地奔驰，汽笛长鸣，煤烟滚滚。东风基地的人们对这条铁路充满了感情，有多少人在为这条铁路服务，有多少人为这条铁路昼夜颠倒、呕心沥血，有多少人为这条铁路歌唱，谁也说不清。

铁路是基地的生命线，清水是基地的南大门。这扇大门如同樱桃家的房门一样不华丽却实用。“会打大地洞的大黑妖怪”们，开着大火车从这个大门进进出出，为门里门外的繁荣鞠躬尽瘁。进出大门的人们手里举着特殊的通行证件上车下车，川流不息。基地在车轮滚滚中发展昌盛，南大门就跟樱桃家的房门一样安全、牢靠，一样让家人放心。

一九六〇年的初秋，谷子、高粱和麦子的火车头和往常一样，干干净净利利落落地开出了清水机务段，在清水的小站台等着小绿旗指示发车。一位中年人由段领导陪着登上了火车头，段领导介绍他是里边儿（那时的人们将东风基地称之为里边儿）的大首长，是来为这趟火车添乘，也就是压车的。高粱知道，只要是需要添乘的列车，那就是专列；要是有首长添乘，那一定就是很重要的专列。今天是大首长来添乘，说明这趟列车上有非常要紧、非常要紧的军用物资，这趟列车就是非常重要、非常重要的重要专列！

大首长与谷子、高粱、麦子一一握手，他表情严肃，语气温和。他嘱咐机组人员一定要谨慎驾驶，一定要把列车开稳开好，一定要小心了再加小心……

谷子和高粱用了十二万分的小心驾驶着这趟列车，麦子拿出吃奶的力气往火炉里扔煤，火车稳健地在铁路线上奔驰。

到了一个名叫上源的火车站，列车缓缓地停了下来，机组人员要在这里给火车头加煤上水，他们也在这里休息，吃自带的干粮。就在这个时候，那位大首长再次登上了火车头，他的手里拎着小半桶香喷喷的白菜炒肉片，跟在他身后的一位小战士端着一大盆热气腾腾的白面大花卷，谷子、高粱、麦子流着口水齐声欢呼：“首长给我们送饭来了！”

大首长和他们一块吃饭，他笑眯眯地往高粱他们的猪腰子饭盒里添菜，与他们说说笑笑，一会儿给这个递个花卷，一会儿又给那个夹大肥肉片。他问他们的家乡，又问他们的家庭，问了爹问了娘，问了老婆问孩子，最后还问了他们有啥理想。高粱觉得大首长就像他们的老大哥一样的和蔼可亲，他们笑嘻嘻地回问起了大首长的身世，原来大首长是从枪林弹雨里摸爬滚打出来的老革命，高粱他们对大首长充满了敬仰。

半年后，谷子、高粱和麦子他们仨人在东风大礼堂的大舞台上风风光光地领取了大奖状，这三张大奖状就是那位给他们添乘的大首长亲自颁发给他们的。大首长对他们说："感谢你们，没有你们工人师傅漂亮地完成了那次特运的任务，就没有咱们中国第一枚导弹的成功发射！"台上台下响起了雷鸣般的掌声。

没有我们就没有中国的第一枚导弹的成功发射，这是多么崇高的荣誉呀！高粱心头的荣耀感在噌噌地往上蹿。与铁路紧紧相连的是长城的稳固和祖国的荣誉，滚滚车轮下的那条铁路就是通往祖国富强的通道，是中国直通天宇的天梯，是中国人站起来的保障啊！他，一个普通的高粱能够驾驶着火车头拉着祖国的荣誉奔跑，那是怎样的幸运啊！

高粱按捺住心中的喜悦，恭恭敬敬地把奖状捧回家，他对樱桃说，这是"里边儿"的大首长亲自给他们颁发的奖状，这个奖状的荣誉是任何一个奖状都比不上的，他让她好好为他保存。特运任务和导弹成功这些军事机密他一个字都没对妻子泄露。不是军人的高粱在保密纪律面前，完全具备军人的素质。

樱桃对他得的这个奖状却不以为然，因为他的奖状太多了，她早就司空见惯。但樱桃还是把这个奖状认真地包好放在了箱子里，她想等有了镜框再把他的宝贝奖状镶进去。樱桃问高粱："你入党的事儿咋样了？是不是该有点眉目了？"高粱笑笑，"快了。"

后来，高粱他们又多次得过这种荣誉的奖状，还立过几个三等功。在这些关乎国家命运的特殊荣誉面前，他们的心灵得到了高度的净化与升华。他们出车更加尽心尽力，更加谨慎小心。司机一上车就瞪圆了双眼，无论戈壁滩刮多大的风沙，有多高的气温，有多冷的寒风，他们的眼睛都是从清水瞪到东风，再从东风瞪到清水，不敢有半点的松懈和马虎；司炉抡着那一锹必须铲够五斤煤的大铁锹，一下、一下地给火炉里添煤，一个单程就要扔进炉子里十几吨煤，但从不叫苦喊累。他们吃得仍旧是那么的少、那么的差，他们仍旧住在五花八门的破窑洞里，他们的老婆仍旧没有工作，他们的孩子仍旧没有学上……但他们还是那么的干劲十足，为什么？其实他们自己也说不清。因为他们没时间想别的，他们一心想的就是怎么能把火车安全正点地开到目的地，怎么能圆满地完成这些意义非凡的运输任务。

樱桃眼瞅着高粱爱火车越来越胜过爱她，越来越尊岗敬业，她以为这是他跟火车头在一起待久了产生的自然感情，就跟她对她家门前的那块儿菜地的感情一样。樱桃多次嗔怪高粱的人虽然在她的身边儿，但魂儿早就让火车头那个狐狸精给勾走了。

同样让火车头勾去了魂儿的还有谷子和麦子。谷子近日来总感到身体有些不适，但他一直忍着对谁都不说，也挤不出时间去看病。麦子毅然就地脱了军装复员了，他对这个荒凉美丽、贫穷富饶的地方有了说不出来的浓厚感情。

男工女农的日子过得飞快，樱桃在窑洞里生完大豆又生了小米和小豆，两个女儿是米，两个儿子是豆；谷嫂一口气生了谷建东、谷建方和谷建红三个女儿。谷子自从有了“东、方、红”这仨丫头，心肠变有无比的柔软。那时他们擦机车用的是毛线厂的碎毛线头，谷子每次领回新的碎毛线，总要细心地从里面找出几根长一点的红毛线装进内衣的口袋，他边找毛线边自嘲是在搞贪污腐化，是拿公家的毛线，占公家的便宜。他说归说，腐化归腐化，但红毛线是他能送给“东、方、红”唯一的礼物——红头绳，也是他这个当爹的对女儿能尽的唯一的一点爱心了。高粱也给他的大米和小米带了几次红头绳回去，每次这小姐妹俩都乐得抢着让爸爸给她们系红头绳。樱桃边干活边为他们父女哼唱“人家的闺女有花戴，我爹他钱少不能买，扯上了二尺红头绳，给我喜儿扎起来”，窑洞里充溢的全是快乐。

大米六岁时，清水才有了部队自己的小学。校舍是“里边儿”出面租用的清水老乡的一家小四合院儿，位置就在清水的大土戏台子的后面。

开学的第一天，谷建国、谷建军哥俩就牵着大米的手一块儿翻过铁路去上学，一块儿翻过铁路放学。大米上一年级，建军上二年级，建国上三年级。刚成立的学校只有四个年级，学校老师都是从部队挑选出来的有知识的解放军干部。

八

孩子们在大土戏台子后面的学校上了一学年学后，就搬进了部队在祁连山脚下新修建的小学，这所小学用六间教室、几间办公室、一面半围墙围成了一个挺大的院落。教室里窗明几净，水泥地，白灰墙，讲台前是一个超大的大黑板，最让孩子们欢呼雀跃的是，他们每人都有了一套崭新的课桌和椅子。

孩子们在老乡的四合院上学时用的是条桌和小木凳，黑乎乎的教室里不管天多冷都得开着门，不然就看不清书上的字。每当外面下大雨，教室里准会下小雨，而且教室里的雨比外面的雨还要缠绵。解放军老师不得不经常在下大雨的时候，把孩子们全部带到大土戏台子上去上大课。

上大课是孩子们的最爱。孩子们坐在大戏台子上，瞅着天连水、水连天的世界，唱着老师教的军歌，感觉这个大戏台子就像是行驶在大海里的一艘大军舰，解放军老师就是在大军舰上掌舵的舵手，他们都是小小的解放军战士，军舰唱着军歌跟海燕似的在大海上展翅翱翔。

有一年的初秋，祁连山上的雪水融化后形成了一股来头不小的洪水。这股洪水气势汹汹地直扑铁路职工的窑洞群。大米手举着小铁锹高喊着保卫家园的口号，带着她的大队人马在各家的门口建起了一个个的小土堤坝，爸爸们都不在家，妈妈们都来参战了。肆虐的洪水首先淹没了他们各家绿油油的菜地，大米家的老母鸡来不及回家，只好蹲在菜地边儿的一棵小树的枝杈上对着汹涌澎湃的洪水嘎嘎地乱叫。一只小鸡崽以为是妈妈在呼唤它，傻乎乎地跳进了水里，大米看到她那毛茸茸的鸡宝宝在水里挣扎，一着急也傻乎乎地跳了下去。当抱着小儿子的樱桃发现女儿跳进了水里时，建国和建军已眼疾手快地把她从水里捞了上来。

洪水在泛滥，水位在升高，眼瞅着洪水就要漫过小土堤坝冲进窑洞，湿淋淋的大米突然转身跑了，她跑得匆匆忙忙，跟谁都没打招呼。大豆看着大米远去的背影对小米说："看，咱姐当逃兵了，哼。"小米说："哥，司令都跑了，咱们也逃吧？"

洪水继续泛滥，水位继续升高，浑浊的洪水终于冲开了孩子们修的小土堤坝。地势较低的几家窑洞已开始进水了，高粱和谷子的家一眨眼就成了孙猴子的水帘洞。

谷建国高喊道："先救人！"他一手抱起小米，一手拉着大豆，谷建军拽着他家手牵着手的"东、方、红"妹妹，谷嫂扶着抱着小豆的樱桃，往房子后面的铁路上跑去。

危急时刻，湿淋淋的大米带着一队解放军战士跑回来了。战士们不等下命令，就一头冲进了灌了水的窑洞里，开始快速地往外抢运东西。那时的职工穷，家里东西虽不多，但都是生活必需品。洪水越来越猛，窑洞里进的水也越来越多。经水泡过的窑洞开始哗啦啦地掉土，抢运物资的战士们眼睛都不眨地往外扛着、搬着、抬着……樱桃、谷嫂、建国、建军、大米……只要是在家的大人和稍大一点的孩子，全都加入了抢险救灾的行列。

当大部分家当被抢运出来时，泡了水的窑洞开始优雅地坍塌。樱桃眼瞅着自己亲手挖掘的家变成了一堆废墟，不由得倒吸了一口凉气。有人开始哭号："天呐！这可咋办呀，让我们住哪儿呀？"傻孩子大米没哭，她振臂高呼："解放军万岁！"她的大队人马齐声响应："解放军万万岁！！"

正当人们不知所措的时候，一个大火车头从它的"家"里轰隆隆地推出了七个闷罐子车皮。车皮停在了灾民的面前，轰隆隆，战士们把车皮的大门全部打开了，他们帮着大家往车皮上搬"家"，十四户灾民眨眼间把"家"都安在了闷罐子车皮上。

樱桃和谷嫂住在同一个火车皮上。车皮一边的大铁门紧闭着，另一边的大铁门敞开着，车皮的这头是樱桃家，那头就是谷嫂家，两家的分界线就是中间挂的床单或被单。锅灶不能支在火车皮上（闷罐子车皮的地板是木质的），只能是支在车下，吃饭时上车下车的很不方便，大家就干脆各家围着各家的饭锅席地而坐，孩子们一边吃着自家的饭，一边盯着别人家的碗。

解放军战士开始昼夜不停地脱土坯、做门窗，他们只用了十几天的时间，就在一块地势平坦的空地上建起了一大排土木结构的小平房。很快，受灾的十四户人家就从闷罐子车皮搬进了新房。

夜深了，从清水西站隐隐约约传来了熄灯号声，之后，就是死一般的寂静。樱桃和高粱躺在新家的床上看着窗外闪闪的星星说着话儿，高粱说："那条被车皮占着的铁路终于给腾出来了。"樱桃说："咱们这个家终于有了点儿家的模样儿了。这么些年了，咱们过的是啥日子，都快赶上逃荒要饭的了，我都不好意思跟家里人说咱们住在窑洞里。"高粱翻了个身，心想，明天又有首长添乘了，听说这回拉的不是重要的物资，而是重要的人，会是谁呢？该不会又是周总理来了吧？明天说啥我们也要把火车开平稳，让总理在火车上好好地睡一觉，他，太累了。樱桃也翻了个身，心想，可惜了种的菜了，就快收获了，唉，没了那块菜地，这往后吃菜可咋办呢？

高粱好多天都没笑了。那天谷子昏倒在火车头的驾驶楼里，高粱和麦子把谷子背进了卫生所，卫生所的陈医生让谷子马上到“里边儿”的医院去就诊，“里边儿”的医生马上让谷子转到外地的大医院去检查，段领导马上派麦子把谷子送到省城的军区总医院去。从那以后，高粱就再没有笑过。他感觉到自己的心在汩汩地流血，在一点点地破碎——谷子他还能活着回来吗？

谷子回来了，他还活着。他是麦子从省城给背回来的。高粱和樱桃去看他，麦子把高粱拉到一边儿哭着说，总院的医生说谷子的癌细胞早已扩散到全身，还说谷子没几天了。麦子急得都跪在了医生的面前，医生却慢条斯理地给他讲科学，讲人的生命是有限的。

谷嫂和五个孩子都闪着泪花围在谷子的身旁，谷子吃力地从内衣口袋里掏出了一个用旧报纸包着的小纸包，他苦笑着把小纸包递给他最疼爱的“东、方、红”。他说：“丫头们，这是我最后一次送你们头绳了。你们打开看看，这是粉红色的，比红色的好看。”“东、方、红”扑在爸爸的身上放声大哭。高粱握着谷子的手，含着眼泪说：“师傅，你别泄气，你一定要挺住哇！”谷子摇摇头，说：“我太累了，我实在是挺不住了……只是可怜了他们，是我，我害了他们啊。”

谷子病逝了，谷家的五个孩子哭声震天，谷嫂几次昏厥在丈夫的身旁。高粱和樱桃泪流满面地劝了这个劝那个，可劝着劝着，他们自己也跟着孩子们一起放声大哭。

上级首长破例让十六岁的谷建国在“里边儿”当兵穿了军装，这给了谷嫂很大的安慰。虽说儿子和谷子的分工不同，但都是为了共同的国防大事业，谷子为这个事业献了青春献子孙，父亲倒下了，儿子冲上来，前仆后继，勇往直前。谷子的生命之花在儿子的身上继续绽放，他的在天之灵一定会感到十分欣慰的。

谷嫂和四个孩子抱着谷子的骨灰盒准备返回山东老家。

那天，高粱、麦子和樱桃去送谷嫂一家。谷嫂瘦了一大圈儿，面色灰暗，眼睛里空洞洞的。她幽幽地对樱桃说："建国，离你近，就交给你了。""放心吧，我们会照顾好建国的。"樱桃泪涟涟地说。樱桃想起了她刚到清水时谷嫂给他们做的那盆面汤，想起了她和谷嫂一起挖掘窑洞，想起了谷嫂给她接生，手把手地教她种菜……樱桃抱着谷嫂泪如雨下，"谷嫂，你一定要多保重，为了这四个没爹的孩子……"

樱桃哭了，谷嫂没哭，可能是谷嫂的眼泪早就哭干了。他们一行在铁路旁默默地走着，近在咫尺的祁连山连绵起伏，山峰上的白雪在阳光的照射下，那样的圣洁，那样的美丽。远处火车的汽笛在高亢地鸣叫，仿佛在为他们全家送行。

谷嫂突然停住了脚步，她回过头去眺望机务段，眺望向北延伸的那条铁路，她眯缝的眼睛里有了闪闪的亮光。建军说："妈，您别再看了，天下的铁路都是一样的，有啥好看的呀？"谷嫂脸上生动了许多，她轻轻地说："孩子，不一样，不一样啊！那条铁路是部队的，你爸爸的那条铁路是咱部队的呀。"

樱桃和孩子们忍不住再次放声大哭。

谷子走后，高粱接替了谷子的岗位，麦子接替了高粱的岗位，一位老兵暂时接替了麦子的岗位。半年后，段里给他们分来了一位新战士接替老兵。这位新战士登上火车头来报到时让高粱和麦子的眼前顿时一亮——这位新战士不是别人，竟然是谷子的大儿子谷建国！高粱拉响了汽笛，他和麦子冲着天空呼喊："谷师傅，咱们后继有人了！"

丰 碑

吴玉洪

一

戈壁荒漠，秋风瑟瑟。东风革命烈士陵园里，风卷着树叶，一会儿往上翻飞，一会儿徐徐下坠，一会儿又打着旋，就算是掉在地上的落叶，也蠢蠢欲动、摇摇摆摆，想要随风起舞。

单薄消瘦的林梅一袭黑衣，右手搂着不到十岁的儿子张强，左手抚着墓碑，饱含深情地说："老公，我和儿子看你来了。"语毕，眼里噙满泪水。

虽然事情已经过去快十年了，可往事依然历历在目，恍如昨日。

二

林梅和张俊峰的相识算不上浪漫，但却很美丽，美丽得如同一个跳动的音符。一次偶然的邂逅，他和她相识、相知并相恋。他喜欢她的漂亮、温柔、善解人意，她欣赏他刚毅、开朗的性格，还有穿着军装那浓浓的男人气。相恋不到一年，他们就结婚了。

新婚宴尔，如胶似漆，那日子过得如蜜里调油。蜜月刚度完，张俊峰的假期也结束了，他不得不离开林梅登上回部队的列车。

车站送别，张俊峰紧紧地抱着林梅，她躲在他怀里抹着眼泪。一个楚楚可怜的泪人儿，让张俊峰这个热血男儿心疼得不得了，边帮她擦眼泪边说："不用担心，我们很快就能相聚。"直到火车要开了，他才缓缓松开手，一步一回头，恋恋不舍，离开眼泪汪汪的美人儿上车了。而林梅，依然站在原地久久不肯离开，仿佛等着张俊峰转身跑回来重新抱她入怀。

三

张俊峰离开林梅不久，林梅发现自己怀孕了。为了早日见到朝思暮想的老公，更为了支持老公的航天事业，她毅然决定放弃城市的繁华，放弃优越的生活，放弃收入稳定的工作，追随所爱之人随军来到这荒漠戈壁。

东风航天城的夏天酷暑难耐，三四十摄氏度的高温似乎要把人烤熟。刚下车，一股热浪夹杂着大漠戈壁独有的风沙迎面扑来，着实让初来乍到的林梅吓了一跳。从小生长在南方的林梅，哪见过真正的风沙呀！如今亲历，才明白什么叫飞沙走石。

在风沙之中见到日夜思念的他，一身军装，虽然扑满灰尘，却也挺拔帅气。林梅哪顾得上女人的矜持，一头就扎进张俊峰的怀中，喜极而泣。他让林梅躲在衣服里，他充当她的眼睛，在风沙之中搀扶着她艰难前行。

当时的林梅真的觉得自己简直就是世界上最幸福的小女人，终于在茫茫人海之中寻找到了为自己遮风挡雨的港湾。

张俊峰送林梅到家属楼，简单安顿好以后，就说单位还有事，必须回单位，说完便急匆匆消失在风沙之中，留下林梅独守空房。林梅顿时心里空落落的，不理解他，甚至有些埋怨，就一个劲地给他打电话，可传来的总是"不在服务区"。

林梅伤心流泪，在一阵担心、失望、害怕之中睡着了。

醒来时，已经是第二天清晨。一睁开眼，看到日思夜想的他正端着一碗热气腾腾的西红柿鸡蛋面走来。望着他红红的眼睛，林梅心想，他一定是整夜加班。

心中的委屈、埋怨瞬间变成心疼，她紧紧抱着他泪流满面……

张俊峰轻轻拍着林梅的背，连声说：“老婆，对不起！对不起！”林梅马上捂住他的嘴——就这样雨过天晴。

四

闲暇时张俊峰也会带着林梅一起欣赏戈壁滩的美景，一起憧憬美好的未来。小两口一起下定决心要把瑰丽的梦想扎根戈壁，像沙漠骆驼一样吃苦耐劳，像戈壁红柳一样灿烂绽放，像大漠雄鹰一样展翅高飞，更像荒漠胡杨一样坚忍顽强。他们为宝宝取名为张强，乳名强强，希望孩子具有胡杨一样坚忍顽强的性格，也希望孩子越来越强大，有一个美好的未来。

二〇〇四年八月十一日，是一个让加注官兵永远心痛的日子，更是让林梅的心彻底掏空的日子。林梅的记忆永远定格在这一天。

张俊峰晨起后一边穿鞋一边对还躺在床上的林梅说：“老婆，早餐我到单位吃，中午你给我做点好吃的，别让自己太累，多睡一会儿。”说完亲了亲林梅的额头，没等林梅回应就“砰”的一声关上房门，急匆匆下楼了。林梅听着这熟悉的脚步声渐行渐远，直到什么都听不见时，才翻了个身，一点都不淑女地张开大嘴打了个哈欠，伸了一个舒舒服服的大懒腰。

自从林梅来部队以后，张俊峰经常加班，很晚才能回家，陪林梅的时间屈指可数。刚到戈壁荒漠生活的林梅，有好奇，也有埋怨。但每每想到老公从事的航天事业，她又会感到无比的骄傲和自豪！自己那帮闺蜜，每次谈及张俊峰，都是一副羡慕嫉妒恨的表情，这让林梅很是得意和满足。想到一身戎装的老公那棱角分明的脸，一双会说话的大眼睛，高挺的鼻梁，还有对自己的宠溺……林梅不禁偷偷笑了起来。

想到这儿，林梅好似有了动力一般，立刻从床上弹起，开始为老公准备午餐。她简单洗漱后就到市场买了两斤老公爱吃的牛肉，一条武昌鱼，还有一把新鲜得还在滴着水珠的莜麦菜。不太擅长厨艺的林梅，早早就忙碌着给老公做美味“大餐”。

下班时间到了，林梅的“大餐”也做好了——土豆炖牛肉、素炒莜麦菜、清蒸武昌鱼，外加一碗西红柿鸡蛋汤，两碗不算很成功的刀切面。看着自己的杰作，林梅忍不住偷偷夹了一块牛肉放在嘴中，然后站在窗边等待着那个熟悉的身影。

等待让林梅备受煎熬，她坐在电话机旁拨了无数次那个熟悉的号码，可老公的手机总是关机，她感到不安、孤独和恐惧。她悄悄地抹着眼泪等待着，盼望着，就在她身心俱疲的时候，却听到一个噩耗。原来根据单位计划安排，上午要进行氧化剂加注软管的气密性检查、吹除和清洗工作。十点过五分左右，张俊峰在氧化剂加注设备试压吹干间进行第九根软管的气密性检查时，波纹管与混合着金属碎片的强大气流、水流，正好击中他的头部。随着一记沉闷的撞击声，张俊峰就猝不及防地直着身子倒下了，身后的墙上溅满了带着体温的斑斑血迹。

“张俊峰！张俊峰！张俊峰！”战友们一遍又一遍地呼唤着他的名字，他却毫无知觉。急救医生赶到时，他已经停止了呼吸。在生命的尽头，他没来得及给他最爱的林梅留下点什么，哪怕一句话都没有。

林梅怎么也不能接受这个现实，她撕心裂肺地呼喊着老公的名字，几度哭得死去活来，声嘶力竭。整整三天三夜，她不吃不喝，守在丈夫没有温度的身体旁，想送丈夫走完最后一程。她点亮了祭奠的白烛，为丈夫的魂灵照亮去路，帮助他摆脱漆黑和孤独，这就是人世间弥足珍贵的“爱”和“温暖”。

五

一阵冷风吹来，林梅不禁打了个寒战，她紧了紧衣服，把儿子轻轻地搂在怀里。偌大的烈士陵园里，静悄悄的，只听到冷风的低吟。数百个墓碑静静伫立着，从元帅、将军到士兵。他们中有的是红军老战士，有的是抗日勇士，有的是解放战争和抗美援朝的英雄，曾经南征北战，立下赫赫功勋。有的为了我国国防科技事业呕心沥血，献出了毕生精力。无论他们来自哪里，都是为了同一个目标，都有同一个归宿地。

“老公，这里有聂帅、将军、那么多战友陪着你，你应该不会孤独吧！”林梅轻轻嗫嚅道：“老公，你放心吧，我会照顾好儿子的。你曾经热爱的航天事业，现在是捷报频传、喜讯连连，你就安心吧！”说到此，林梅哽咽了几声，泪水忍不住顺着脸颊流了下来。

懂事的儿子强强伸出手，熟练地帮妈妈擦拭眼泪，并说道：“妈妈不哭了，我长大要向爸爸一样，当解放军！”

走出烈士陵园，再回首，那由聂帅亲笔题写的“东风烈士纪念碑”巍巍耸立，恍若航天官兵扎根戈壁，志在航天。那些墓碑就是一个士兵方阵！他们观日出日落，看火箭导弹腾飞，静静守候，默默祝福！

这哪里是墓碑呀，这分明就是一座座丰碑！

散　文

洮 砚

刘志成

蓝不过春天大不过海，
好不过洮河绿砚台。
多少年欠下的相思债，
化一股清风看你来。
——甘肃岷县民歌《花儿》

自天而降的一场绿色的大火在呼啸。

那是颜料调不出来的色彩。那是无法勾勒的柔曼而丰满的线条。五十六朵夺人眼目的大红牡丹在绿色的火海中齐刷刷地恣意开放。红艳艳的色彩翻动，红艳艳的色彩闹闹嚷嚷，大花嘈嘈，小花切切，花的家族里撩拨着一种热烈而和谐的大美。花香如蜜，扑鼻而来，五十六朵牡丹军营式地在高原上集中，组成了一朵夸张的巨花，摇曳在白云下，灿烂在阳光中。

花丛边，一耳戴三环，穿着旗袍的满族少女和她的情郎正在窃窃私语；头戴罟罟冠、手拿牧羊鞭的蒙古族少女手指轻绕着鞭梢，依偎在腰挂蒙古刀的巴特尔（英雄）的怀里，心灵交汇，陶醉于花香中的甜蜜亲吻；带着白色礼拜帽的回族男子与黑色盖头披肩、只露出双眼的恋人在向真主阿拉祈祷，虔诚在目光中泛溢，生活的万花筒在目光中转动；肩挎着绣有美丽图案的挂包、足穿绣花的百足鞋的白族少女与头缠垂下一尺多长的蓝色包头的男子在对歌，这边是眉目传情，那边是眼角逸爱，如缕情思，荡漾在歌中，荡漾在幸福的笑容中；将红头绳扎的发髻高高盘在头上的畲族少女，身着凤凰装，后腰的金黄色腰带随风飘动，她跟在情郎的身后，周身悬挂的银器叮当，叮当，撒下了一路的天籁之音……五十六个民族，一百一十二个身着各民族服装的青年男女在那朵由五十六朵大红牡丹组成的夸张巨花边，搭起了一个世界，搭起了一个生命的舞台……

这是我眼前的一方硕大的洮砚砚台上雕刻的精美绝伦的图案。我在甘肃岷县的一家洮砚商店里，看见这方名叫“中华大团圆”的巨砚时，惊意骤起。喜气洋洋的一百一十二个男女，生动逼真，雄浑的画面里流淌着一种暖色调的安宁。我的脑海里涌出了那首歌，那首愉悦的歌：

五十六个民族，五十六枝花
五十六个兄弟姐妹是一家
五十六种语言，汇成一句话
爱我中华爱我中华
嘿罗嘿罗嘿罗嘿
……

在这家洮砚商店里，我抚摸着一方方石色碧绿、质坚而细、晶莹如玉的美砚陶醉共中。这些从甘肃南部洮河中游与岷县、临潭县交界的卓尼县喇嘛崖一带的峡谷中走出来的天使，正静静地浮散着墨香，接纳着我虔诚的仰望。这时候，我才突然明白，中国古代文化就藏在洮河绿石砚的纹路里。

洮河绿石砚是幸福的。

幸福是因青藏高原与秦岭山脉相碰撞而产生的爱情结晶吗？是因身边滋养过秦始皇一统天下的狼渡滩草原的呵护吗？是因近邻以险以巍峨闻名的腊子口一往

情深的暗恋吗？是因拥有一千三百多年的悠久生产历史吗？是因与广东端砚、安徽歙砚齐名，并获“中国三大石质名砚”的桂冠吗？是因母亲洮河水的乳汁滋润吗？是因唐代柳宗元“蓄砚以青州为第一，绛州次之，后始端、歙、临洮”的最原初的珍爱吗？

溺观着商店里这些雅丽珍奇的砚中奇葩，洮砚的神韵，开始在我的心里澎湃。澎湃来自苏轼那“洗之砺，发金铁，琢而泓，坚密泽”的吟唱，黄庭坚那“久闻岷石鸭头绿，可磨桂溪龙文刀”的情结，来自那肤理缜润、色泽雅丽的端庄淑雅，那砚形繁多、砚式厚重的古朴典雅，那雕刻精细的工艺……

这是一个洮砚的大观园吗？现代款式的二龙戏珠、龙凤朝阳、虎出山林、犀牛望月、挂角读书、喜鹊站梅、青蛙戏水、嘉峪关雄姿、麦积山风貌……一个个形象逼真、栩栩如生的砚形，不论拟人状物，还是比鸟喻兽、类山临楼，都是那么有棱有角，那么泾渭分明，仿佛要为远方来的我接风洗尘。

这是一个洮砚的当归林吗？仿古款式的太史砚、兰亭砚、凤字砚、神斧砚、十八罗汉砚、金钟砚、古鼎砚、古琴砚、黄标飞龙砚、清泉砚、孔雀砚、石鼓文砚……一件件精美绝伦、独具一格的工艺品，有如在平水微波中掀起了惊涛骇浪，能不令人眼明心仪吗？能不给人一种“岷县当归甲天下”一样的震撼吗？

历史在洮砚上奔跑。陇西、巩昌、狄道、临洮、岷州、会川、洮州等一个个洮石曾隶属的时光之痕，在传承着一种什么样的凝重？在四亿万年至三亿五千万年前的古生代泥盆系时，洮石踏下的岁月之迹，在记录着一种什么样的沧桑？海拔二千九百三十九米的居第，高寒缺氧的境遇，在倾诉着一种什么样的痛意？翠绿、赤紫、暗红、黑等十多种色泽雅丽的外衣，绿中含有变化万端的、云霞风漪的鸭头绿、深绿中藏有深色“湔墨点”的鹦鹉绿、绿中撒有朱砂点的柳叶青、艳如红玫瑰的鷴鹈血等莹润如玉的品种，又在倾诉着一种什么样的传奇？

风漪分得洮州绿，坚似青铜润如玉。有水波状纹路、石质坚细、鲜翠欲滴的鸭头绿，是在展现着洮石上品的葳蕤生机吗？而令古人写下“洮砚贵如何，黄标带绿波”赞咏的、在绿色纹路中夹杂黄色痕迹的鸭头绿，真的在砚林中有“德、才、品、貌”四绝，无与伦比了吗？

石之美决定了砚之奇。发墨快、研墨细、不伤笔毫的洮砚，滋润滑腻、呵之出水的洮砚，倾墨而酷暑不干、历寒不冰、储墨久而味不腐的洮砚，涩不留笔、滑不拒笔、下墨既快又省的洮砚，扣之有清越铿亮之声、着水磨墨不闻磨声的洮砚，被米芾、陆游、范成大、文天祥、元好问等一个个历史巨人赞誉过的洮砚，在日本昭科十四年《书苑》封面上刊过倩影照的洮砚，我在屏住呼吸阅读着你，剖析着你，唯恐错过了在中国洮砚之乡大饱眼福的良辰吉时。

隐隐约约有柔曼的民歌声传来。店主告诉我，是县城对面的二郎山上起会，四乡八村的花儿民歌手赶来赛歌呢。凝神细听，那歌词分明是：

洮水藏珍汇黄河呢
绿砚蓄墨自尧舜呢
多人的伙伙里认下了呢
缘法就这么重了呢

民歌“绿砚蓄墨自尧舜呢”一句，让我陡生感慨。是的，虽然墨香的光亮渐渐被圆珠笔掩盖了，但洮砚依旧是生命中的血，连接着一个儒雅的世界。

中国文化的精髓藏在哪里？藏在洮河绿石砚的纹路里。

“我的梦”三部曲

赵剑华

我的大学梦

三十年前的十二月二十日是我走进大学校门的日子。正是通过高考，我从山里走出，从此改变了命运。一九七七年全国恢复高考的消息令我激动不已，那年各省、市、自治区自己出题，我在没有过多准备的情况下参加了考试。一九七八年，全国统一出题，我出生和工作的矿区交通不便，消息闭塞，我仅凭一册薄薄的《高考复习大纲》复习。我报考的是文科，因家境贫困，我高中只读了一年就退学工作了。再说十年“文革”就是我的全部学历，尽管数理化也不差，但毕竟没学呀，文科自学起来相对要容易些。当时几乎找不到复习资料，我对照大纲从四卷《毛选》里找相关的历史知识。要有成套的复习资料，我相信自己能考上有名的大学，但时代还是给了我足够的幸运。当年，我工作的煤矿逢年过节都要组织高产，过革命化的春节，我所在的机关不管男女老少都必须下井参加义务劳动。一九七八年春节的初二晚上我参加义务劳动时负伤，大腿髋骨和耻骨两处骨折。初三一早天不亮，人们踏着积雪七手八脚地把我抬回家，母亲吓坏了。我忍着疼痛用微笑安慰母亲。这夜母亲憔悴不堪，鬓角的白发一下子增多了。儿行千里母担忧，这比行千里更让人担忧啊。母亲十几岁就跟着爷爷和父亲逃难来到大青山煤窑，年轻时为背煤的爷爷和父亲担忧，中年以后，姐姐到兵团，哥哥下乡去农村，我退学留城在矿上参加了工作，母亲又为我们担忧。我先是在矿上的子弟中学教书，当时还不到十八岁，后来在生产科搞井下测量。只要我在井下，母亲就始终揪着心，尤其是逢年过节高产的井下义务劳动时。在煤矿工作生活过的人都对这些有深刻的体验。我的伤在市里医院检查后，医生说没法打石膏，只能在家静养，靠自身慢慢愈合。好在我年轻呵，只有十九岁。母亲打听了不少长骨头的偏方，其中据说以活着的潮虫接骨最好。我在迷迷糊糊中吞下不少用葱叶裹着的潮虫，这是后来母亲告诉我的。我经受了痛苦，却得到了足够的回报。养伤期间，我有比较充足的时间复习。我抓住了上天赐给我的这次机遇，坚定地让精神站起来，而且稳稳地站到了一个新的生命的台阶上。两个月后我能拄着拐杖下地，到五月份我就活动自如了。我们家出门就是山，那段时间母亲每天早晨四五点就把我从梦中叫醒。我爬上山顶时，一轮红日正冉冉升起。“在这片土地上，每天早晨最令人振奋的是东方日出。”“一个年轻的躯体与你醒的同时，此时立于山顶迎接你。有冷峻而出鞘的剑眉，有笔直如桦的躯干，有隆起而劲健的胸肌，头颅的轮廓自然昂起，浑身炽热，血要从眼底喷射而出。他每天在这最佳时辰吮吸你的乳汁。”“一个太阳之子从心底发出呼唤：愿每一天都是新的！”多年以后，我在散文诗《日出》里描绘了当年的情景和心境。我如饥似渴地背着复习题，借着太阳的充血，自信又回到了身边，有一种张开翅膀、俯冲大地的感觉。现在看来，改革开放的巨大成就之一，就是让中华民族重新树立起民族自信。就个体而言，每个人的潜能得到了充分的发挥，曾经在政治重压下的战战兢兢彻底从心头消失了，有了精神舒展的呼吸，谁都想在阳光下一试身手。肚子饿的时候，山下炊烟袅袅上升，这是母亲在召唤，向我发出回家吃饭的信号。那种温暖，那种亲切，那种无法言说的幸福，让我一辈子刻骨铭心。这是我和母亲离得最近的时光，在众多儿女中只有我独享。一整天，家里只有我和母亲，母亲做着家务，我学习，静静地享受着母爱的恩泽。在母亲的光环中，一种无形的力量潜入心底，一直陪伴我走进考场。当年我以超过零点五分的成绩过了最低录取分数线。要知道我们矿区有一百多人参加高考，其中还有教过我的老师，过分数线的只有两人，我学的是文科，另一位是理科。这位理科考生也姓赵，在市里读书，回矿上考的，而且名字只和我差最后一个字。我父亲在矿上是元老人物，人缘不错，又当了几十年的行政科长，矿区近万人的职工家属几乎都认识他，因而分数一下来，好多人以为我们家有德行，一下子考上了两个大学生。在那片天地里，这是有轰动效应的大事。但上了分数线并不意味着就确保录取，其中四分之一的人经过政审、体检等关口后被淘汰。八月下旬，那个上线的理科考生拿到了北方交大的录取通知书。我在焦急的等待中天天往邮局跑，但心里知道没什么希望了，自己才刚上线，又是那么高的淘汰率。但母亲没有放弃，她认为，儿子赶上好年代了，上了分数线就肯定能上大学。母亲按她的心思早早把我上学的被褥拆洗好，爸爸把穿了二十年的棉袄拆洗漂染后又添了新棉花，像新的一样送给我上学穿。这棉袄是夹克式的，在当时比起白茬皮袄来是很时髦的。脸盆牙具等洗漱用品都买了新的。看着母亲准备好的入学物品，我百感交集，可是，入学通知书杳无音信。

十一月我报名参军。我人生的两大梦想，一个是上大学，一个是参军。说来也奇怪，常言说，“福无双至”，可在一九七八年的十二月，我却迎来了命运双福的降临。记得十二月上旬的一天，上午我接到了入伍通知，下午马上又收到了邮局送达的入学通知书。这是母亲最最幸福的时刻，她自豪地说：“我说得没错吧，我的儿子肯定能上大学！”命运也真是捉弄人，两个梦想同时成真时，你又面临必弃其一的选择。在我们那个小地方，当时这成了人们谈论的热门话题，亲朋好友们都聚到我们家出主意。我是想参军，我觉得参了军还可以考军校，这样两个梦想就都能实现。但母亲最后决定还是上学，尽管是师范专科学校，但这也是大学呀。能上线不容易，上线后能录取更不容易，当时可谓是凤毛麟角。母亲可是一天学都没上过，所以，不管日子多苦，她都尽全力供儿女们读书。况且，我刚受过伤，母亲怕我到部队吃不消。我成了我们家族里的第一个大学生。我的这种梦幻般的幸运是时代给予的，没有改革开放，做梦都不敢想。我们家出身不好，在那个年代，这种无形的重压，过来人都会身有体验，刻骨铭心。一个伟人说，一个人的出身不能选择，但道路可以选择。其实，现实生活中，一个人道路的选择常常是被时代潮流推动而成的。个体只是人世间的一粒微尘，其幸运与苦难、成功与失败，在很大程度上受制于社会和时代，并不完全取决于自己。

十二月二十日，我搭矿上送新兵的车到包头上学。招兵的指导员还不住地惋惜："小伙子应该参军呵，像你这样的'大学漏'肯定能考上军校。"没穿上军装成为我终生的遗憾。我上的包钢师专属扩大招生，当时百废待兴，教育的振兴是首当其冲的。我们这一批人大多数并不想教书，况且上的还是包钢师专这样新成立的学校。但是，上大学毕竟是一个梦，在梦中先偷着乐，其走向以后再不断地演绎吧。

一个小学的二层小楼就是我们的校舍，学校分中文、数学、物理、英语四个班，共一百五十三人。我当时想，我们这批是空前绝后了，没想到以后又招了三届学生。学校把一个单身职工的宿舍楼最高的第五层辟出来作为我们的寝室，以中间楼梯为界，"东半球"是女生，"西半球"是男生。这与我梦想中的大学相差十万八千里。报到后，放下行李我就后悔了，要是选择参军就好了。失落的何止是我，同宿舍的八个人，不管是从工矿来的，还是从农村来的，差不多都是一个心境。两天后我和同学们漫步在银装素裹的钢铁大街上，突然听到广播里传来的激动人心的十一届三中全会公报。二十岁的我已经预感到我们国家的命运，以及像我这样相关联的亿万个个体生命的命运将发生重大改变。钢铁大街一下子明亮起来，漫天飞雪，像无数欢快的手不停地拍着。我们听完公报，急着想回到宿舍告诉所有的人。所有同学是多么需要这股强劲的东风啊。时间印证了一切。三十年后，一切都在时间的积累中或飘逝，或提升，或腐烂，或结晶。祖国发生了翻天覆地的变化。我们中文班也走出了好几位名校校长，同时也走出了白涛、王炬、刘珂新等包括我在内的，在包头市及至内蒙古颇有名气的作家、诗人。

我的书房梦

我不是一个纯粹的读书人，有琐碎的事务性工作，且玩性十足，写作也只是业余爱好。但我渴望拥有自己的书房。坐拥书城，是我的梦想。

“文革”开始时，我刚上小学一年级，在我出生并长大的矿区，运动也开展得轰轰烈烈。刚开始看批斗“四类”分子，后来看两派斗争。我从人群中钻进去，听双方辩论，关注最多的还是抱红红绿绿的传单。一年级的学生认字不多，说也奇怪，我格外关注运动的发展，把传单拿回去听大人们宣读或谈论。到后来时有抄家的事发生。我们家出身不好，父亲又是当干部的，母亲整天提心吊胆。父亲高小毕业，母亲不识字，祖上也不具备书香的传承，家里仅有的两本书都被烧掉了。一本是《苦难的岁月》，封面是红色的，一幅雕塑画，一个年轻的战士吹笛，一个更小的战士倾听，书里的内容应该是战争年代的回忆录。那时打倒的人很多，估计书里有这些人的名字。一本是父亲一九五三年参加绥远省首届工代会的大会纪念册（严格地说也不是书），里面有刘少奇的画像，也有乌兰夫等领导接见代表的照片，在全体代表的合影中我们一眼就能找到年轻的父亲。这本册子在当时如被发现，后果是可怕的。母亲不识字，但头脑清醒，有很强的政治敏锐性（粉碎“四人帮”后，母亲突然又拿出了这本纪念册，让父亲和我们喜出望外，至今父亲还保留着）。从此以后，我们家再也看不到书了。那年月大人小孩为生存忙活，有没有书真是无所谓了。我们家孩子多，能吃饱肚子真是件不容易的事。我们打柴割草、挖药材、拣煤核儿、拾破烂、打短工、筛沙子，在不同季节里干不同的活，只要是能干的，政策允许干的，兄弟几个都干，尽一切可能为家里创造生存条件。我周边的同伴们差不多都这样。到上初中时，我接触的人群中出现了一个让我敬佩的人。他叫艾春，来投奔他姐夫的，大约十八九岁，高中已毕业，从老家府谷来。他就住在我们邻居的小土屋里，一到晚饭后，我和十来个同伴就在他的小屋里听故事。这家伙看了很多书，古代的、现代的，我们听着他府谷味的普通话直到深夜。当然也不是白听，第二天要帮他给生产队赶毛驴、装大粪（他姐夫帮他在我们矿区周边的生产队落了户），我们都心甘情愿。后来，他从一户亲属家中借到了书，而且听说这家人有一箱子小说，也不知是怎样保存下来的。晚上，他有书看就不愿意让我们打扰了。我就是在他那里接触了第一部小说《林海雪原》。从此，我喜欢上了读书。喜欢不喜欢读书，是一个人的天性，什么时候能接触到书就是造化了。通过阅读，我可以经历我不可能有的经历，分享别人的揪心和伤感。文学让我懂得什么是梦想。艾春白天要挣工分，只有晚上才能读书，而且借人家的书都是有时间约束的，还了这本才能借下一本。从《林海雪原》开始，他借来的书我都能分享。想起当时的情景，真可谓如饥似渴。晚上九点以后，我就守在他旁边，大约十一点多钟，他要睡觉，我立即把书拿回家阅读，直到第二天早晨六点多艾春起来后，再给他还书。好在我们兄弟三人住自家盖的土房，否则父母亲是不会让我们一晚上开灯的。我哥和弟弟虽然也反对，常常熄灯，但我总是先假装睡着了，等到他俩睡实了，我再开灯看书。一部小说，我两三个晚上就看完了，有时比艾春看得还快。就是用这样的方法我阅读了《苦菜花》《迎春花》《烈火金刚》《草原烽火》《敌后武工队》等好多“文革”前出版的现代小说。有一部小说《东线》，写抗美援朝战场的，看了一半就没机会看了，后来再没见过出版，遗憾至今。直到现在我仍然是喜欢中国现代战争题材的小说，古代的不爱看，武侠小说一部也没读过，外国小说除非有目的地阅读，但内心里并不喜欢。那时形成的阅读喜好要影响我的一生了。这段时间是我一生中集中阅读长篇小说最多的时期，一直到初三第二学期转学到外地上学为止。

到外地上学后，家里每月给十元钱的生活费，后来增加到十二元。我有了自己支配钱的机会，而且时常能到新华书店。我每月饿着肚子省出一两元钱买书，那时的书都是几毛钱，可买的书也很少。我从学校图书室，借到了贺敬之的《放歌集》和李瑛的《红花满山》诗集，喜爱诗歌的天性一下子找到了出口。这两本诗集我都工整地抄下来，以后在书店碰到诗集就买下来。因为好书难得，在我退学时，以丢书为借口加倍赔钱也还是没舍得还《放歌集》，保存至今。我把在外地上学时从家里带来的两个装雷管用的木箱子合起来钉在一起，就成了我的书箱。这一时期，姐姐也从兵团寄来一些书，并用极热忱的来信鼓励我读书。随书寄来的笔记本扉页上，很漂亮地写着当时流行的《钢铁是怎样炼成的》中的主人公保尔·柯察金的那段话：“人的一生应该是这样度过的，当他回首往事的时候，不因虚度年华而悔恨，也不因碌碌而为而羞耻……”这在当时成为我们这代人的座右铭。我走上文学道路，与姐姐的关怀和启迪是分不开的。现在我的书柜里有一格就放着那时候的书，如《理想之歌》《毛泽东颂》等。尽管书柜已满得需要清除一部分书，这一格书的内容也早已过时，且书的品相也不好，但我还是舍不得把它们清除。这些书是我诗歌梦的源头，也是我书房梦的源头。溯源而上，随处可以寻找到我苦涩而充满欲望的青春。

一九七六年六月二十四日，我退学回到了煤矿，距高中毕业还有一年零一个月。原因是姐姐到兵团，哥哥下乡，家里可以有一个留城指标分配工作。我刚回去时在矿区学校教初二语文兼班主任，有一个学生比我还大一岁。后来我到煤矿生产科干测量绘图，直到一九七八年十二月考上包钢师专。这两年多基本没买书，我们矿区没有书店。我在读的也是一些与工作相关的书。读报时剪贴一些文学性浓的文章，印象深的是一篇描写两个女电焊工在葛洲坝工地上憧憬“四个现代化”在二十年后实现情景的散文，让人心潮澎湃，浮想联翩。多少年以后我仍然记得那个阳光明媚的午后。类似的文章我剪了不少，存在我的书箱里。后来能读到的书越来越多，这些剪报也就消失了。

上大学时，条件已有好转，姐姐从兵团带回来的唯一的板箱，成为我的衣柜和书箱，比起装雷管的箱子既大又好看。这时正赶上十一届三中全会刚刚召开，“文革”时的名著和学术著作相继出版。我们上大学时住宿吃饭与上课的地方有一段距离，刚好路过新华书店，同学们每天中午和下午放学都要去两趟书店，就这样也难免有买不上的好书。后来只要碰到新书，同学买，我也买，根本不知道有什么用，当时心中可能是怕别人认为自己没文化。有些买了到现在也没看过，如《说文解字》《朱光潜美学文集》等。买的最贵的书就是《辞海》，时价二十二元二角，这可是我一个月的生活费，跑了三四趟才狠狠心买下来。三十年后，我们中文班同学聚会，有些人酒后吐真言，说当时每天去书店也不光是为了买书，也是为了看卖书的漂亮姑娘，还讲出一些细节和故事。相比之下，我还是单纯得多，同学们回忆起来说，你那时还是小孩呢，哪懂得这些。

到毕业分配时，课本加两年多买的书，板箱已放不下了。我被分到矿山教书时，这些精神食粮让我孤独寂静的青春逐渐丰盈起来。《红楼梦》就是我在刚分到矿山住招待所时读完的。

三年后我回到包头，这时买书既有经济能力，又有方便条件，床头堆满了书。结婚时，父亲在两年前就做好了家具，一个书柜、一个衣柜、一个写字台。父亲的书柜陪伴我搬了四次家，大部分书仍无法摆到书架上，存放在壁橱或床下。

一九九九年我们终于有了较宽敞的住房，最大的一间做书房兼客厅，靠整整一面墙打了固定的书架，把多年积累下的在纸箱里和壁橱里存放的书摆上了书架。搬入新居的第二天，正好是星期天，早上，一缕阳光射进来，书架顿时金碧辉煌。我走了几个来回，然后注目，有一种统帅检阅三军的感觉。随后，我在新的写字台前写下了《新居感觉》：“首先是一种气息把你带入水中／即使是透明的液体也有隐秘／让雾轻轻地覆盖所有器官／梦在花蕊中孕育果实的欢娱／把所有的想法伸展开来／把所有的文字浓缩进去／像将军一样站在书们的面前／轻轻地问好再深情地注视／让内心在阳台的高处裸露给星空／千禧之年的礼花中我不是唯一的观者／我知道所有的英雄都没有新居的感觉／我拥有新居却放弃对英雄的崇拜／所有吆喝声在黎明时即起／物质分化成最小单位在空气中弥漫／我在精神的沉睡中一遍遍梦呓／最终是饥饿把我从深渊中叫醒。”

这种感觉维持了一段时间后，随着社会活动频率增加，有了书房，读书的时间反而少了。书房本身兼做客厅，深夜回家坐在书桌前，不由得打开电视，眼前虽然摆着书，总还是心不在焉。长时间静不下心读书，心里很慌。多重身份的忙忙碌碌倒也情有可原，主观上的不努力、不作为、心不静则是关键。这种忏悔意识时时有，但现实还是现实。写诗倒是时断时续地坚持着，怎么也得对得起这张算得上豪华的书桌吧。

有诗可以印证这段生活。

写于二〇〇〇年三月的《惊蛰》：“今天惊蛰／又是星期天／久违的诗悄悄捅了我一下／惊雷便一阵紧似一阵／随后风刮了好一阵。”

写于二〇〇四年四月的《谷雨那天》：“把所有过时的衣服／晾晒出去／谁用忙碌的身影／陈述春天的喜悦／我帮不上忙／只能木讷地看一本诗刊／越翻越心烦／无数暗示／变成无数错过／只能待风吹来／爱人啊／把窗子打开／怎么不把我的心情翻出来／晾晒一番。”

写于二〇〇三年四月的《生存状态》：“诗歌缺了我是可行的／酒到肚里／朋友说／缺了我是不行的／诗歌缺了我是可行的／牌到桌上／朋友说／三缺一是不行的／诗歌缺了我是可行的／跑前跑后／朋友说／没人干活是不行的／其实相互关照是有的／如果不是心烦／诗歌能找到我／你们根本找不到我。”

写于二〇〇三年十二月的《人到中年》："把心灵交给夜晚／暗香如潮涌动／想到不再年轻／皱纹中藏着隐隐的痛／往事连着往事／那时书页翻动着内容／灯影晃动着心情／总有一些泪光在感动／天天在赶场／水面很短／心事很长／不可能没有梦／但总是惊醒。"

那种无家可归或有家难回的刻骨铭心不是用文学的浪漫可以一带而过的。当婚姻出现变故时，空荡荡的房子里只剩下一排无法搬动的书架和久不光顾的我的书们。价值取向的不同，财富的含义必将不同。书们跟随了我。有书即好，真的，我心安矣。这是我半辈子的财富啊。在最艰难的时日，我也始终做着"红袖添香"的梦，这就是书生吧。

前一个月我搬入了新居，真正拥有了自己独立的书房，把我的书们重新请进了纯实木的书柜。这次没有轻狂的统帅的感觉，有一种游子苦吟、被书们重新接纳、投入怀抱的感觉。临窗北眺，穿越重重叠叠的建筑物，一抹远山淡然而宁静。"远处是一种心情，远处是一种境界。"能看见远处的书房是上天的恩赐，可遇而不可求。"远目不堪空际送。""远处无法不让我怦然心动，刻骨铭心。当诗歌再次引领我远离喧嚣的城市，远处的辽阔和无羁，远处的地老天荒生命之坚韧的律动，轻轻地提升，生命在远离人群的地方飞翔。"还有让我心仪的是，坐北朝南的楼房，东面往南偏了十至十五度，我正好居东头，书房的北窗往外突出大约一尺，足不出户，早晨能看到冉冉升起的太阳，夜晚能与羞涩纯净的月亮对话。今年的中秋之夜，我的书房里洒满月光，情景交融，《中国月》之诗自然而生。

我的书房里能看见太阳、月亮和远山。坐在书桌前发现自己的内心正蓄积新的力量。在书香之中干自己喜欢干的事情，随意翻动，随意涂抹，思维像在辽阔无边的草原上信马由缰。这是生命自由呼吸的地方。

在知天命的金秋时节，我把已成真的梦又一次地延伸……书房这片属于心灵的旷野，是我精神永远的栖息地。

我的诗歌梦

我在企业里做办公室工作，写作只是我的副业。一生舞文，还没弄墨，从一线岗位退下来后，副业会变成主业。读书写作是一生的爱好，既然是爱好，就能带来愉悦，何乐而不为呢？

其实，四十不惑的时候，我已知道自己一生能干些什么。所谓“不惑”，既不被别人迷惑，也不被自己迷惑。我从一个偏远的矿山挤进这座城市，没有任何根基的奋斗已属不易，就是和我的同学比，先天就不足，人家跑了一百米，我才开始跑，但毕竟一万米长跑比的是信心和耐力（我年轻时参加过万米比赛）。我始终恪守为目标活着比为目的活着有意思的原则。现在到了五十知天命的年龄，那个偏远的有着很土名称的家乡（确切地说是出生地）给你的烙印仍旧无法改变。年龄与生俱来，从来没想过为某一目的而改来改去。对那些改来改去自己都难自圆其说的人很是不以为然，总不能亲弟弟比自己大吧。做人要厚道，连自己的家乡和年龄都不敢承认的人不能说是厚道吧？做人要守得住自己的底线，“小赢靠智，大赢靠德”，在众目睽睽之下，那些所谓的聪明灵活的手段显得非常可笑，不择手段打到自己身上的光环，让台下所有的人都在窃笑中欣赏“皇帝新衣”的滑稽。老子说：“知人者智，自知者明。”但知人之智者却不一定自知。多数人，包括我们自己，常常无意中披着皇帝的新衣到处溜溜达达，笑容可掬，但明知故犯就不好了，既可悲又可耻。作为文人，我知道自己的底线。二十六年前我的一首小诗变成了铅字，一路走来，重要的是坚守，有梦想就有奇迹，上千首诗歌连成生命的轨迹，今天读来依然感动。

诗歌需要静心才能聆听。除去尘世的浮躁，回归生命的本源。“为自己保留一个开阔的心灵空间，一种内在的从容和悠闲。”满树的梅花映着灿烂的星光，让无法言语的内心散发出淡淡的芳香。这是诗歌的魅力。如果我的诗歌能给阅读者带来一阵感动和一丝美好的情绪，这已经足够了。二〇一四年春天，我的《难忘的春天》和《静静的清明》刊发后，收到几个从不联系的人的短信，让我知道诗歌依然没有淡出人们的视线。汶川地震后，诗歌雨后春笋般涌出，说明诗的力量，诗的作用，诗的良心。在一个最应该有诗的时代，如果诗歌寂寞无声，那将是一个时代的尴尬和悲哀。

回到二十世纪八十年代，那是一个富有精神诉求和诗歌热情的年代，我周边的年轻人，大多都读诗或写诗，时不时就冒出一个诗社来。全国大约有几百个诗社，旗帜林立，人头攒动，那种莫名的集体兴奋让众多人在诗的庇护下生出无数美好的希望，比现在所谓的“愤青”要明媚得多。一首《将军你不能这样做》让诗歌在社会生活中充当了不可或缺的英雄角色。“诗歌精神”作为一种说法正是在二十世纪八十年代提出来的，正像海子诗中说的“那幸福的闪电告诉我的，我将告诉每一个人”，这也正是那时很多诗人和热爱诗歌的人的使命感和自我意识。我、梁梁、白涛、杨挺等七八个人也正是在那时候（一九八五年七月二十八日）打出了“包头青年诗人”的旗帜，发起成立了“呦呦诗社”，随着麾下聚众的影响，在一九八七年又扩展为“包头市青年诗人协会”。这个旗帜下，聚集了上百名爱诗者，每月二十日定期活动，团市委的会议室满满当当。大青山下，黄河岸边，乌兰察布草原，土默川平原，春夏秋冬四季都有诗人的脚印，诗人的狂放，诗人的真诚。纯民间的诗歌笔会让参与者至今难以忘怀。《新诗报》虽因经费不足只办了三期，但其影响却是让全国诗歌界知道在内蒙古的西部有一个让人不敢小视的诗歌部落。在“中国新诗：一九八八内蒙古青年诗人群体大展”中亮相的人物，二十年后大都成了内蒙古文学圈里的中坚。虽然这代诗人真正的成熟，在我看来是在二十世纪九十年代以后的事，但它却出自八十年代那种诗歌氛围的养育。

而在那个年代，我的“诗歌精神”的确定，坦白地说，是与北岛、舒婷、顾城这些名字联系在一起的。上大学前，我全部的学历是“文革”十年。在那个我出生的封闭而偏远的矿山几乎读不到书，除了偶尔弄到《林海雪原》《苦菜花》等名著后如饥似渴地捧读，再没读过什么有价值的文学作品。在外地上高中时，无意中借到一本贺敬之的《放歌集》，骨子里对诗歌的热爱显现出来，如获至宝，一字不落地抄写下来，把所有的诗都背诵下来，我的诗歌梦应该从那时候就开始了。同时期能够背诵的还有北京大学中文系七二级创作班工农兵学员集体创作的上千行的《理想之歌》，后来才知道是才女高红十执笔的。三十多年过后，这首诗的开头还印在脑海：“红日白雪蓝天／剩东风，飞来报春的群雁／从太阳升起的北京启程／飞翔到宝塔山头／落脚在延河两岸……”那时候还读到了李瑛的《红花满山》。以后只要碰到诗集我就买下来。

上大学时，我读到了北岛和顾城的诗。北岛那种“卑鄙是卑鄙者的通行证，高尚是高尚者的墓志铭”的灵魂拷问，从此影响了我的一生。《回答》对我真是一种照亮和提升。以后我在职场生涯中自觉远离卑鄙，靠近高尚，清清白白做人，干干净净做事。三十年清者自清，浊者自浊，始终被人们看作是一介书生，真是成也诗焉，败也诗焉。好在既然以诗为荣，职场的升迁也就无所谓了，作品的好坏才是生命中最重要的。应该说舒婷的《致橡树》也或多或少地影响了我的婚恋观。“我如果爱你——绝不像攀缘的凌霄花，借你的高枝炫耀自己；我如果爱你——绝不学痴情的鸟儿，为绿荫重复单纯的歌曲。”一个孤身闯入这座城市的青年，借助学历有一些婚姻的价值砝码，但我是穷小子，而且诗歌熏染我的不卑不亢，必然经历酸甜苦辣后最终碰壁而自食悲剧之果，好在诗歌需要这些营养。青春就是用来挥霍和浪费的，只有在秋风刮过田野时才带来一种紧迫感。“让最后的果实长得丰满”，“迫使它们成熟，把最后的甘甜酿入浓酒”，生命就是这样一种自然转化。

热爱诗歌即意味着生命的投入。你不投入你的生命，你投入什么？奥地利诗人里尔克《给青年诗人的第一封信》中的话让我内心时时战栗：“我必须写吗？你要在自身内挖掘一个深的答复。若你以‘我必须’对答那个严肃的问题，那么，你就根据这个需要去建造你的生活吧。”这样的教诲是深刻的。在大量的阅读和坚持不懈的写作中，我才更深刻地领会到所谓的“诗歌精神”，或者说，诗歌才给我昭示了一种最严肃的、深刻意义上的人生。

诗人的本质是孤独的，孤独是一种生命的完成。但诗人从不放弃每一个历史关口的感情宣泄和吼哮。关注我诗歌的人一定读过《风儿，轻轻吹过》这首诗：

种子深埋在土里
旷野鼓起一个个年轻的声音
这是离我们很近的墓场
生命在花期最盛的季节
溅落于历史的某一关口
不属于碑
在心的深处长出文字

风儿，轻轻吹过
一种抚慰一种希望

日子其实离我们很近
记忆却走得很远很远
小草曾经歌唱
于风的深处走过冬天
萌芽依旧
绿色依旧
生长依旧
这些耐性的植物
总是微笑着流泪
承担太重的负荷
在阳光下等待
穹隆的滋润

风儿，轻轻吹过
一种抚慰一种希望

把一束鲜花献给你们
在星光出没的夜晚
有一种低回的旋律
有一种沉重的叹息
风，很轻很轻
云，很凉很凉
在我生命的整个过程中
有一个角落

始终生长你们年轻的故事
有一种声音
始终伴随你们年轻的歌唱

风儿，轻轻吹过
一种抚慰一种希望

真正的诗歌不仅仅是审美，更是一种进入灵魂的语言。海子说：“诗歌是一场烈火，而不是修辞游戏。”这种“烈火”是一场看不见的火，一个诗人便终生穿行在这看不见的，但一直烧灼着他的火中。现在的诗歌界缺乏的正是这种由诗歌的烈火锻造出来的灵魂。我太钟爱这首诗了，似乎就是在那一瞬间，我仿佛被提升到一个更崇高的生命境界。在这样的诗中应该能体会到某种痛苦而明亮的东西。这种痛苦而明亮的东西闪耀着精神的元素，使思想熠熠生辉，赋予了诗高贵的品质，显现出一种情感的深度。这首诗唤起同时代人的广泛共鸣，因为它如梦初醒般地唤起了他们的感受，由此感到了自己生命中的那种坚忍，那种疼，那种长久以来在他们眼中的泪。这些诗句经风沐雨，带着时间本身的分量和痕迹，充满了历史的见证和沧桑感。一个人经历过了就会体验到时间和命运的威力，就不得不去考虑用诗歌承担所见所闻。时代不光给了诗人歌唱的义务，也给了诗人沉默的权力。我极赞赏白涛的诗句“我们天天歌唱，我们有时沉默”，这就够了。

但是在今天，这一切似乎都成为遥远的故事。世俗的力量日复一日地削弱着人们对诗歌、对精神事物的感受力。人们以一种令人难以置信的轻佻谈论诗歌和诗人。我想，这是一个时代的悲哀。

为什么还要写诗？一个最充足的理由就是为了不使自己的心灵荒凉。用海德格尔的方式来表达，正是时代和人生的匮乏使诗人听从了现在的吩咐，即“哪里有危机，哪里就有拯救”。我们相信诗歌不死，正是基于这样的信念。

一个诗人说：“诗是你在这个世界上消失不了的声音，为什么不写诗呢？”

丝绸之路：令人敬畏的行走

——半辈子行走在丝绸之路上

董培勤

题 记

今天从旅行包里翻拣行走笔记，几遍了，最后，感觉还是从阿拉善西尼乌素的羊背子和巴丹吉林沙窝沿子呛喷喷的沙葱开始释疑丝绸之路，来得实在。

因为，除了丝绸之路，再没有这么乡土的食材和不同的美味了。

多年来，我一直试图认识眼前的丝绸之路。尽管祖辈已经在这条路上生存了几辈子，我们却依然懵懵懂懂，只知道丝绸之路大致分北路、中路、南路。这条路我从西安到喀什也走过几次，境外的波斯湾、塔吉克、吉尔吉斯、哈萨克斯坦等就鞭长莫及了，更况乎北非、古罗马的遥远了，只是在地图上不陌生罢了。

走着走着，一不小心，自己也老了。

却悟得，丝绸之路除了丝绸、茶叶外，还有的就是一种精神，一种文化，一种生生不息的延续了。

其实，还有美食，吃不完，香不够。

这条穿越两千年时空，跨越亚欧非数十国，将不同文明和民族交汇融合的文化之路和经济大动脉，今天依然闪烁着传奇的光芒。

一

河西走廊是我走熟了无数遍的路，熟得能背出从兰州到嘉峪关铁路公路上所有站点的名字，在很多县都有熟人，都能喝上烧酒。

时常，念叨着那里的蒜拌面、拨鱼子、张掖胡辣羊蹄、敦煌驴肉黄面和天水瓜瓜。

今天又邂逅在西安的东一路的交叉路口了，岁月无法将其拆迁和风干，就像蜗居在老宅的日子，屋檐的青瓦廊檐长满青苔和挂着露珠，一天一天还有西凤酒的滋润相伴。

每一件事，都如此专注和忘情。

包括一圈一圈转着吃老孙家的羊肉泡馍。

吃肉夹馍要跑东木头市，味纯汁浓，必须的。

那座烽燧，沙边子上的记忆，袅袅驼粪蛋子燃起的炊烟，是丝绸之路上的标识和舞蹈。

驮着丝绸、茶叶的骆驼队，绵延了多少沧桑岁月

曾经的行走，曾经的风雪。

那些硕大的馕疙瘩、胡麻卷子、刀把子（一种馒头），一个个瓷墩墩，一看就知道是真材实料。

其后，便邂逅了馕，一种无与伦比的干粮，味道和我的味觉不谋而合，让我吃惊不小，惊喜不已。

二

牧村里留下的老女人、小丫头、仔喽子，每天似乎都有着各自的故事，从这里去巴丹吉林是没有路的。

不过吃饭还是要到天锡楼，这里是正宗的老西安，老味道，花点钱也值。这一带古树葱茏，标志着这里应该是当年的老城区。街衢的店铺，本乡本土的，古色古香的，小店的名字亦颇显古拙，含蓄且很耐嚼。

民以食为天，也不由想起留下我这个吃货的无数个精彩瞬间的宁夏银川羊肉臊子面、吴忠羊杂碎、辣糊糊、手抓、沙湖大鱼头、茴香饼子，还有那些穿梭在湖滨西街的分分秒秒及味道。

这不是电视上的一个截图，这也是生活的原生态和一鳞半爪。然而，只要走在丝绸之路上，我便不感到迷惘。我十八九岁第一次登上龙首山，其后便是贺兰山、秦岭、大青山、祁连山、马鬃山，包括大马鬃、小马鬃，让我领略了山的慷慨，山的巍峨，山的豁达。

其实，我最感兴趣的城市竟然是西安，然后是乌鲁木齐，再就是兰州了。对于西安，我几乎到了一种痴迷的程度，它的钟楼，它的白鹿原，它的兵马俑，它的骡马市、古城墙，都让我犹如阅读一本大书，浸濡在它的文化氛围里，受益匪浅。西安古道热肠，文化内涵博大精深，还有近百所高校，仅次于京沪。一哥们说，在西安花点钱舒服。也有人说，幸福就是猫吃鱼，狗吃肉。

丝绸之路，望不尽的烽燧垛口，明驼快马，吃食美味，风花雪月。

三

她是谁，谁也不知道。

她叫什么，哪里人，谁也不知道。

只知道她是秦岭周边的一个善良纯朴略带狡黠的农家女。

也许，这会成为一个永远的谜

行走的旅途里，忘记了很多人和风景，却忘不了她，因为我忘不了善良。我知道，她在异乡刨食谋生的一幕幕，不容易得厉害。

今夜下雪了，不知她宿在何处，还冷吗?

也惦记着丝路上劳顿着、辛勤着的姐妹和母亲。

也惦记着热辣辣的岐山臊子面和造型别样的石子馍。

而我，却不知道自己行走在哪里，不知道今夜在何处落脚。不管怎样，那顶驴友帐篷也许便是漂泊者的踏实。

冷风，甚至饥饿，让我知道出门在外的滋味。这张我珍藏在手机里的自拍照是最真实的我。传神，惊恐，最为接近自己灵魂的瞬间了。

时不时拿出来看看，自己哂笑自己：这家伙。

甚至，在韩城到临汾的火车上，一节车厢只坐着我一个人了，有点害怕。

身边只带着一本北岛早年间的诗，拿着玩，一页也没看。

西域的起点，是我一生的随意，放纵灵魂的游牧，向往着明月千里、我欲乘风归去的境界。

从诗意含蓄的西安到磅礴大气的兰州，从幽深沁凉的西宁到奔放激情的乌鲁木齐，丝绸之路总是用不一样的色彩涂抹着属于行走者的风景。

忘不了，曾经在西北师大校园耕耘朦胧诗的一幕幕，在《飞天》纵横，在《我们》放歌，背会了李清照，像打了鸡血一样写诗，浪得中国八十年代校园江湖诗人的虚名，以为足够。

西行路上，我要说到一位朋友，他叫金宝铭。前几天，我腿部不适，尤其在夜间疼痛难忍。他知道了，硬是要陪我去医院，找个好大夫。我说，你打个电话帮助联系一下就行了，但他不放心。在早晨的骨科病区，上楼要排队坐电梯，长队排了二十多米，百十来号人，包包蛋蛋的。他此时说起前不久自己生病时经受的煎熬，我都差点忍不住泪奔了。他对生病的感悟和无奈，使我感到震惊和震撼。他身上散发的阳光和诗意，令我折服。这一二十分钟的等待，对于有病的人来说，是一种磨难。后来我才知道，他刚做过心脏搭桥手术不久，我无语了。

西行路上，就是因为有了这些好朋友、好兄弟，不离不弃、相互搀扶着，我才走到今天。

仿韩愈诗一句以自慰：雪涌贺兰马不前，只缘友人在身后……

四

在文学圈，在新闻圈，我仰慕的当属范长江、贾平凹了，他们的人品和学问，皆令我崇敬。

我也沿着他们的脚步，行走了大半辈子。

在西安东城一夜市，看到一位西域老人一家经营着一个烧烤摊。他们每天下午三点左右出摊子，要到夜里两三点才收摊，卖的是烤肉串、烤腰子、烤蹄筋，再就是烤馕，这是他们的招牌，加了孜然、芝麻、辣椒，贼好吃。老爷子只是坐在那里，不动手，动啥呢，有儿子媳妇忙乎就足够了。他坐在那里就是一种风景，一种姿态，一种威严。那几十个凳子十几张桌子，就够媳妇每天摆放一阵子的了，还要夏天搭凉棚，冬天搭棉布棚。男主人在烧烤，动作若杂耍一般，艺术极了。媳妇当服务员，脚步没有拾闲的时候。为了招徕生意，他们甚至把一只整羊挂在那里当招牌，告诉人们我这可是货真价实的羊啊。这在整个夜市有些鹤立鸡群、特立独行，也让人忍俊不禁。

夜市里，那缕闪烁的灯光，让我凝视了许久。

长夜因劳动者的砥砺不清寂，且美丽着。

五

跟着范爷的脚步，范爷真是爷。

我不知道我现在走在哪里，然而我却记得我是从定远营二道巷子走出来的。

去年，我在宁夏陶乐的黄河古渡，第一次坐上羊皮筏子，虽油腻腻却的确刺激。

夜宿大武口，品尝了石嘴山的名吃砂锅羊肉，不由叫绝，肉足，汤浓，名不虚传。还有一种叫“糖马丫”的甜点，一个怪怪的名字，很有些像绥德城里的黄馍馍。

第二天，远方还是吸引着我，我不能停下脚步。

其实，站在阿拉善，古居延，一睹古丝绸之路北缘的风景，别有一种滋味，因为我们就在画卷里，风景里。

一九七七年末，我考入兰州西北师大中文系，整整待了四年，那时觉得那四年那么漫长。过了三十几年才想明白，那是这辈子最快的四年，含金量最高的四年。我知道了兰州牛肉面、黄河第一桥和那时才创刊不久的《读者》。

我至今感恩兰州，她让我知道了敦煌月牙泉，知道了海藏寺，她让我的文学梦翩飞且舞动、舒展。

坚守，只是为了那份平常，当生存已不是一种挣扎和手段。诗歌，让我有了精神。

六

这辈子行走在丝绸之路上，我长了见识，长了精神，长了文化，也学得得瑟起来。

老像是捧读着一本厚厚的线装本的《后汉书·西域传》，沉浸其间，也像是追随着陕西城固人张骞，不管不顾，绝尘而去。“时募能使者，骞以郎应募，初骞行时百余人，去十三岁，唯二人得还。”亦琢磨着“治大国若烹小鲜”的道理。

想起啖肉夹馍时，那种肥瘦相间，腊汁充盈的咀嚼感。吃完油嘴头一抹：这馍美味得很啊。还有昌吉的牛肉丸子汤，汤汤水水好滋味。也还想起盐池的羊肝子酿皮，黄渠桥的爆炒羊羔肉，都洋溢着西部老乡的智慧和想象。

丝绸之路超乎想象：物流、人流、交通工具，朝发夕至……

从驼铃到飞机，从羊肠小径到高铁长龙。僻远的阿拉善也进入了安检、登机的程序，享受什么是驰骋风云间。

从大膘骟驼到一骑绝尘，从背包蚁行到天上地下，茫茫古丝绸之路，幽深的撒马尔罕城堡，诗意的敦煌月牙湖畔，粗粝的楼兰古城，洒下天涯孤旅多少喟叹，多少艰辛，多少憧憬。

但是，一代又一代人依然风尘仆仆，前赴后继。行走着，我听过许多故事，见过许多风景，领略过许多悲凉和欢乐。

因为，人们走在追梦的旅途，那是寻找幸福的行走。

这时候，我还是想起了腾格里沙漠深处的乔家窝铺。风雪里，雪粒和牛哞敲打着丝绸之路上浓浓且清新的夜，尤其显得幽远和诗意……

疯子（外一篇）

余翠荣

上班穿过公园，常常会碰到这样一种人：他们以公园为家，或游离或固定在某一个角落，他们看上去与周围的环境格格不入，他们是社会的特殊群体——疯子。

去年深秋，每日在公园听戏的母亲回来说，经常在公园北大门出没的那个疯子，收养了一只流浪狗，有人送吃的给他，他会先给小狗吃；天冷了，会用破烂的棉被给小狗取暖。母亲感叹，疯子也有爱心。

母亲说的疯子我是知道的，经常在公园北大门看到他，脸黑乎乎的几乎看不清楚眉目，头发像一堆乱草蓬着，整日钻在一堆破烂棉被里，不喊叫，也不骚扰游人。我从他身旁经过，偶尔也会看他一眼，但目光不会多停留。

听母亲这样说，第二天再经过，我特地留意了一下，看到那个疯子低头坐在破棉被中，一只小狗卧在旁边，头倚在疯子的膝前，画面很是温馨。我当时想，如果把这个情景拍下来，名字就叫“相依为命”。过了一段时间，母亲说，疯子被有关部门收容走了，那只小狗整日卧在疯子待过的地方，不肯离去，人们喂食物也不吃。又过两日，母亲说小狗依旧孤零零地卧在那里，不吃东西，估计快要死了。我听了一阵感叹。第二天上班，我专门过去那里看了看，没有看到小狗。不知道是等不到主人回来走了，还是如人们判断的那样，已经死了。后来，再没听母亲说起这事。冬天的时候，我看到那个疯子又出现在了原地，依旧睡在一堆破棉被中，身边没有小狗。我心里想，他是否因为惦念小狗所以才跑出来的呢？他出来看不到小狗，会是什么样的感受？

在公园里最常见到的，还有一个女疯子。她待的地方不是很固定，用一根绳子拉着一大堆破烂衣服，有时候在公园附近，有时候在公园里面。夏天也穿着一身棉衣，脸上挂着奇怪的笑，总是低着头像沉浸在某种回忆中。去年圣诞节的傍晚，我下班晚了一点，进入公园，天已经黑了下来，公园里已看不到什么人了。我有一点紧张，步子也疾了起来。就在快到北门的时候，我看到那个女疯子坐在冰冷的水泥地上，浑身围着破烂的衣服，头埋在胸前，身边卧着一只小狗。我停在她身边一会儿，心里觉得难过，正是冬天最寒冷的时节，不远处的外面灯火璀璨，充满节日的气氛，而在这黑暗的角落里，却有一个女子和一只小狗蜷缩在这里。

这样想着，我的鼻子就酸涩起来。我出了公园，买了两只炸鸡腿，一个面包，两瓶饮料，给小狗买了两根火腿。我把食物送到她前面，大声地喊她，她很虚弱地应了一声，继续把头埋下去。我撕开面包，打开饮料，放到她前面，转身离去。我在心里默默地说，我只能做到这样了，希望明天还可以在这里看到你。第二天上班经过那里，我没有看到那个疯子。好长时间，我没提这事，但心里又觉得有什么放不下。有一天终于憋不住了，问母亲，您有看到公园里那个女疯子吗？母亲说看到了，还在拖着一堆破衣服到处走呢！我吁了一口气。我又问母亲，您知道女疯子收留的那只流浪狗是以前男疯子的那只小狗吗？母亲说不是。我有一点黯然。

接着要说的这个疯子，与前面两个截然不同。她只是偶然出没于公园，大多数时间她都在商店门口，随着商店里播放的音乐在跳舞。她有极强的乐感，鼓点踏得非常准，舞姿也很优美。她跳舞的时候相当投入，像一个真正的舞者在舞台上表演。她似乎天生具有舞蹈的资质，身材很瘦，肢体柔软。她曾一度是临河街头的一道奇特的风景，相信很多人都领略过她在路边舞蹈的风姿。她最引人注目的不只是她娴熟的舞姿，还有她奇异的装扮。有时候穿一件虽然脏兮兮却红彤彤的拖地长裙，头上用几种颜色的布条高高地扎一个大髻，颇有异域风情；有时候是一条白色的婚纱裙，头发乱蓬蓬地黏结在一起，向下垂落，远远看去，倒很有一点公主的范儿。她不像许多疯子那样傻笑，她的表情是凌厉的、旁若无人的。有一次我看到她坐在某商场门前的台阶上，涂了夸张的黑眼圈，抹着血红的嘴唇，脸上有着厚厚的、斑斑驳驳的粉，嘴里叼一支烟，眼睛茫然地望着前方，神情里有一种决绝。莫名地，让人看得心疼。我又奇怪，她那些稀奇古怪的服饰和化妆的东西又是从哪里来的呢？

不记得是谁和我说过，这个跳舞的疯子从前是搞文艺的，因为感情失意而疯掉了。不知道说得是否属实，从装扮来看，的确是像搞艺术的。没人知道到底在她的世界里曾经发生过什么，以致令她放弃了自己。但可以肯定的是，她从前必是一个美丽的女子。

有人说，疯子，是丢失了灵魂的人，是最可怜的。我想是这样的。可是我又觉得，或许他们还不是最可怜的人，他们没有灵魂，却还存有爱心；他们没有正常的思维，却有着单纯的快乐。

一生为梦

刘巧玲

追寻一个梦想是一种绝大的幸福和快乐。你也曾体会过这种幸福和快乐吗?

——〔中国台湾〕罗兰

今年的北国之春，像患上了重感冒，忽冷忽热。已是暮春四月，仍是冷暖难测。推开窗，吸一口晨的清爽，梦被春风扯断了。独坐窗前，那青翠的叶、淡粉的花所映出的春的幽媚，仍挡不住纠结于心的忧郁，就让困顿的身心，在春风的清香和春光的清亮中接受一次洗礼吧！在这静定的意境中，我半闭上眼去寻梦。

静默中，我迷失在生活的彼岸，抚摸岁月的年轮，犹豫着是否找回失落的梦想，因为我已过了寻梦的年龄。“中国梦”冲破了笼罩着的雾霾，舞动着信念、精神、爱心的期冀，激扬思绪，共舞在我人生的秋天里，追随着缥缈中浮动的记忆，停泊在人生的五彩窗前。

一

徘徊中，我伸出虔诚的双手，推开那扇洁白的窗。年少的我，在田间、草地、河流、树林、课堂……寻觅着人生的梦想。梦想开始于那个动荡不安的年代。我把赋予我梦想的班主任老师，珍藏在记忆深处，无论时隔多久，只要提起，依旧为之动容。那时，学张铁生反潮流之风，暴风骤雨般侵袭了求知的课堂。那位诲人不倦的女老师，犹如高尔基笔下的“海燕”逆风飞翔。她年轻的心依然热诚地怀着一个梦想，就是把我们这些树苗培养成建设祖国的栋梁之材。她独自艰难地寻觅着、探索着，越过荒漠、披荆斩棘，唯恐有一个孩子陷入迷津，走上岔路。她用祖先留下的智慧和结晶，启迪着我们的心智和灵魂，引领我们在各自的兴趣和信念中，寻求着远大的人生梦想。终于上路了，同学们都有了各自的梦想。我的灵性与文学结缘，开始了我的作家梦。我漫游在童话世界里，以为只要许几个愿，就会梦想成真，可是奇迹从未曾出现。随着年龄的增长，我懂得了没有汗水的浇灌，梦想只能永远蛰伏在等待中。于是，我投入知识的海洋中，汲取古今中外文学知识的养分，期待像生长在海水中的珍珠，在光线的作用下，放射出虹彩般的光泽。

二

恍惚间，我伸出勤劳的双手，推开那扇蓝色的窗。年轻的我在一个偏僻小镇，痴情地追逐着年少时的梦想。命运不曾给我显赫的家世和高等的教育，却为我选择了这个地方。电力技工学校毕业后，我揣着梦想回归家乡，既然改变不了命运的安排，那就改变自己。经过半年多电厂锅炉运行岗位的历练，我以提高技能、增强素质、成熟思想为己任，养成了认真、负责和守时的习惯。因为爱好写作，我有了适合自己的职业，成了一名宣传干事。在纷至沓来的工作挑战、难度渐升的环境压力和永无止境的中文学习中，我懂得了爱，学会了感恩和奉献，也拓宽了视野。在这里闻不到多少艺术气息，见不到多少新生事物，但令人欣慰的是小镇保留着纯朴的风气和浓厚的人情味。那些平凡、朴实、鲜活的故事，经过思想的过滤、感情的加热，都变成探索人生、抒发感情、写人记事的文章。我躺在自己的梦想里，寻找那些飘逸的快感，给精神以愉悦，深深地陶醉其中。那个绝美的梦想，即使在锅碗瓢盆的撞击、柴米油盐的苦涩和生活工作的重负中，也从未曾破碎过。小镇生活二十多年，我坚定地走好每一步，专注于自己所做的事情。文学创作早已成了我最忠实的朋友，而作家梦依然带着一丝凝重、一丝温馨。

三

徜徉中，我伸出温暖的双手，推开那扇绿色的窗。已不再年轻的我，在城市的繁华中坚守着年少时的梦想。那一年，我带着梦想，穿过世事的云烟，来到了自治区的首府青城。逐梦的艰辛、苦涩、幸福和快乐，见证了现实就是梦想。在这里，梦想有了更广阔的驰骋天地。我立足在政工部部长的岗位上，在终年忙不完的烦琐工作和写不完的文字材料中，提升认知，辛勤耕耘，收获成果。我扎根生活的土壤，用创作点亮心灯，从天地万物、文化艺术、社会文明、人间万象中获得灵感，经过现实生活的提炼，再现人们的思想、希望、追求与梦想。通过不断探索、积累、磨砺、提升，我成为各种体裁都能写的多面手，先后有三百多篇作品在报纸、杂志刊登，获奖二十多项。我在出版了长篇小说《柳暗花明》和人物传记《富泽桑梓梦》之后，完成了都市情景系列电视剧本《女人都是角儿》，并着手出版散文作品选《天地一沙鸥》。我也成为内蒙古自治区作家协会会员、中国电力作家协会会员和呼和浩特市作家协会副主席。

四

犹豫中，我伸出颤抖的双手，推开那扇灰色的窗。在沉寂的人生秋天里，年少时的梦想随风飘逝了。凉风拂面，落叶飘零，透过几棵挂着几片枯叶的老树，看着淡淡的夕阳，徘徊在人生的岔路口。冷风起时，无边的黄叶响起寂寞荒凉的呜咽，似我与灵魂的对白：

“你就这样寂寥地走下去吗？”

“我负重前行的路上，亮起了红灯，我只想停下来。”

“人生之旅一路绿灯，也觉单调乏味。在红灯前，你可以观察、思考、欣赏，以至坚守梦想，珍惜当下。”

“我的心情像脚步一样沉重，许是到了人生的秋天。”

“秋天不好吗？那是收获的季节。能告诉我，你在人生中都收获了什么？荣誉、爱情、幸福、快乐。”

“这些都是我企盼的。只是，如今我感到迷茫、犹豫、沮丧。困顿将我的热情、梦想和希望击破，像玻璃碎成一地。”

“可是现在，你要做的不是收拾碎片，而是重新上路。”

“每个人都行进在通向衰老和死亡的单行道上，如果可以从头再来，我选择放慢脚步，享受美好的生活。”

“漫漫人生路，只要有梦相伴，你的心有多远就能走多远。”

“我也像许多人一样有过梦想，但穷一生之力也追逐不上。我觉得自己是一叶在风浪中拼搏倦了的小舟，渴望依靠在温暖的港湾；我觉得自己是一只折翅的海燕，已无力飞翔。”

“一个人如果只活在自我的圈子里，脱离火热的生活，失去对未来的希望，那么，他的生命已经开始枯萎了。你所追求的梦想幻灭了？”

“尚未得到，也就无从幻灭。”

“快去找回你的梦想精心经营，生命就会回应你所做的每一件事情，成功就会在下一个路口等你。”

五

仓促中，我撞开了一扇金色的窗。在人生的第五十个金秋，我在丛林中认知我的梦想。拾起一片金黄色的叶子，它弯曲着像一只载着梦想的小船，这就是年少时我编织的梦想。转身时，我与“中国梦”相遇，它为我注入了生机与活力，令我热血沸腾，仿佛迎来了人生金色的春天。“中国梦”饱蘸家国情怀，凝聚亿万人民的美好梦想，大气磅礴地勾勒出了美丽中国的蓝图，在祖国的上空打开一扇光芒万丈的窗，闪烁梦想之光，点燃信心之火，开启力量之源，昭示新的辉煌。于是，在这个春天里，我抖落一身风尘，走进了“文研班”的课堂，为自己“充电”，以实现相伴一生的、成为一名优秀作家的梦想，以民族的自豪感和自信心，紧跟时代发展、民族复兴的步伐，用接地气的作品，去诠释人间的至真、至善和大美、大爱。不忘初衷，不改信念，不畏艰难险阻，成就一种幸福和快乐。

我被温暖的春光唤醒，已是中午时分。从困顿中解脱，我分明听到了心灵解冻的声音：一生为梦。从一个梦想开始，那就离成功辉煌很近，离幸福快乐不远！

粮食的记忆

——写在二〇一二年世界粮食日

张志彪

至今，永远铭记母亲生前经常语重心长、谆谆告诫子女后代的话：“甚时候也要记住古人祖先流传下来的金口玉言：‘饿了糠也甜，饱了肉也咸。’传说康熙帝微服私访山东，体察民情。饥饿难熬时，穷苦的老婆婆给他吃无米之炊的‘到口酥’——糠窝窝头。他欢喜地夸说是世界上最美味可口的饭食！回宫后，传圣旨命多少御厨用尽山珍海味、飞禽走兽都做不出来，只好派人寻得老婆婆进宫再做‘到口酥’，可品尝不出一点‘到口酥’的美味。老婆婆告知了他古人祖先流传的话，康熙帝信服了。多会儿也别一饱忘百饥。浪费粮食造孽！没有粮食会饿死人的……”母亲就曾险些被饿死，就以身示范，节约粮食，不曾浪费一粒。

无论何时何地，我都深切感受着母亲的言传身教，倍加珍惜每一粒粮食，不敢浪费点滴，而且常以为至大美德，也言传身教给儿女后代——不但倾情昂扬地朗诵“锄禾日当午，汗滴禾下土，谁知盘中餐，粒粒皆辛苦”，而且真正付诸实际行动：每每不慎掉落于饭桌的一粒米饭、馍渣都要拾起入口，做到“颗粒归仓”，才觉心安理得，居然已经习惯养成自然，无法改变。无论广众盛宴，还是一人便餐，均在遵循着如此宗旨：珍惜粮食光荣，浪费粮食可耻！

我与共和国同岁。一九五八年开始“大跃进”，继而是“三年自然灾害”时期。如今想来，其实是人为灾害。父母亲和社员们积极踊跃地响应党的号召，尽了公粮，连盆盆罐罐都倒腾精光，一粒不留，也完不成虚报产量的“高征购”，气喘马爬追不上“浮夸风”。那时的标语口号：“大跃进大办工业大炼钢铁！”“一天等于二十年赶超英美！”“集体化跑步进入共产主义！”……大家非常狂热！“人心齐，泰山移！”满怀豪情、兴高采烈地砸烂自家锅碗瓢盆，为就近垒小高炉砸石头“土法炼钢铁”，乐颠颠搭帐篷，住山脚，尽饱吃集体食堂。但不久便吃光了“黄金塔”（玉米面窝头），不得不抛弃劳民伤财炼就的少许奇形怪状的废铁于荒野，极为扫兴失望，散伙回家，各自重新立灶安锅，吃糠咽菜，勒紧裤带，挣扎过活，度过饥荒。已是八岁的我饿得头晕眼花，哭喊蹦跳，难以安宁。一家三口人和全村人饿得面黄肌瘦，皮包骨头，难以活命。母亲长吁短叹，被逼无奈，寻见家里墙角不知何时堆存着的极罕见的陈糠，喜出望外地用粗箩筛出老鼠拱洞做窝而拉撒的臊气难闻、令人作呕的尿粪和粗糠皮壳，把筛下的细糠拌进草籽，用小磨磨成面，熬成糊糊或蒸窝头充饥。虽然黑似狗屎，粗糙得扎喉咙，难以下咽，但吃起来香甜可口，享受异常！正如同母亲的传言：“饿了糠也甜！”便油然想到康熙帝访山东，挨饿时吃“到口酥”的民间传说，便添了几分得意——百姓与皇帝也有同样的遭际待遇！

青黄不接，连附近的野菜草籽都吃光了。人们身体四肢浮肿，苟延残喘，在死亡线上挣扎，公家开始按人救济，“返销”少量高粱、玉米和豆腐渣，才使人们得以活命。狗急跳墙，猫急上树。我和小伙伴们耗子似的时常偷吃队里饲养院里的牲畜饲料豆饼子，咬得“嘣嘣”响脆甜香，如初尝最新鲜美食般感到幸运、如意、窃喜，至今铭刻难忘！就这样，我们侥幸度过了濒临死亡的饥荒灾难。听说毗邻的甘肃就活活饿死了不少人！

以后许多年，社员们凭分口粮和挣工分“以工代粮”维持光景。成年大人每天最多仅能分得一斤粗粮，委实难以饱腹，还得继续和着野菜草籽充饥。母亲勤劳忙碌，似乎在永无休止地劳作。每逢夏秋收获季节，常常在收割后驴马车拉过的麦、糜、谷地里拾田。每拾一穗一株，都须得弯曲年迈僵硬的腰肢，“鞠躬磕头”，汗流满面，但惊喜得脸溢光彩。然后将拾得的粮食积少成多，同时都精心整成形状：一把把，麦穗麦芒一律向上，蜂窝似的好看；一束束，糜谷穗头整齐朝向。母亲如获至宝，兴头十足，踏地声响，颠颠晃晃，沉甸甸地捧抱回家，欣慰得变声说话。继而跪拜佛祖似的，极其郑重其事地跪在院内，晾晒、翻腾、捶打、扬筛、簸吹，拾掇干净，脱壳磨面，烙饼熬粥吃，一家人偶尔吃如此精细的美食饱腹，当然大喜过望，如过大年般乐意而庆幸！

社员们都知晓母亲是旧社会最苦难的人，每每让她在全体社员大会上“忆苦思甜”。母亲涕泪涟涟，诉说自己在旧社会所遭受的苦楚：军阀混战，日寇侵略，黄河决口，旱涝无收，蝗虫成灾，鼠疫肆虐，饿殍遍地……正如杜甫诗句“朱门酒肉臭，路有冻死骨”所描述的黑暗现实。当时当地广泛流传着家喻户晓、妇孺皆知的民谣：“人吃人，狗吃狗，野鹊老鸦（食肉鸟）吃石头。”母亲不得不与前夫拖儿带女，背井离乡，从“口里”（陕西府谷）逃命到“口外”（内蒙古）。一路上讨吃要饭，受尽饥寒，衣衫褴褛，难以遮羞抗寒，夏天露宿野外，冬天蜷缩在富人的猪圈畜棚，相互凭瘦弱的身体取暖。母亲曾经几次被财主放出的恶狗咬伤。她每每挽起裤腿，让众人看几处碗口大的伤疤，痛苦哽咽着说不下去。她和前辈一样也是重男轻女，把讨来的几把米熬成照得见影儿的清淡稀粥，每次都给哥哥捞稠的吃，却给稍大几岁的姐姐喝米汤。在路经现在的乌拉特前旗小佘太的一个村子时，为了全家人半死落活，只好忍痛割爱，把已是三岁的二姐送养给人家逃生，仅仅换了三升小米。

因为家无隔夜粮，实在饥饿难耐，母亲又不得不让大姐过早地做了人家的“童养媳”，重演了自己当年父母做主包办婚姻，“嫁鸡随鸡，嫁狗随狗”的奴役女童的不幸悲剧！

……

母亲常常逢人便忆苦思甜，感恩党和毛主席拯救广大穷苦人终于翻身得解放，当家做主人！她还常常流着喜悦、激动而深情的泪水反复唱她一生最心爱的一支不知歌名的歌，从新中国成立的那天起，一直唱至改革开放，真正过上“手中有粮，心中不慌”的好日子，唱至病故——歌唱实现了丰衣足食的美好愿望，歌唱为着子孙后代继往开来幸福美满的憧憬。

毛主席他一来，
枯树鲜花儿开，
旧社会的受苦人，
一起站起来；
拔了穷根栽富根，
生产大发财。
哎嘞哎嗨哟，
生产大发财。

给美国友人的一封信

王国元

Mr. Edward：

你好！

因了一个偶然的机会，你我一夕畅谈，实在令人欣慰，但由于时间关系，只好打住。看得出来，你意犹未尽，我又何尝不是！

你不远万里来到中国，为中国的教育事业，奉献青春与才智；我则是不远千里，支援我们边疆的教育事业——自然，这于我是曾经了，这是我们能够“畅谈”的原因罢？或者说，世上的年轻人，都有着一腔热血？记不清楚是贵国哪位诗人吟诵的了，“那时节，我们年少轻狂，抛下爹娘，奔赴远方……”只不过，你身上流淌的，是美国式的热血，而我身上流淌的，是中国式的罢了。是的，中国式，坦率地讲，伴随着热血的，还有我的“风一更，雨一更，聒碎乡心梦不成”，“剪不断理还乱”的乡愁。含蓄对中国人是优点，但于你们，此优点不免打折扣，因此，与你交流，我不妨以你们的直率为标尺。中国人的乡土观念重，热土难离，而你们美国人，在中国人的心目中，总是倾向于四海为家的，乡土观念不免淡漠。需要注释的是，这些是文化上的差异，属于文化多样性范畴，没有高低优劣之别。

这不，支援边疆教育一年，在我的学生们交出了一份份理想的答卷之后，我被调回故乡。但紧接着，我要补充的是，对遥远的边疆，我的第二故乡，我的感情反而越来越深厚。虽然人离开了，而心却一直牵挂着。人总是在失去故乡后，才会得到故乡，生身的故乡如此，其他的故乡也不例外。回乡以来，我不断地从新闻中获悉，第二故乡与我们伟大的时代一起前进着。

同时，我要说，我的家乡同样需要支援啊，不怕你笑话，我的家乡，至今还是国家级贫困县。我所支援的地区，比起我的家乡，自然还要贫穷一些，落后一些。中国各地区之间的发展差异巨大，是历史遗留给我们的难题之一。正是因为家乡的贫穷，同你们崇尚个人奋斗一样，二十世纪八十年代中期，十年寒窗后，在“千军万马挤独木桥”的年代，我也经过奋斗，“朝为田舍郎，暮登天子堂”般，考上大学。考上大学，对于一个顶着高粱花子长大的农村孩子来讲，绝对意味着命运从此改变啊。贵国先哲富兰克林认为，“贫穷本身并不可怕，可怕的是自己以为命中注定贫穷或一定老死于贫穷的思想”，与我要表达的，在某种程度上有些相似。

是的，我们正处于一个伟大的时代。当今世界上，中国作为世界上为数不多的历史悠久的国度之一，中华民族作为唯一一个一脉相承的古老民族，在过去的五千年里，有过多少伟大的时代啊。关于这一点，无须我多说——你虽然年轻，却已是“中国通”，这使得一方面，我为你的优秀而折服，另一方面，我更为你作为美国公民，“通”的是我的祖国，而感到无比的骄傲。遗憾的是，近代以来，由于众所周知的原因，我们落后了，而在无数仁人志士“为中华之崛起而奋斗”的抗争和探索下，中国终于“天亮了，解放了”，经过一段波折后，自我大学毕业前后开始，我们又迎来了“为中华之复兴而奋斗”的时代。我们要复兴汉唐风流——汉唐两代毫无疑问是我们曾经伟大时代的代表——争取为人类的文明与进步做出更大的贡献。这正如我们的总书记习近平说：“实现中华民族伟大复兴，就是中华民族近代以来最伟大的梦想。”

而我置身于这个伟大的时代，又怎能袖手旁观！

不错，我草根出身，生于农村长于农村。大学毕业之前，我没有离开家超过一百华里，因此，对距离我家只有一千五百华里的第二故乡，无奈称之“不远千里”。但，你更要知道，我祖籍山东的乡亲们，他们的祖籍绝大多数也在山东。山东是孔子的家乡啊，而孔子，按照人才学的标准衡量，是全人类平均一千年才出一位的伟人。人类文明史虽然有七八千年之久，但对孔子而言，不过诞生了七八个与其堪称伯仲的伟人而已。虽然我血统上不是孔子的后裔，但我和我的乡亲们，身上奔涌的，哪一滴不是孔子的精神血液！孔子的精气神，经过世世代代的濡染，已经浸渍到我们的骨子里，完全可以说与生俱来。

说到这儿，我得向你坦白，我和我的乡亲们，祖上多是逃荒者，是在清代末年背井离乡逃到此地的，可以说曾经一无所有。不，祖上并非“一无所有”，没有的只是居家过日子的柴米油盐，但“修身齐家治国平天下”的精气神，从祖上的祖上起，便一直承传着，从来不曾“无”过——中国人虽然多灾多难，但之所以能从远古跋涉至今，靠的就是这些罢？而孔子的儒家思想，其精华之一，是鼓励人们积极进世，扬名立万。只是可惜，我的上几代先人，作为孔子的精神传人，却被人称为“东亚病夫”，不可否认有愧了。

而生逢这个伟大的时代，我们焉能再有愧！同时，这话更可以这样说，中国是大山东，所有的中华儿女，都完全可以认作孔子的精神传人，生逢这个伟大的时代，无一不该奋发有为啊！

可不可以这样说呢，面对着你，整个的乡土中国，都是我的家乡。我的大家乡，正如诗人所言：“早上我无论从哪里出发，晚上推开的，都是家的门。”

不无惭愧的是，由于地理、历史等原因，我的家乡，与中国其他的地方相比，无论在经济上还是文化上，以及社会生活的诸多方面，一直存在着相当的差距。但即使是这样，我也不能不自豪地告诉你，三十多年来，我的家乡发生了翻天覆地的变化！我的家乡变化尚且如此，整个中国的变化，更可想而知了。

“嗯？”说到这儿，我仿佛看见你耸了耸肩，摇了摇头。我马上能推测出，作为一位“洋人”，你对我所称的“翻天覆地”，在某种程度上持怀疑态度。噢，对啦，历史上，我们也曾无数次地宣称“翻天覆地”，但那些“翻天覆地”，传到你们的耳中，你们对此做出的反应，多是不以为然的，甚至是嗤之以鼻的。这有你们的原因，由于价值观乃至整个文化的差异，尽管你是“中国通”，但你和你同胞眼里的中国，同事实上的中国，或者说，与世世代代生于斯老于斯的中华儿女眼里和心里的中国，不可否认是有区别的。同理，我也绝不否认，这里有我们的原因。（这点我们心领神会好了，不必细究）但在这里，我以朋友的身份告诉你，我的“翻天覆地”是真实的——我也实在找不出另外的词儿，总结我的家乡在这些年来发生的实实在在的巨大变化。至于到底发生了哪些具体的变化，我同样只好这么告诉你，如果没有生活在我的家乡，没有切身处地的体验，任你是谁，也体察不出到底是怎样的“翻天覆地”的。而我已在家乡生活了半个世纪，作为资深的亲历者，对此，应该有发言权的了。

对，我们是朋友，至少，我以你为朋友了。与人成为朋友，理论上一般认为要经过长期交往，但实际上，有些人相处一生，结果还是形同路人，有些人却可以“一见钟情”，马上“巍巍乎志在高山”、“洋洋乎志在流水”，成为知音。而人类的公理认为，朋友应该是相互的，则你也应该以我为朋友的罢。虽然世人存在诸多不同，可在本质上，更多的是相同。朋友便是人的本质部分之一。

既然是朋友，我则更要敞开心扉了。其实，你能看得出来，我一直在敞开心扉，从与你“一见钟情”的那一刻开始。现在再敞敞罢。

Mr. Edward，说句掏心窝子的话，我羡慕你，羡慕你是美国的公民。你的祖国，虽然才有二百多年历史，却在世界大国地图上，标注了一百多年。而我的祖国，一百多年来，虽然也在“大国”之列，却不幸与你的祖国之“大”，含义不同。而现在，我们经过多个“十年生聚，十年教训”，已经开始向你的祖国的方向挺进了。

作为人类“长跑”的优秀“选手”，在曾经的五千年里，中国人多次领跑世界，辉煌无比；现在，全世界的人们，又看到了中国这个运动员矫健的身影。而这绝不仅仅是我们的辉煌，更应该是整个人类的辉煌。与其说我们正处于一个伟大的时代，莫如说整个人类正处于一个伟大的时代，我们正以自己的努力，改变着整个人类的运动。

而对此，从你作为美国公民的角度而言，可能在某种程度上难以接受，但这是事实，是正在发生着或者说必将发生的事实。我不得不承认，我们是朋友，但同样，我们更是竞争者。

让我们遵照周恩来总理的倡导，“友谊第一，比赛第二”，继续“长跑”比赛吧。

你的中国朋友　王国元

二〇一四年三月十一日

在河西走廊

高　俊

中国西部的甘肃，它狭长的面貌我在第一眼看到它的时候就记住了。当这个窄窄的长条嵌入中亚的山区后，便命中注定是中国第一条国际通道了。在历史长河中，这条漫漫长廊上留下了多少人的足迹、笔墨和生命。这就是著名的河西走廊。

我是分两次走完河西走廊的。第一次是去宝鸡办案。我们居住在鄂尔多斯高原，坐火车去宝鸡有两条线路，一条是东线，经山西境内绕到西安再向西到宝鸡；另一条是西线，经兰州后向南拐走完陇南的全部便到宝鸡。因为河西走廊在心中的冲击，自然就选择西线了。该次行程两年后，我到敦煌游览，从兰州出发，经嘉峪关、玉门市，一直向西行。两次行走，组合成心中的意念，就是对千年古道的膜拜和深思。

兰州往南，一片贫瘠。荒凉和单调一直伴随着我。光秃秃的丘陵环环紧扣，血脉相连，干旱稀疏的植被让人惆怅。山坡上有零星的羊也有劳动的农民，他们一边劳动一边张望着天空，显得有些木讷。走到定西站，火车上上来一位衣衫陈旧的中年老乡，他是准备到西安打工的，一路相随，便拉起话来。他告诉我，他们的生活仍然很简朴，靠天吃饭的命运至今没有改变，有的地方甚至连人畜饮水的问题也没有解决，娃儿念书也困难。他说话声音低沉，一边说一边抽烟，目光有些犹豫。看着这位穿着简单、脸膛微红的西北汉子，不由得让我想起现代都市生活的奢侈、浪费和挥霍，甚至暴殄天物，这与辛勤乃至艰苦的西部农民相比，让人产生愤怒和沉重感。改革开放以后，农村虽然解决了温饱问题，但农民仍然苦，农村仍然穷。特别是甘肃更如此。新中国成立已经六十多年了，这里的农业和生态很薄弱，他们现在还没有力量来改变自己的生存环境。听听他们的唱戏吧，即便是声音最高、最暴躁的时候，也仿佛是一种泣诉。而秦腔恰恰相反，那么高亢，甚至有点震撼。这是不是有点唐朝的力量，西安的力量？可是，从西安出来，进入河西走廊，情况竟如此不同。在中国的西北部，不光甘肃是贫弱的，额济纳、罗布泊同样贫弱，整个西北部已经跌入生态崩溃的边缘。

向西行进的情绪就更复杂了。这条漫漫长路，走过霍去病、李广，走过王昌龄、王维，走过那么多忧国忧民的仁人志士。他们都曾怀着不同的情感行走在河西走廊上。今天，我也行走在这条路上，虽然不能与他们相逢，却有一种相同的感觉：那就是天涯日暮，凉风透衣的伤感。也许，我对这里认识过早，我的父亲在我童年时代就将我的目光带到遥远的西部，在我幼小的生命里烙上“居延城外猎天骄，白草连天野火烧”，“驾长车，踏破贺兰山缺”的凄苦和苍凉，过早地染上了历史的流痕。今天，当我第一次走进河西走廊，就觉得我的脚仿佛从千年之前就迈开了。踏着先驱的足迹，我默默地对他们说，我们都走在前进的道路上，我们所做的一切努力和贡献都是为了我们的国家和人民。道相同谋也相同。

一直向西行，汽车转过一个垭口又一个垭口，眼界一会儿开阔一会儿狭窄。苍茫的远方，弧状的群山之巅，一轮血红的落日恋恋不舍地静静停驻在那里。陇西和陇南地貌一样，我走着走着突发感慨：在这样一个沟壑纵横、丘陵广袤的地区，早在古人的脚下就踩出的这一条丝绸之路，居然成为中国第一条国际大道，为中国和西亚甚至欧洲的联系做出了巨大的贡献。中国的文化经过这里流向了西方，西方的文化又经过这里流进了中国，那是多么值得自豪的文化大交流啊！可是，做出如此重大贡献的河西走廊并没有随着时间的推移、经济的发展而彻底改变面貌。山还是原来的山，沟还是原来的沟。大风吹过千年之后还是那样强劲，唯有不同的是白草矮了，狼群没了。尽管如此，生活在这里的人们仍然坚守着家园。我想起和我一起工作的一位女孩子，她是甘肃靖远人，通过努力学习才离开了家乡，离开了那个让她永远不能忘怀的缺水、缺粮、风沙弥漫的故乡。她在新的地方生活有了着落后，想把父母接过来，但遭到拒绝。她母亲说："我习惯了这里的山坡和羊，看惯了这里的太阳，听惯了这里的风声，在这里活着心里就是稳。"母亲的话让她感动。母亲的精神脐带永远和生于斯长于斯的这块黄土地连接在一起，今生今世剪不断。她同意了母亲的选择。她对我说，母亲生活在故乡也好，让她多了一份思乡的情感，多了一份还乡的愿望。也许，这就是故乡的魅力，母亲的魅力。中国自古以来就有"离土就是远离生命"的观念，要不是这样，怎么会出现"乡土乐园"、"乡愁投影"、"追寻本源"这些眷恋亲人和故乡的文化传统呢?

从嘉峪关到敦煌，一路上的烽燧，像一个个有生命的战士，站在连绵的祁连山边。它们从汉站到唐，从唐站到今，何等忠诚。过去戍守边陲，迎送商旅，今天却守着贫穷和荒凉。看着它们不知疲倦的精神，我的心里一阵阵泛潮。西部需要发展，需要脱贫，需要富裕的生活，要尽快让这里的歌声嘹亮起来，唱腔高亢起来，像秦腔那样，有一种震撼力。可理想和现实总有一段距离。我登上嘉峪关的城楼远眺祁连山，身旁一位知情人说，祁连山上的雪线一年一年在升高。此刻，我的心跳加快，并有颤抖的感觉，如果没有可行的办法加以控制，或许有一年，祁连山上的雪都会消失，那样，整个河西走廊就会干涸。水，是甘肃老百姓的命啊！此时正值仲秋，河西走廊的风加力撞击着嘉峪关的城墙，撞碎的风，似七月的麦芒一样钻入我的衣袖。这个季节，无论是古人还是今人，置身在这里，除了目睹苍凉、凋零和暗淡的景物外，便是感受一阵一阵紧吹着千年古道的西风，任何拒绝和阻挡都是徒劳的。

在河西走廊上行走，并没有想象中的那种奇观胜景，也解释不清楚当年那些走在丝绸之路上的人抑或是戍守边塞的将士们那种风风火火、前赴后继的心理基因，我的心里只有几分苍茫和迷惘。从河西走廊返回来的几天内，心情一直沉重。虽然敦煌的艺术光彩夺目，也有不少游客，但河西走廊还是寂寞的，甘肃还是贫穷的，中国的西部还是落后的。我默默地想，中华民族的伟大复兴，绝不是一句简单的口号。它不仅要求精神复兴，思想复兴，更要求科学腾飞，国富民强。而中国西部像一个饥饿的孩子，急需母亲的乳汁。

母亲和我

刘凌霄

自己是作家，出版过四部作品，其中两部是长篇小说，但写母亲的文字实是甚少。母亲的爱是那样的正大无私，就像雪一样纯洁而透明，不含任何杂质。母亲给予我生命，又教育我做人的道理，是直接影响我一生的人。坐在电脑前，心情低落，翻开大脑皮层思念的影集，键盘声响，有千万语言都不能表达怀念之情。

其实世界上写不完的书应该是母亲。

一

母亲在小时候就被订了娃娃亲，对象是一名姓王的军人。他在外面参军没有回来，母亲就一直等下去。当时母亲都二十多岁了，在当地姑娘来说年龄比较大一些。

刚刚解放，这名军人立了战功，当上了军官，回来了。军官有些素质，思想也比较先进，他亲自去我的姥爷家，说明迟来的原因及目的。他这次回来是要亲自看看未婚妻，父母订的婚事也要自己看了中意才是。

他和母亲第一次见面了。

母亲个子高挑，大大的眼睛，正值妙龄，军人中意了，脸上带有几许的歉意。他没有悔婚，并且说明这次探亲主要是完婚，婚后带走妻子，因为他在湖南大城市工作。当时姥爷家在吉林的一个小镇上居住，这些事双方老人都没有异议，但在一件实质性的问题上发生了争执——姥爷要嫁姑娘，得要彩礼。王军官认为，现在都解放了，这些陋习得改变。礼数是有的，但姥爷家要得过多，在当时王家并不富裕，满足不了姥爷家的要求。而姥爷的大儿子，就是母亲的哥哥，我的大舅，年龄不小了，也是从小订的亲，给不起女方彩礼，一直没有结婚，就等着拿母亲结婚的彩礼，再给未来的儿媳妇家。这叫一个萝卜顶一个坑。

见过世面的王军官，曾经单独邀请母亲会面。当时他们是两个大龄青年了，他灌输给母亲一些新思想，要求母亲抗争，捍卫自己的婚姻。母亲从娘胎里生下来就没有离开过这个地方，骨子里渗透婚姻大事是由父母做主的理念。受着传统教育的母亲，尽管也哭泣，也表明自己的意见，但不敢和她的父亲争执。这一人生的转折她没有勇气走过去，没有和王军官走。在她看来，没有举行婚礼就和未婚夫“私奔”，那是丢人的事情，是万万不可能的。王军官走了，尽管母亲终日以泪洗面。接下来母亲更有不如意的事情让她痛苦一生。

姥爷家和王家解除了婚约，有人给母亲做媒，男方居住在内蒙古乌兰大屯附近的柳树川，就是我的父亲。父亲是独苗，并且结过婚，生下一女，媳妇不幸染病去世了，现在要续弦。姥爷看到爷爷家殷实的家境就同意了这门婚事。母亲知道要嫁给没有见过面的陌生人，特别是父亲比母亲年长八岁，并且结过婚，她哭闹不止，但威严的姥爷没有改变他答应的事情。得到几石谷子和高粱后，在一个晚上，家人往母亲的怀里放上一把斧头，大舅把母亲抱上了车，母亲气愤至极，她扔了斧头，挣扎着、哭泣着，但没能掌握自己的命运。曾经她向往自己有一个热闹的婚礼和一个如意的郎君，哪里知道那个地方的习俗，二婚必须在晚上，男方接过去就行了，一切从简。

二

尽管婚姻不如意，但嫁鸡随鸡嫁狗随狗，母亲和父亲生育了我们兄弟六个。

从我记事起，母亲就腰扎一个蓝色粗布围裙，每日劳作不止。有时我一觉醒来，或者是凌晨，或者是深夜，发现全家一铺炕的人都在熟睡，只有母亲在微弱的灯光下纳鞋底，或者缝衣服。那一摞摞的布鞋鞋底，那一件件冬夏春秋的衣服都需要一针一线地缝制。在那个物资匮乏的年代里，尽管我平时都是穿两个姐姐的剩衣服，过年也没有穿过新衣服，但好强的母亲从来没让孩子们衣衫褴褛过。

我再大一点了，有时候能帮上母亲的忙，就是去碾坊，全村子人吃的都靠村子里这两个碾子，母亲大多时间就是往来于家和碾坊之间，然后就是在灶台忙碌。后来腰间换成一个用白面袋子改制的围裙。

母亲的肩上压着三双儿女的沉重布袋，苦难的里程太长。

记得有一年夏天，我腮帮子肿，就是腮腺炎，高烧不退，还呕吐。小山村缺医少药，母亲守护在我的身边，万分焦急。那时没有什么交通工具，生产队的牲畜都下地干活去了。到了晚上，父亲和队长商量，从干了一天活的牲畜里挑一头体壮的驴拉车，到二十多里外的镇上就医。四周黑黢黢伸手不见五指，山路陡峭，坑洼不平，父亲在前面牵着，突然间驴不走了，四条腿打哆嗦，路边的榆树毛里有两点蓝幽幽的光，有狼。母亲在车上抱着我，父亲立刻回到车上，拿起镰刀，卷起粗大的旱烟，点着烟以后把垫在车上的谷草放到地上点燃。狼是怕火的，等火熄灭了，父亲拉着驴的缰绳，一步一步走着，半夜了才到镇上的医院，值班大夫“夜阑枕上却惺惺”，极不情愿地给我看病、开单子。

母亲虽然没有学过医，但孩子们的头疼脑热她会用土办法治疗，会拔罐、简单的针灸等。她不识字，但对一些用药的常识记得非常的清楚，所以我们兄妹六个都平安地长大成人。

母亲持家勤俭节约，教子有方，父亲勤劳，爱母亲，爱一帮儿女，按理说母亲没有什么不快乐的。但有时候我放学回家，发现母亲一边干手中的活，嘴里一边哼着悲凉的曲调，满脸的泪水。她看到我后立即擦掉，慌忙掩饰凄凄然，挤出一点微笑，但恣意的泪水清晰可见。我心里有疑问，她不止是一次这个样子被我发现了，泪痕纵横交错的脸搅扰我平静的心。

母亲和父亲其实是很少发生争吵的。但在夜晚，有时母亲给父亲一个个冷脸，思绪往往被夜的静谧撩拨得薄脆透明，父亲会叹息，可能是看穿心底的一声无奈吧！

母亲情感世界是一片苦海。自己结了婚才真正读懂母亲：一名军官迈着稳健的步伐向母亲走来，走进她的心里，长久驻留。那是生命中最真切的痛啊！情与爱不能相拥相守，只有自禁自息。

三

日月如梭，等条件稍微好点的时候，孩子们也渐渐大了。母亲卖掉家里的一头肥猪，除了买一些柴米油盐之外，刚刚时兴的确良衣服，妈妈买了两件。两个姐姐两件的确良衣服，大姐穿上好看，二姐个子没有大姐高，穿上后衣服显得特别的大，两只袖子也特别的长，妈妈舍不得把底边裁下一条，那粉色、浅绿色的衣服，都给大姐穿了，并且喜欢得不得了。她笑眯眯地看大姐穿，背影、正面、转身的侧面，嘴里说：好看，好看。再说，大姐本来就是美人啊，又长着模特的身材！二姐一串串的泪珠，母亲看到特别的难受。但母亲是不会把好端端的衣服裁下去的，那简直是糟蹋成品衣服，母亲常说，成物不可损坏啊！那时没有琳琅满目的服装让母亲挑选，只有单一型号的服装。

大概因为我是家里最小的孩子，父母溺爱一些，每每到商店买些生活用品，例如盐、一尺布、半斤酒等，这些都是母亲或者父亲派我去，要知道那可是“肥差”啊！剩下的几分钱就不用交家了，可以买些花花绿绿的糖果吃，大我三岁的哥哥就不能。他有时也馋嘴，把我叫到一边，用手中的花鸟做交易，这样，他得到一块糖，我得到一只小鸟，能快乐几天。正是由于频繁来到商店的原因，我看到一卷卷的布匹摆放在柜子上，映入眼帘的是粉粉的趟绒布，现在叫条绒，它的色彩让我流连。在以后的日子里，只要到商店里来，我总是用小手抚摸着绒绒的、软软的布料不肯走。

于是，我放学以后，随屯子里的大人去上山挖药材，准备攒够钱买布料做衣服。

不知道被多少蚊虫叮咬，受过多少苦，挨过多少雨淋。只是依稀记得，我的臂弯挎篮子处被满满一筐沉重的药材，木制的粗粗的筐梁，勒出深深的红色痕迹，非常的疼。我们上山必须经一条河，没有桥，都是蹚水过河。有一次我们一行人遭到大雨淋，回来时河水涨了，大人用叉子做拐杖试探着陆陆续续过去了。看着原本清明纯净的河水，变成污浊滚滚的大波浪，我害怕得哭了。一个胆大的阿姨，放下沉重的大柳条筐，回来背我过去。再以后，大人们不愿意带我出去，我就像“跟屁虫”一样黏着，他们走到哪里我跟到哪里。

我卖药材的钱舍不得买糖，不敢走近弥漫苹果味的柜台。我把所有的钱用一个罐头盒子装上放到正堂的柜子上。有一天，我想看看我的全部财产，查一查我的钱，还差多少能够买布料，当我走近时，眼前是空空的盒子，透明的玻璃不用打开就知道了。我带着哭腔问妈妈，我的钱呢？母亲正忙着做中午饭，她头都没回就说，花了。八口人，二哥上大学去了，家里还剩下七口人，一口大铁锅半锅饭，父亲和哥哥姐姐们就要回来吃饭了，母亲是没有时间管小孩子的感受吗？我只有默默地流泪走开了。当时的情况下，这是一种奢侈的想法了，人们根本没有用这种贵的布料做衣服的，家庭主妇们买上一尺或几寸，给孩子做鞋面，是为了结实。

后来，哥哥姐姐在外地工作的工作，成家的成家，都走了。我在离家很远的城镇读书，放假回来的时候，母亲给我买了一条粉色的围脖。

其实，女孩子爱颜色分阶段，小的时候喜欢大红大绿，到了十七八岁的时候就不喜欢颜色艳的衣服，喜欢黑、白或灰色的衣服。知子莫如母，她知道我酷爱粉色，知道不应该把孩子挖药材的钱买了生活中的柴米油盐。当时我是个孩子，不知道家里生活的困苦，哥哥上大学，家里经济拮据是肯定的。

每每放假归来，母亲站在大门口，不知等了多久。一张焦虑的脸，褶皱里全是牵挂，端详着我的胖瘦，端上红烧肉，来礼祭我的五脏六腑，那时的菜香赛过满汉全席。我们忽略了房梁上的窝中伸出的几个黄嘴丫的脑袋，忙碌的紫燕在愉快地碎语。

四

母亲有个妹妹，小姨快九十岁了，一张脸酷似母亲，操劳的双手几乎无法拿住茶碗，僵硬的两条腿颤颤巍巍，不协调地支撑弯曲的脊梁。她滞缓地挪动身躯，用手杖保持着平衡走到我的跟前，衰老的褶皱，在咀嚼中拉长了岁月的距离。见到我，小姨激动万分，混浊的双眼布满了泪水，谈起了她和姐姐过去的生活，回忆着说，她们十一二岁在地里薅谷子里的杂草，早上带上几个玉米饼子和一铁壶水就下地干活了。太阳下山了，月亮出来了，还在薅草，手都磨肿了，也不敢回家，回家早了，姥爷会骂的。有一次，她们姐俩累了，就躺在地里睡着了，不知不觉夜半，醒来吓得大哭。

母亲总是让孩子们多读书，有时候我出去玩耍，回来遭到母亲的呵斥，常说一句话："看书去。"她从小就劳作，吃尽了没有文化的苦头，不希望子女走她的老路。

母亲早已作古，流年里丝丝缕缕连接着往事，隐现的年轮里流淌着爱之河，岁月深一脚浅一脚压弯了脊梁。我闭目沉思，收集母亲的只言片语，母亲的凝眸，母亲的眼泪。一些零零碎碎的记忆连接起来，母亲抱着婴儿面带微笑，母亲拿着她手工制作的布书包送我去上学，母亲拿着甜瓜含笑向我走来，母亲……她心里的向阳坡，全部给了子女，曾经迈着蹒跚的脚步，留下不规则的脚印。回忆生生不息，漫长的时光里，成长、成熟的过程中，我继承了母亲勤劳朴实的优良品质。

蓝天上的音哨飞来飞去，能带去我对天堂里的母亲的问候吗？哦！我永远失去了这一幸福的音符。

父亲的杨树渠

刘利元

自有人烟以来，沙进人退和人进沙退的拉锯战在西沙窝轮番上演，黄与绿的较量一刻也没有停歇。

浩瀚的乌兰布和沙漠，给我们家族留下了伤痛记忆：三年自然灾害期间，祖父窖藏的两口袋黍子（单子叶禾本科植物，籽实常用来做黄糕）被移动沙丘掩埋了，全家人因此忍饥挨饿；帮大姑照看小孩的三姑，遇到扬沙天气，在乌拉特草原上走丢了，当时才七八岁，至今没有下落；春天种的麦苗三天两头被沙压。大家吃尽了风沙的苦头。

人们都说："好女不嫁西沙窝。"幼时的记忆里，祖父常常一边清扫院子里的沙尘，一边自言自语："我就不信人治不住沙！"祖父干瘦干瘦的，但身子骨结实，腰板硬朗。平时很少言语，一有空闲时间，就扛把铁锹到屋子南边的大风口开沟压碱、整地造林。日积月累，集腋成裘，凭一人之力，竟在老屋前营造了一条宽五十米、长约五百米的防风林带，还在树林周围种上白茨，栽上红柳。一株株杨柳树长得高大茂盛，水桶般粗壮。树木成材了，祖父从不让砍伐，只是修剪一些枝条沿着渠沟继续栽植，没人知道他究竟想把绿色领地扩展到哪里。

父亲三十一岁当选为杭锦后旗太阳庙乡新建村第一任民选村主任，祖父这个和沙窝较了半辈子劲的倔老头，没有告诉他怎样把“官”当好，而是嘱咐他一定要把沙治住。

西沙窝地处乌兰布和沙漠与河套平原的接壤处，往东是河套灌区总排干的源头，往西是一链接一链、一环扣一环的茫茫沙山。树栽活了，沙丘固定了，日后再开垦就是良田；树栽不活，沙丘就会继续移动，之后这里就是新的沙漠。

造林必须有水。父亲组织大家从乌拉河干渠上开口，挖了一条通往乌兰布和沙漠的新渠。所过之处基本都是流沙，挖一锹漏半锹。加之黄河水泥沙含量大，一年不到泥沙就淤满渠底。父亲按人口分任务，家家户户出外工，淤积一次清掏一次。他还组织劳力在渠道两边栽种杨树，绿油油的两行小美旱杨沿着河堤一直延伸到乌兰布和沙漠深处，这条渠被称为“杨树渠”。

来水季节，父亲扛把铁锹昼夜在杨树渠上巡视。我上中学时，父亲让我和他一块儿看渠口。夜色深了，月明星稀，河水哗啦啦地流淌。我问他为什么喜欢看渠，父亲说他爱听树苗喝水的声音。

水引进了，接着是压沙障。麦草少，主要用红胶泥。附近没有红胶泥，需从远处挖。三爷爷是造车高手，为村里赶制了几十辆小胶车，用骡子或者毛驴套上，颠颠地拉土。为了省钱，他学习蒙古人勒勒车（又名大辘轳车）的做法，用木头鞣制车轮。几十年过去了，还有好多车轮在村里散落着，不知道的人以为是一种神秘的图腾。五十大爹（名“五十”）是大力士，挑两箩筐土健步如飞，在沙山上压出一米见方的田字格，在沙丘下的平滩上栽种红柳，压沙的年月，他总共用烂六十八个箩筐，挑断七根扁担，磨秃十三把铁锹，穿烂三十三双布鞋。榆林大妈两三锹就能挖成一个树坑，一只手扶苗，一只手培土，两脚左右踩实，腋下还夹着一捆树苗，人称“劳动冠军”。智障的二猴哥爱给树苗修枝，尽管很少有人给他记工，但杨树渠上终日都能看到他扛着树铲走来走去的身影。村里的人常说：“那些年在沙窝里栽树尽管艰苦，但是大家特别有劲儿！”

撵沙腾地，腾地造林，引林入沙，林进沙退。过去到处都是不长一棵草、不长一苗树的流动黄沙，现在所见之处均是茂盛的树林和芦草，还有那些一听到人声就四处奔逃的野兔和野鸡。流沙止于此地，绿色沿着杨树渠不断向纵深推进。

祖父感叹："年轻人的思路就是不一样。过去自己单干，总是收效甚微。现在大家团结起来，人心齐，泰山移。"

父亲治沙也并不是一帆风顺。为防止牲畜啃食树苗，村委会雇用了护林员。二伯是养羊大户，常常因为到杨树渠上放牧挨罚，他和父亲理论，父亲说："连自己的亲弟兄也管不住，怎么管别人？"堂叔家里装电视天线，到杨树渠上砍了一棵树，父亲打了他一个耳光。堂叔说："别人家的亲戚当官是跟上沾光了，你当官我们是跟上受气了。"

祖父二十二年前去世了。因为他在世时最喜欢闻沙枣花的香味，所以把他埋葬在挨着杨树渠的那片沙枣林里。父亲十年前也辞去了村党支部书记的职务，可是他依旧隔三岔五到杨树渠上巡视，成了一名"管得宽"的编外护林员。父亲这里走走，那里看看，看这苗树有没有起虫，看那苗树有没有被牲畜啃咬。

想到在夕阳西下的树林里独自行走的父亲，我知道，父亲不光是到杨树渠上看树，更是在回味当年"敢想敢干、齐心真干、大干快干、苦干实干"的火红岁月。他就像一位黄沙百战穿金甲的老将，在暮年检阅他与战士们共同构筑的巍巍丰碑，欣喜地回味。

巴彦塔拉乡亲们的“中国梦”

乌云巴图

仲秋时节，呼伦贝尔草原天高云淡，格外清爽。鄂温克旗巴彦塔拉达斡尔民族乡各族人民喜获丰收。巴彦塔拉——富饶的草原，名副其实的一马平川。

走进巴彦塔拉达斡尔民族乡，眼前呈现出一片片树林，绿茵茵的草场，曲曲弯弯的河流，炊烟袅袅的牧村，成群的牛马羊，令人耳目一新，心旷神怡。远远地便闻到随风飘来的奶香味，正是草原遍地走牛羊、牧村处处飘奶香的好时光，给人一种游览生态园的美感，令人终生难忘。

辉河、伊敏河汇合处的开阔地带叫汇合口，这里是乡政府所在地。以乡政府大楼为中心，南北左右铺开的错落有致、造型雅观的砖瓦房、木刻楞、蒙古包，争艳夺目。

两条河畔，水草丰美的牧场上，牧羊人高唱着《姊妹河》之歌：

伊敏河辉河是姊妹河
永流不息地奔向前程
她是巴彦塔拉的命脉

滋润着草原养育着百姓
姊妹河汇聚的涛声
促使人们振奋精神
她俩是这块草原的骄傲
各族人民兴旺发达的象征
跨上千里马的巴彦塔拉乡
全面建设小康社会雷厉风行
冲破重重艰难险阻
充分展现活力和本领
改革开放的劲风吹遍大地
姊妹河两岸欣欣向荣
幸福的源泉来自何方
党的恩情大如天空

这是各族人民从心坎里唱出的歌，是首天籁之音似的长调，让人听了更加感受到草原的广袤和人民的向往。

巴彦塔拉达斡尔民族乡成立于一九八四年十月十八日，总面积四百一十八点四八平方公里，可利用草场三百七十三点三平方公里，占全乡总面积的百分之八十九点二。直辖六个嘎查（村），一个居委会，是以达斡尔族为主体的民族乡，有达斡尔、蒙古、鄂温克、满、回、藏、汉七个民族共同居住。全乡总户数七百二十七户，总人口二千二百八十五人，其中达斡尔族一千四百二十六人。

清雍正十年（一七三二年），清廷调布特哈鄂温克族、达斡尔族、巴尔虎蒙古族官兵三千人移驻呼伦贝尔，其中达斡尔族七百三十人。当今巴彦塔拉乡的达斡尔人是他们的后代。

达斡尔族人民在清代为保卫疆土、维护中华民族的统一，同各民族人民一道对外来侵略者进行顽强的战斗，付出了巨大的牺牲。民国年间为争取民族平等和主权而展开了反封建、反军阀统治的斗争。抗日战争时期举起抗日旗帜，谱写了可歌可泣的历史篇章。解放战争中，在中国共产党领导下，组织骑兵英勇奋战，同各族人民一起迎来了新中国的诞生，从此获得了真正的民族平等与民族自治权。

历来，勤劳勇敢的达斡尔族人民同其他各族人民一道同心协力，用聪明才智和劳动的双手建设发展这片繁衍生息的草原。谁想要了解巴彦塔拉达斡尔民族乡各族人民悠久的历史，深厚的文化底蕴，独特的民族风俗、生产方式、生活习惯，去参观该乡的达斡尔民俗博物馆就一目了然。

巴彦塔拉乡作为鄂温克旗唯一的达斡尔民族乡，具有独特的民族风情和民族文化，生活环境优美。户户通电，家家有彩电、电话，家用电器应有尽有，很多牧民在长袍里揣着手机，随时随地与外界联络，有的家庭还能用电脑联网，享受着信息时代的优越性。不少牧民拥有拖拉机、打草机、汽车，过着有滋有味的富足生活。

这里交通、通信便利，公路跨草原，电线横蓝天，旅游资源丰富，具有很强的开发潜力。这里辽阔的天然牧场，蜿蜒曲折的河流，一望无边的芦苇荡、灌木丛，独具特色的达斡尔民居，风味独特的达斡尔传统美食，华丽多彩的达斡尔民族服饰，欢快多姿的达斡尔民族歌舞，都使游人魂牵梦绕，流连忘返。

招商引资建成的晨光生态园坐落于三道湾风景区，亭台楼阁掩映于蓝天碧水和柳条丛中，景色迷人，是旅游、度假的好地方。外地游人对巴彦塔拉草原壮美的自然景色和独特的人文景观赞不绝口，留下这样一句赞美词：“巴彦塔拉山清水秀草木茂盛，达斡尔人心灵手巧性格直爽。”

巴彦塔拉达斡尔民族乡党委、政府一直坚持“科学养殖、科技兴牧”的方针，实施“科教兴乡”的战略。政府大力建设节水喷灌饲料地和人工草场，举办科技养殖培训班，全面推广牛冷配、羊人工授精技术。注重对牧民进行思想观念教育，鼓励他们由原来的“粗放式”经营方向向“集约化”转变。已完成沿河建奶牛带工程，奶牛小区全面竣工，建起了三十七户规模化、集约化奶牛示范牧场，还新建了一个高产奶牛牧场——卓天牧场。

达斡尔民族具有深厚的文化传统，能歌善舞。在巴彦塔拉历史上，涌现出很多显赫人物，学者名流，文人才子。典型的有达斡尔族文学宗师敖拉·昌兴，他一八〇九年出生于巴彦塔拉草原上的贵族家庭，一八五一年跟随黑龙江将军英隆巡查额尔古纳河、格尔毕齐河的边卡界线时，写下了著名的长篇叙事诗《巡查额尔古纳河、格尔毕齐河》和《巡边即兴》等。在新建的达斡尔民俗博物馆里布展的达斡尔族现当代文化名人的丰功伟绩充分体现了巴彦塔拉达斡尔族的辉煌历史。

被誉为“文化体育之乡”的巴彦塔拉达斡尔民族乡高度重视精神文明建设，乡文体站经常与文化馆、乌兰牧旗、电影公司联合为牧民举办歌舞晚会和文艺演出，并播放科教影片。乡文艺宣传队、达斡尔广场舞队在市、旗各级演出中的精彩表演得到观众的一致好评。全乡积极开展全民健身运动，赛马、摔跤等达斡尔族传统体育项目和夺宝、曲棍球等体育项目蓬勃发展。巴彦塔拉达斡尔民族乡的牧民运动员在自治区、市、旗举办的那达慕大会、运动会上均取得优异成绩，一九九七年荣获全国群众体育先进集体光荣称号。

有一位来自北京的商人感慨地说：“多姿多彩的巴彦塔拉，是游客们拥抱自然、放飞梦想的草原，是商家投资赚钱的福地。”

随着时代的步伐，巴彦塔拉达斡尔民族乡走过了艰难而光辉的历程，进入了辉煌灿烂的年代。年轻的乡领导班子成员都信心十足地说：“回顾过去，展望未来，全乡各族人民将继续高举中国特色社会主义伟大旗帜，围绕建设‘五大旗’的奋斗目标，以发展为主题，以科技进步为动力，以提高人民生活水平为根本目的，振奋精神、团结协作、抢抓机遇、求真务实，进一步巩固畜牧业基础地位，大力发展多种经营，建设牧业大乡、生态大乡、文化大乡、旅游大乡，实施扶贫攻坚战略，加快建设小康社会步伐，实现全乡经济和社会事业的全面进步。”

如今，乡领导班子坚持以人为本，贯彻科学发展观，带领各族人民同心协力地构建和谐社会，实现全乡人民过上富裕生活，这是他们追求的中国梦。

巴彦塔拉——多么响亮的名字，包含着人民的希望、理想和信念。你成为这一方草原的自然生态之母，牧民和谐幸福的家园。你的前程像蔚蓝的天空，广阔明朗，一定能圆梦。

奶奶的“中国梦”

高丽君

奶奶走了，永远地离开了我们。

至今，她的音容笑貌仍在我脑中回荡。她那半蒙语半汉语的说话方式，她那有着幸福味道的饭菜香，她那一瘸一拐送我离家的身影，仿佛电影画面一幕一幕在我眼前回放。

最后一次回家看奶奶，电视中正在播放习主席关于“中国梦”的讲话。我灵机一动，问奶奶：“你有梦想吗？”奶奶骄傲地说：“当然有了。”“是什么？”我急忙问。奶奶说：“就是希望咱们这一大家子人幸福，希望你们有出息。”为了这个梦想，她操劳一生，无怨无悔。

回想奶奶的一生，酸、甜、苦、辣，尝尽人间百味。

民国时期，奶奶出生于内蒙古赤峰市农村一个普通的农民之家。姐弟四人，父母去世得早，奶奶排行老大，自然肩负起家庭的重任，辛苦劳作，把弟妹抚养成人。因是蒙古族，逃脱了裹小脚的厄运，这是奶奶一生都觉得庆幸的事。

家庭的艰辛，让年少的奶奶早早就嫁给了爷爷，经人介绍，仓促成婚。爷爷脾气暴躁，奶奶婚后的生活并没有太大的起色。从我记事起，就看见奶奶头顶上有拳头大小的头皮没有头发，是吵架时被爷爷揪掉的。浓密的黑发怎么也掩盖不住那片苍白，至今也无法想象当时是怎样一种疼痛。从我记事起，爷爷和奶奶从没有和和气气地交流过，大事小情都由奶奶一个人操劳，爷爷不愿外出劳作，整日打扫房间、收拾菜园。从我记事起，奶奶除了干农活，就是照看孙子孙女。她用她瘦弱的身躯，养育了四个子女，照看了十一个子孙。

奶奶是坚强的。亲手带大的两个弟弟，青年时从军，后杳无音讯。据说，一个加入共产党，一个加入国民党，一个牺牲，一个被枪毙。奶奶经常偷偷拿出两个弟弟穿军装的照片，端详好久，再仔细地藏好。奶奶头胎生的龙凤胎，女孩在五岁时染上痢疾，不治而亡。生离死别的打击，并没有使她向命运低头，只为那坚定的梦想。

奶奶是善良的。她经常接济左邻右舍，最让我佩服的是，奶奶嫁给爷爷时生活并不宽裕，但她没有扔下邻居家有点智障的孤儿弟弟，而是把他当亲人，带在身边一同嫁过来，照顾了一辈子。

奶奶是开明的。八十年代的农村，重男轻女的观念仍很严重。奶奶虽然给第一个孙女取名叫加拉噶胡（“领弟”的意思），但第二个孙女我的到来，并没有使她觉得嫌弃，甚至比后来的几个孙子更加宠爱。当我初中毕业时，奶奶并没有让我辍学，而是和父母商量，一定要竭尽全力让我们读书，这改变了我的一生。

奶奶是幸福的。在奶奶的努力下，儿女虽然没有太大出息，但相亲相爱、互相帮助，一起培育出八个大学生，这是奶奶一直引以为傲的事情。晚年的奶奶，每到节假日，早早地在门口守候，等待儿孙回家团聚。她剥橘子、拿大枣、展示新衣服，像小孩子一样跟在你身后，陪你看她永远也看不懂的电视剧。

奶奶的坚强、善良、开明和幸福，正是她为自己梦想努力的真实写照。奶奶平凡的一生没有惊天动地、轰轰烈烈的感人事迹，但她却用平凡的双手，为我们谱写了一曲不平凡的幸福之歌。

奶奶走了，走得非常安详。她用一生，实现了她的“中国梦”。

栀子花开，静候梦来

田苗苗

“这是个季节，我们将离开。难舍的你，害羞的女孩，就像一阵清香，萦绕在我的心怀，栀子花开，如此可爱……栀子花开啊开，栀子花开啊开，像晶莹的浪花盛开在我的心海；栀子花开啊开，栀子花开啊开，是淡淡的青春，纯纯的爱。”何炅的这首《栀子花开》风靡了大江南北，在缤纷与浪漫中，传递着淡淡的花香，浓浓的情感。

我就认识这样一位如栀子花般的女孩，她不像戴望舒《雨巷》中的“丁香姑娘”那样哀怨深沉，相反，她清新淡雅、端庄自信、彬彬有礼、落落大方，平静中暗含活泼，执着中不乏热情。

高三才接手她所在班级的语文课，课堂上的她属于安静的类型，起初没有引起我的注意，但是她手中的放大镜，却吸引了我，也让我对这个学生充满了好奇。她透过放大镜审视着每一篇文章，然后又是在放大镜的下方书写着每一个汉字。那份认真和专注，让我从此有了“放慢语文分析的速度，等等她”的想法。

通过其他的学生，我知道了她的名字——冯磊，一个如男孩子般坚毅的名字。随着时间的推移，我越发地觉得这个女孩儿与众不同。师生的接触中，我刻意地回避问她眼睛的情况，怕会伤害到她的情感，但是在一次聊天中她却坦言告诉我眼睛的疾病是先天的，无法治愈，甚至在她六岁那年，医生就宣称她十岁之前一定会失明。在她的话语中，没有埋怨，没有自卑，有的更多的是感恩。她感谢父母对她的细心呵护，也感谢生命赋予了她一个可以参加高考的奇迹……她是那样的乐观，那种对生命和生活的豁达态度真实地感染到了身边的每一个人。我喜欢她的温文尔雅，也倾情于她的爽朗大度。

老天爷似乎总爱和善良的人开玩笑，高考前的一个月，她突然失明了。这与她之前备战高考，用眼过度有直接的关系。她在电话中跟我说："我最大的梦想就是能走进高考的考场，好好地书写一次我的人生。哪怕让我参加完高考再失明呢，我好不容易等到这个时候了呀。"话语简单，却让我的心为之一痛。回想十一年前，也是在高考之前，我也曾经被宣布"失明"。用功过度，头痛掉发，种种迹象使我不得不接受体检，其结果是眼底异常。妈妈所在医院的大夫最后给我诊断为"脑部有垂体瘤"。得知这个消息，我体会到了天塌下来的滋味。人在健康的时候从来不曾想过"病来如山倒"的境遇，于是我开始想象自己失明后的生活。黑暗和恐惧的突然来袭却令我镇定了，也是在那一刻，我告诉自己"要在失明前参加高考，因为我要实现我的大学梦。"白居易曾言"同是天涯沦落人，相逢何必曾相识"，"同病相怜"的感触让我不由自主地为她祈祷，希望她可以平安地渡过这个难关，希望她可以完美地实现她的梦想。

在北京接受完激光手术后，再次走进课堂，她更加珍惜分秒光阴。在写作环节，为了节省视力，我尽量多说，让她用大脑记忆。针对考前的眼睛情况以及高考的得分比例，我和她制定了三套"作战计划"，积极应战。我要尽我所能去帮助她，因为她是那样的可爱。记得有一次写作文的主题是"逆境出人才"，海伦·凯勒、贝多芬、霍金、刘伟等一个个事例脱口而出，或许是有感而发，那天的她跟我说了自己的好多想法。她摊开拨弹琵琶的双手，手指修长如"削葱根"。她说："我想学习手语，想去特校给那些残疾的孩子上课，我还想成为志愿者……"我总是在她平凡的言语间被打动，赞叹她的勇气，佩服她的理想。在她坚定的视线中，我看到了光亮，那是爱和希望。

栀子花代表喜悦，就如生机盎然的夏天充满了未知的希望和喜悦。也有人说栀子花的花语是“永恒的爱与约定”。这大概是因为，此花从冬季开始孕育花苞，直到近夏至才会绽放，含苞期愈长，清芬愈久远；栀子树的叶，也是经年在风霜雪雨中翠绿不凋。因此，看似不经意的绽放，也是经历了长久的努力与坚持。栀子花，不仅是爱情的寄寓，它平淡、持久、温馨、脱俗的外表下，蕴含的，是美丽、坚韧、醇厚的生命本质。如今，这个栀子花般的女孩已经被师范大学录取，这是她为守候自己梦想而创造的一个奇迹。我相信在属于她的那片晴空下，还会有更多的传奇等待上演！倘若一个又一个绚美如花的梦想都能在执着与守候中竞相开放，那么我们九百六十万平方公里的神州大地必将会花海连天、芬芳迎面、缤纷耀眼、游目骋怀。

清风吹过她的脸颊，扬起丝丝黑亮的秀发，同时飘来阳光般的沁人香味，温暖着人的心田，大自然的这一切总是让她感觉那么美好……

托起蓝天

杜庆文

蓝天，是鸟儿自由翱翔、自由歌唱的舞台。

“天空上传来了鸟儿的歌声，自由的百灵鸟在飞翔。”传说这是二十世纪中期被封杀了的一首歌中的一句歌词。词作者因以鸟儿的自由反衬人间的禁锢而入“文字狱”。

“万类霜天竞自由”，那是大自然赋予这个世界最为理想、最为生动的画面。

崇拜蓝天和崇尚自由都是人类的浅俗而美好的天性。

蓝天，历来是艺术家的世界，想象的画板；是少儿的迷宫，驰骋的碧野；是科学家的殿堂，穷究的题仓。

蓝天，曾被誉为“笼盖四野”的“穹庐”，清冥浩荡，叫人敬畏而温暖；它那一望无垠的广漠与湛蓝，叫人感动、心醉而神往；它那维纳斯般的眼睛，给予人类无限的祈盼和梦想。

相对来看，地球在宇宙间俨若一个不停旋转的问号，少女似的问题多多。

天空为什么这样蓝？那是它以无穷广阔的胸怀容纳了“大爆炸”后所有钙

化了的宇宙尘埃，在无数的星球周围，浪漫而深邃，澄澈而多情，且甘愿为之衬载，给予星球生存的大气和甘露，特别是对地球之上的软体附着物——动植物和人类关爱有加，不离不弃，使人类仰望之顶礼膜拜、遐思万千。

天空为什么这样蓝？那是它凝集了偌大的、厚厚的臭氧层，为诸多星体，特别是它所偏爱的行星地球设下了一道天然的有色屏障，吸收了恒星太阳光焰中肆无忌惮的紫外线，使地球上的一切生命在这宇宙襁褓中免于紫色恶魔辐射的戕害，体现了无私的母爱。

天空为什么这样蓝？那是它宽容慈爱的另一面，即作为大宇宙的天然背景屏幕，犹若监控宇宙尘埃的执行大法官，在那漫长的约束和惩戒中养成了异常严肃而沉重的面孔，使世间万物畏惧惶然，尤其使那超级聪慧并带有健忘症、屡教不改的人类，恐怖之、神化之而不得不承认自己的渺小。

然而，古往今来，具有严密政治网络的人类却不时地一反常态，急功近利，你争我夺，南侵北略，东征西进，以致生灵涂炭，使赖以生存的环境有相当部分成为不毛之地。至今人们也忘记不了有史以来狗咬狗、狗咬人或狗盗装人的战争造成的触目惊心、缭绕不绝、挥之不尽的大气污染——家贼外鬼火烧阿房宫、圆明园，残毁人类文化精华的悲剧不算，蛇梦吞象的扶桑岛国，导致本土首尝世界核武器“大餐”不算，朝鲜战场上的三维立体轰炸，以上甘岭为代表的掘地三番的大战也不算，仅第一次海湾战争弄得老萨疯狂，点燃科威特七百多眼油井，烧了八个月之久的火焰黑烟创世界大气污染史之最，就够人咋舌十月、齿冷三年的了！

美丽的蓝天遭遇如此，崇拜天主圣教怎样？明晰海恩法则若何？

当然，人类不乏有识之士明察秋毫，高瞻远瞩，像中国古代的孔丘、庄周和墨翟，近代的作家、思想家卢梭，以及“世界科幻小说之父”、法国的作家凡尔纳等等，建树多多，善心昭昭，天地可鉴。

聪明的人类有着与生俱来的贪婪恶习和永不服输的精神，单与蓝天狂赌的历史就达千年之久了。

事实上，“蚍蜉撼树谈何易”，在蓝天面前，人类尽管发明了火药，研制了钻天火箭、环球卫星、宇宙飞船和与外星体联系的超声波飞行器，尽管发现了镭和铀，研制了核反应堆，有了能使地球毁灭数十次的自戕性核武器，尽管敢于发出“探索宇宙，征服宇宙”的叫嚣，而不断地出现新成果，为寻找未来的家园迈出了可喜的一步，但是，也难以摆脱环境日益恶化、生存危机的困扰，难以摆脱由危机四伏的多元化政治，一波未平、一波又起的军事摩擦而导致的渺茫前景。

据说爱因斯坦死后有人解剖了他的大脑，发现他老人家仅用了大脑潜能的十分之一，于是惊叹之、学习之，告诫人们天道酬勤，要攻占科学的象牙宝塔。遗憾的是，很少有人带着社会责任感，认真地研究研究他一生中最热衷的、最热爱的和最悔恨的是什么。

事实上，在蓝天面前，人类已露出追求梦想的虚弱底气，因为现代科技越发达，我们就越发无地容身。当代最聪明的且被誉为“第二个爱因斯坦”的科学家霍金，不是发出在将来的二百年左右，人类要做好向外星球迁移准备的警告了吗？还有数千年前玛雅人的宇宙“大循环”之说不也将化为现实了吗？是的，一向自以为是、狂傲自大的我们不得不承认这些了。

近百年来人类大工业的高速发展，导致了无穷尽的大面积废气排放和有害于人类的化学物质，不仅在城区空间形成铅蓝色的雾霾，而且严重地破坏了地球与太阳之间的天然屏障——臭氧层。其间，人们引为骄傲的“钢城”、“煤城”，特别是石油化工城市恰恰扮演了“天煞星黑旋风”的急先锋角色，使臭氧层变薄并出现了空洞……于是乎，令人类心有余悸，甚至比恐怖主义更棘手的“厄尔尼诺现象”即“全球变暖”一词，已被人们常常挂在嘴边，不再遥远而陌生了。也就是说，人类由于难以克服自己无比贪婪的弱点，一系列如同恐龙绝迹的大悲剧将如轰然海啸一般拉开惊人的序幕。

试看，由于气候变暖，高温持续，飓风频繁，到二〇五〇年左右，被折磨得憔悴不堪的地球上，将有超过一亿五千万的“气候难民”被迫背井离乡寄居他国，人类的健康也将受到严重的影响。

试看，由于气候变暖，陆地上有很多地区出现淡水枯竭状况，几亿人将面临生存危机而准备迁移，或者进行争水战争，就像近些年来由于燃料危机而引发的石油大战一样不亦乐乎。

试看，由于气候变暖，南北极的冰川、冰山开始溶化，北极熊和海象将濒临灭绝。陆地上四分之一的动植物以及上百万个物种将在未来五十年内灭绝。此外由于海平面上升，一些经济发达的沿海城市将淹没于咸水中。继而是粮食危机，旅游业崩溃，生活质量大幅度下降……那时的人类真该日夜哀叹今不如昔了。

试看，由于气候变暖，白昼可变成黑夜，大范围非正常性灾害将随时袭击世界任何角落，人类将不堪重负、疲于奔命而苟延残喘，陷入不可名状的慌乱之中。

试看，由于气候变暖，蓝天还会忍辱负重、博大包容吗？它也有脆弱的时候，譬如酸泪盈眸，酸雨簌簌而落……

够了，如此这般，证明了一位哲人的“高贵者最愚蠢”的论断。可是，人类中还有一些科学动物和政治动物竟以“气候变暖比变冷好”的谬论来自我安慰呢！事实上，气候变暖比变冷更为可怕。

这时，宇宙中的黑洞面对曾经美丽的地球，正窃笑阴阴，继而加长了蛇芯般的毒线，伺机擒拿而吞之呢。

也就在这时，绝顶聪明的人类蓦地想起了他们嘲讽了数千年的杞国老哥——原来“杞人忧天”的担忧是如此的现实而超前啊！他才是人类及其他一切生物命运的预言家啊！

人类正在觉醒，承认自己以超高智商养成的欲壑难填的性格，渐渐惹怒了历来宽容的蓝天和慷慨无私的太阳。

人类正在觉醒，全世界各肤色人等就像面对即将来临的飓风，谁也不能沉默了，他们中诸多有识之士带着负罪感发出了愤怒的呼声：

“还我晶莹如玉的冰山雪峰！还我清波荡漾的大海湖川！还我四季分明的生命家园！”

也就是说，要节能，减排，低碳。我们需要一个空明澄澈、蔚蓝美丽的天空。

人类正在觉醒，也从来未像现在这样感到时不我待了。我们没有忘记二〇〇九年岁阑，全人类带着无限的期望聚焦于北欧最大的海陆相连的商港——丹麦首都哥本哈根。

这是一个以绿色环保和用自行车代步著称于世的美丽小城，也是一个由众多城堡和庄园编织成的童话世界。天蓝蓝，水碧碧，树青青，空气新洁，如诗如画，使人感到温暖宁静，陶醉徜徉之而流连忘返。联合国最有影响的应对气候变化第15次会议在此严肃召开，霎时间吸引了全人类的各色眼球，并使人们猛醒，明确了生活低碳重精神，精神低碳高要求，理想美好重现实的蓝天教策。

如果有可能的话，我们的蓝天工程是可以排除强硬的无聊或无赖的种种干扰而顺利实施的。

如果有可能的话，我们期待着人类的大工业、大农业、大科学事业的文明历史将会出现新的历史转折点。

如果有可能的话，我们人类会进入更加理智、民主和高度文明的新纪元。

托起纯净的蓝天，我们需要一个澄明洁净的空间，我们需要一个葱茏锦绣的地球，我们需要一个天人合一、健康和谐的世界。

那时候，白云在蓝天上飘荡，鸿雁在蓝天里徜徉，万物向蓝天翘望。我们人类生活是多么的幸福和烂漫，多么的自由和美好……然而，我们对未来绝不是罗曼蒂克式的憧憬、画饼者的渴盼。

虔诚地忏悔吧，带着科学去救赎，去践行，那么，我们纯净的“天之蓝”梦想就不会遥远了。

不是么，百灵鸟儿可以做证。

眷恋草原

韩晓红

在外读书的孩子假期回来，对我说：“妈妈，汽车一进入咱们锡林郭勒大草原，我感到蓝天都比别的地方蓝，云也比别的地方白！”我笑了，说：“因为这是你的家乡啊！”

是啊，家乡在草原，自然感到草原上的一切都美丽。蔚蓝的天空，洁白的云朵，一年四季不停歇的风儿……这些没有生命的东西，早在我们出生时就伴随着我们成长了。游子把这份美好，沉淀在心底，在他乡，或学习、或工作，直到踏上故乡的土地，在瞬间，那沉淀于心底的浓浓的情，被眼前的景物激发出来，顿时产生出更加美好的感受——最美不过咱家乡！

我生长在锡林郭勒大草原，这里是我的家乡。如果说吉林的黑土地将我的祖先的魂魄留在了那里，我的故乡应该是吉林。但是，土生土长在草原上的我，早已把草原当作我的故乡了。在心底，她与祖先的所在一样是沉甸甸的。只不过，吉林那片令人向往的土地，是梦中一个遥远的追随，而眼前我所在的草原，却是真实地与我息息相伴，我怎么能够不热爱她呢！

我熟悉草原上风的气味，不论到了哪里，我都要把那里的风的气味在心里默默地与草原上的风儿做一番比较，然后独自想："还是我们草原上的风儿气味纯正！"我熟悉草原上看了几十年的蓝天，它的蔚蓝永远像婴儿的肌肤一样，柔和得令我心醉。不论外面的世界怎样精彩，别处的蓝天永远也比不过草原蓝天的湛蓝，那是汇集草原种种美好的神韵成就的色彩，也是倾注着我深深情感的色彩。我还熟悉那每天光顾草原的白云，云儿飘飞的模样，像孩子蹒跚学步时的样子，看着它，仿佛感到自己家的孩子在与自己微笑，在扑向我的怀抱。在我的眼里，草原的白云是那么的与众不同，它是吸纳了草原的气息，才有这般的纯净、洁白。我也熟悉草原夜空里的星星，它们晶莹得像钻石镶嵌在天幕上，再把璀璨的光芒毫不吝啬地传递到我们每一个人的心中。我常想，它们一定是草原上阳光照耀下的露珠变的，否则怎么会有这般的剔透！

我没有研究过草原上的小麻雀，却分明能够懂得鸟儿们。它们生活在草原，不知道它们的祖先有什么先见之明，才把自己和后代交给草原，进而有了草原上清脆婉转的啼唱。生活在草原上的牛、马、羊和其他各种动物是幸运的，它们终日被大自然亲切地拥抱，接受大自然的爱。它们的身上，难道没有草原的痕迹吗？你看它们在草原上撒欢的神态就知道了，与那大城市公园里的同类相比，不也有天壤之别吗？失去了自由的城市动物，还有什么快乐可言呢！所以呀，草原上的动物们的幸福让我们看在眼里，记在心里。

我认识的一个老额吉，无论如何也不愿意与在大城市的孩子们一起生活，尽管她知道孩子们对老人的孝顺是多么珍贵，但是她离不开生活了七十多年的草原。她对我说："我舍不得这里。"我曾笑问过老人："大城市不好吗？有那么多的东西我们草原上都没有。"她骄傲地说："我们草原上有的，大城市里也没有呀。一望无际的草原，清新的空气，自由奔跑的动物……这些都是牵着我的魂的精灵啊！"是啊，是草原的魂魄牵着老人的魂，老人家简朴的语言里，透出对草原那刻骨铭心的眷恋。

每当我与外地有个简短的接触时，我总是不由自主地要把客居的地方与我家乡的草原做一个比较，会发现，草原永远占据首位，她的辽阔、淳朴、自然，是别的地方所不可企及的。

草原的纯净和宁静等一切美好的东西不仅仅是印刻在我的心上，也同样震撼异乡人的心灵。一位外乡人，第一次在草原上看到雪，激动得竟然凝噎。堂堂男儿，怎么就如此脆弱？他说："面对这一望无垠的雪，我感到灵魂都被净化了！"大草原的魅力啊，征服了本土的人，征服了外乡的人，这种魅力，是锡林郭勒大草原所特有的！

如果说草原的自然景物吸引我们，是大自然赐予我们的得天独厚的厚爱，那么草原上的人们给外乡人带来的强烈吸引力和魅力，则是大草原长期陶冶的结果。经济的发展，让外乡人把更多的关注投向草原，把更多的情感投入到草原，他们与草原上的人们共发展、共繁荣。络绎不绝的外地商贾，看中草原上的资源，更加看中草原上的人们。那种童叟无欺，那种诚实守信，那种亲如手足的情感和自然而真诚的流露，是使他们到草原上寻发展的根本动力。一些商贾，把家也安置在草原，与草原上的人结为秦晋之好，谁能说这不是草原的魅力所致呢？

离开草原的知青、离开草原的转业军人、离开草原的打工者……他们同样对草原有着深深的依恋。曾经照顾过自己的老额吉、曾对自己嘘寒问暖的街道老大妈，无不是令他们在夜深人静时思念不已的亲人。无论人生的脚步多么匆匆，无论人生经历了怎样的曲曲折折，他们的内心深处总要忆念着草原和草原人的影子，并且找寻一切机会回到草原，与这一切倾情相拥，一解思念之渴。可以说，草原早就淡化了"你""我"这种狭隘的观念，使每一个人的情感升华到了博大的层面，把曾经生活过的草原视为自己的故乡，进而产生了无尽的眷恋。

锡林郭勒大草原啊，给我们每一个人的厚爱都是均等的，而只有与草原有了心灵的共鸣，才能够感受到她震撼心灵的魅力，才能有这种倾情的付出与收获，进而才有魂牵梦萦的眷恋。

情暖梦真

刘文忠

我们远望着大阴山绵延万里，近听着林深鸟鸣婉转，更有那流水潺潺如歌如画。轻风杨柳翠，梨花若雪娇。河套农村，虽是塞北，可以与江南媲美。我们笑看红尘浮华，枝头花开花落，稳坐于茅屋，每天用微笑的脸去迎接和煦的太阳。

老伴温情脉脉地端来了一杯温开水，新的一天开始了。她的脸上虽然沟沟壑壑，明亮的双眸依旧爱意如前，暖着我的心扉。当我们互相看着新生长出的白发时，会异口同声地说："老了！"

年过花甲，老伴眉眼依旧含羞藏娇，岁月的灰尘无法掩盖她双颊当年的红霞。我们一起梳理当年往事的枝枝蔓蔓，心头的花依旧盛开着。回忆给苦难涂上了蜜，苦中有甜更是无穷的回味。

幸福的会意是那么醉人，是不醒的梦，虽然近在眼前却又遥远得不可触及。爱的真谛没有多少汹涌澎湃，可它像怀春少女那么美丽动人而又妙不可言。无论遇到什么，只需坚信头上那轮灿烂的太阳，明天还会出来。

不需要海誓山盟，不需要在房产证上写上名字，不需要"忠贞协议"，我们什么也不需要！我们需要的是互相魂牵梦绕，念念不忘。知心的爱人，我的每一缕风都是你的呼吸，我的每一滴雨都是你的滋润，每一朵花都是为你开。

我们手拉着手，互相把烦忧的灰尘自心头擦净。相互一个眼神，呼唤出万种温馨。心灵的感受如此真实，互相抚平千万的委屈和无奈。

假如我们相隔千山万水，相聚有限，身影会成为我们经典的风景。心里有爱人就不会感觉孤单，因为寂寞的时候可以互诉衷肠。有空的时候，可以把对你的浓情蜜意一点点一行行写在纸上，慢慢品味，也可以在一帘幽梦里与你嬉戏，让我的思念羽化成蝶，随你至天涯海角……

因为你爱我，所以无怨无悔！

生命深处

胡玉忠

当我从大漠戈壁行走回来，在黑夜里默默回味风尘弥散的路途的时候，就会有一种很奇异的感觉。我觉得只有在这些几乎见不到生命或者与芸芸众生相隔离的地方，才能看到生命深处。在南方看过的风景，林木葱茏、山清水秀的地方，就像美人头上的长发，虽然飘逸秀丽，却在表皮；各种古迹建筑，虽也历史悠久、中外驰名，但究竟像不同面相的眉目鼻额，楚楚动人却叫人找不到多少来历。只有那些以“没有水、没有植被”为特色的地方，才能或多或少让人感知生命的分量，体会生命的深远。

在阿拉善右旗巴丹吉林镇正南五十多公里处有一个特别的“额日布盖大峡谷”。说大，开辟供游人深入的地方只有五千米左右，但它仍然让人惊叹大自然用一百万年左右时间雕琢出这么一件作品。在茫茫戈壁中，突现这样一处景观，让外人难以理解大地生命的奇绝与梦幻，而各种窟洞、动物、亭柱堂梁的逼真造型，只能叫人敬服生命的巧遇与对应。比如那淡定有名的驼头、安然仰望的金蟾，如果不是某种机缘，它们怎么可能端坐如斯？还有我看到的男女对吻的镜头，如果不是生命的某种暗示，怎么能有此千古一吻？或许，到达那里的人，都能找到自己需要的图样，看到自己希冀的景致，但是首先它一定是物质的存在，是凝结了的对生命超出常见看法的表述。

从大峡谷存在的环境到它形成的历史，都远远超出了人类生命的历史。我们在它的面前，能算是一粒沙还是一丝风？我想，如此漫长的岁月里，人甚至连一个分子尘埃都算不上。面对这种深红浅黄的沙质石砾所形成的景象，我能够做的只是用心底里的虔诚为它深深地鞠上一躬，为它无言地给我讲述的生命之课，为它还会在更长的时光里教育更多的人。

我们常常以为自我的思考很了不起。哲学家常常用哲学的语言告诉我们生活的真谛。戏剧家总在用夸大的形体语言叫我们懂得人生是什么。文学家希望用集合了社会人生的事例叫人明白生命复杂又简单。英明的政治家用超越凡人的智慧为生命打出最动人的广告，告诉人应当怎样活着才有意义。但我们总在忽略身边那些不言不语的告诫与警示。

在恶劣的环境中保留下的这些东西，实在有一种令人心悸的震撼。

从阿右旗到张掖丹霞地貌公园，一路戈壁，一路荒漠，一路寂静。看着这样的风景，第一感觉就是生命在这里绝迹。但我们总是忽略，戈壁也有生命，沙漠也有语言，黑山也有声音。用人的感观定义生命的意义，实在是太狭窄太不讲道理。跑百十里见到同类的房子，亲切感油然而生。看到城市的建筑，绿树车辆红灯和充满尾气的天空，竟有些不习惯了。

乡村城市是什么呢？车来人往，摩肩接踵，鳞次栉比，尘烟滚滚，竟像是儿童摆放的积木。人面也不过是些简单相似的复制品。越是繁华竞逐，越是俗气熏天。生命的原形在这里被挤压、被掠夺，剩下的就是匆匆忙忙地奔走，是忘却自知的争斗。聪明反被聪明误的事情屡屡发生。人祸不断，战乱不断，仍然源于人的贪婪。在城市逗留的几个小时里，叫我感觉春风拂面的也就剩下在那个面馆前路人往一对母子身边的小桶里丢下多多少少的一点爱心的那一瞬间了。

赶快逃离。赶快向目的地进发。

张掖丹霞分好几个部分。我们在接近城市的路边，看到了大片赤色的山岩，看到了重峦叠嶂、断层明显的地貌。我和诗人朋友在没有人讲述、路边没有提示的时候，一起认为此处已经是丹霞。等看到一处景点标牌的时候，还真印证了我们的猜测，这属于城市东边的风光。我们的目标其实不在这里。

在甘肃肃南蒙古族自治县与临泽县交界的地方，就是著名的张掖丹霞风景区。前边我们看到的也属于丹霞风景，但宣传的名声显然没有这里响亮。好酒也怕巷子深。我们到达“巷子浅”的地方已经下午三点多，天气不算太好，据说不是观看丹霞地貌最好的时候。最好的时候是晴朗天气下的太阳刚出和夕阳将下时。但我们哪儿有时间等，又哪儿有运气等到呢？记得去看长白山天池的时候，还在路上导游就开始给我们做工作了：江主席上去三次都没看见，邓小平同志去一次就看到了。这就早早预示了我们上去的结果。果然，我们兴奋地上去后看到的只是雨雾。生命与生命的交集，是需要双方有情有义的。剃头挑子一头热，必然是望山兴叹。

张掖丹霞没有完全让人们失望，这是它的聪明之处。天有浮尘，遮蔽不重；午后阳光，光线不猛。有轻风拂煦，有讲解热情，弥补着此时的小遗憾。

尽管如此，眼前展开的道道彩练还是让人叹为观止。“赤橙黄绿青蓝紫，谁持彩练当空舞。”近前平视，登高俯瞰，回身逆眺，爬阶远望，不同方向不同色彩，不同高度不同境界。这里的生命与阿右旗大峡谷的生命好有一比，一处是险绝耸立，一处是彩带飞动；一边是缱绻决绝里的生生不息，一边是饥渴无边里的动人心魄。导游在结束讲解时的话尤其叫人难忘：“请朋友们记得这里丹霞的最大特色，就是‘没有水、没有植被’，全国数百处丹霞地貌，找出不同，就是最大的特色。”这一点，在我们没看到其他地方地质地貌的时候，宣传是成功的。

当然，它的没有水没有植被不意味着没有生命。我们还是能从二百余万年以来形成的这些美丽色彩里能找到它的痕迹。这一处“众仙拜佛”就很有意思，从高处看下去，成百上千座像是众仙参拜样的山峦紧密排列，这与我在敦煌前边看到的远处山峦模样异曲同工。敦煌前边有众仙是有道理的，因为那就是佛家佛学的重要汇集之地。而在这里，形象逼真的众仙团拜之景象，昭示的正是人类有史以来千辛万苦才找到的一点点心灵归宿。没有水，却有彩波浪涌；没有植被，但有火焰腾腾。火焰是什么呢，是煤或者石油，而煤和石油哪一样不是由森林而来？那么，我在这里就看到了不一样的水与植被了。这是凝结了的水，是固化了的草木。

生命无处不在。

在看这些从未见过的奇迹的时候，我总在想，这是为什么。它为什么会在这里而不在别处留下这样的记号。它为什么是这样而不是那样。我们为什么是在今天来看它而不是别的什么时候。正当我们从最后一处景点下来的时候，太阳忽然被阴尘蒙住了。同行说，看我们这么幸运，正好看完，他们那些人上去能看到什么呢。言语里流露出幸灾乐祸的意思。我也有些欣欣然。但又想，既然我们上去看到的是那样的风景，在这样的光线下，别人一定能看到另一种不同的风景。怎么可以用我们的眼光标准替代别人眼里的景致呢！

我想到几年前看过的敦煌雅丹地貌，也是在戈壁中，而且是更加远离人声社会的地方。在那个被称作魔鬼城的地方，令人心颤的，并不是那些造型各异的风蚀形象，而是打磨出这种东西所经历的岁月。在这几乎荒无人烟与世隔绝的天地中，生产出这种令人感慨万千的时光物品，每一件都显得那么珍贵，每一处都令人心醉。

一百万年前后的白垩纪、二百万年前的侏罗纪时代，光说那些时间，就足以让所有人心生敬畏。我们从身边的一缕缕春风、一粒粒沙尘里能得到的，自然是“铁杵磨成针”的感觉。大自然能把松软的土丘凝练成奇伟壮阔的雅丹，能剥开山峦峰岭的重重外衣裸露出它内里的锦绣辉煌之丹霞，无一例外靠的是时间与毅力。生命之伟岸、沉静、深邃、博大，正是在各种纤小而持久之中。

在我们有限而脆弱的生命旅程中，有多少与自然相似的东西？我们的浮躁为什么这么多，我们的贪婪为什么这么重，我们的名利之心为什么这么难以戒绝，我们的胃口为什么这么不容易满足？

千百年来，这些远离喧嚣的景致从来默默无语。客观上没被发现，无人观赏。现今有了炫耀的机会，它们依然沉默寡言。也许，这正是它们能够长久存在的原因。它们昭示的，正是生命之达道啊！

要想远行，就要像上山那样，埋头向前，而不能动不动抬头看山、回头望地。

要想留下些什么，就不能总想着能留下什么。踏雪无痕，才是高境界。

我终于明白，过去心里不痛快的时候为什么会不由自主地往戈壁深处走去。

因为只有那里才是心灵可以沉淀的地方，也是让人能够脱下伪装坦诚倾诉的地方。《圣经》在哪里？就在这看不见丁点儿生命的地方，就在那些表面死寂实则蓬勃着最美生命的地方。

在接近生命深处的地方，无论是谁，都会得到从未感知过的新的温馨。这是感化心灵的温馨，极其珍贵。

有机会，除了山水风光，看看戈壁沙漠，其中的妙处，当会自知。

草原人中国梦

诗 歌

春天里（组诗）

赵剑华

窗　花

温暖的像漫过融雪的小草
一下子就把心透亮了
十一层的高楼窗明几净
心情有了风的速度
梦抽出一丝丝由头
两只红红的鱼儿游在空中
温度瞬间窜到冰点以上
那镂空的姿态比鸟儿还轻盈
生活显得敞亮蔚蓝
白日里有阳光普照
黑夜里有灯光辉映

窗花这年味十足的精灵
一面是物质，一面是精神
为此，我停下手中的拖把
失神了好一会

这来自乡村的自然诗情
激活了城市的坚固神经
这窗玻璃上倩倩的影
如曾经有过的吻
想起就是一番晃动

惊　蛰

二十四节气中
我最震撼的就是惊蛰
当立春还在酒气熏天地摇晃
情人们纷纷借助西方的幌子
让爱情的甜蜜极尽奢靡
如果不是惊蛰的一声春雷
雁阵还在南方
鱼儿还在冰下
新芽瑟瑟发抖
那些老树还在凶神恶煞
我们渴望的清风也在远远的路上
关键是，每年的惊蛰
让我冬眠的诗回到冰点以上

明 媚

上午，我来到明媚之中
读书，写诗，还有干净的茶陪着
明媚是说不出来的
但可以流淌在心间
跃动在纸上
明媚是这个季节
给我这号闲人准备的
那些拥挤在地铁里的年轻人
不承认明媚

由此推论，我幸福得一塌糊涂
这种幸福，是被一只无形的手
硬按在书桌前的
四肢本不发达，但还健康
却做了时间的俘虏

三月桃花

含苞，隐身于一棵树
三月为你说出爱情
这地老天荒的选择
绽放，意味着死亡

如果红，有点艳俗
如果白，有点清寡
你选择粉红

一种底色的清纯
凸显动人的亮和浓
五千年的传承
被这轻松的人面一一象征

你随温暖来到我的世界
寒冷中的那朵
已出局得月白风清
美丽更显苍凉
生生死死的转合
出出进进的谋划
生命抵御了多少平庸
我在季节里和你相识
内心的闪电惊醒一片
冰融化于荡漾
一种明媚蔓延开来
不只是我
谁都知道这不是艳遇
期待的三月
心怡的三月
阳光的三月
一年一次，光阴似箭
所有的桃之夭夭在四月殉情
相遇必定是又一次别离

诗歌三首

王子云

回 家

多么亲切的词汇
在为我导航
照耀我行色匆匆的归途
冻僵的腊月里
我捏着一张车票取暖
那一支萨克斯不知疲倦
在歌喉里循环播放

被日子放逐得太久
我时常沿着梦归来
沿着杨柳与金色的麦芒

抵达你芬芳的臂弯
你可看到风尘中
我为你绽放的惊颜

把不眠的荣辱打进行囊
等待你搁浅的朱唇
辨认我想念你的深度
我需要你让我软弱
来放任泪水
请拥抱我
抱紧我长途的激动
如果可以请允许我
把充盈的思念在此刻融化

漂泊的日夜
让岁月长满了乡愁
疲惫暂且关在门外
让我兑现久违的柔情
让热浪般的思念
在夜晚悠远的犬吠声里

母　语

在那声乳名里
想念乡音

母亲传授的第一句
你亲切地还给了母亲

之后，你叩问马背童年
叩问草原学堂
叩问辽阔世界

乡音是一片腼腆的红肚兜
穿在里面温暖乡情
乡音是一件有汗味的粗布衣
在家里贴身穿上，怀旧

你的诗句越来越长
絮叨不免趁机混了进来
你总要择出那些时尚的哆语
搬整段可入诗歌可入药的乡音
来捍卫你语言的洁癖

乳香飘扬的乡音里
翱翔着你从没沉默的
乡愁

戈壁断想

许是白垩纪时代的痉挛
分娩了千万年的蛮荒
时光冲刷着疮痍
使你结满了遗憾

所有的鲜活都令人喜欢
令人感到存在的快活

兀立风中
听那些奋勇前行的故事
看披一身莽苍的荒原
它们在朝暮里歌唱

一簇簇坟茔
像枯瘦的红柳枝
在风中摇曳
让我不敢妄言
或许我永远不懂
不懂你扬起又飘落的内容
步履沾满了苦楚的问号
解答是我的期限

生命从不退却
传说与传说中的人默默生长
你以苍茫的姿态
赠予我辽阔
每当我纵情高歌
都紧紧握住一根缰绳
永恒的昭示如星辰
隐隐闪烁
用了一生垒落起自己
又在荒原一点点风化，散尽
这是人生不可抗拒
沉重的落款

我不能不爱

刘宇轩

我不能不爱
——粗狂的风
皴裂的黄土地

我是你贫瘠中一粒倔强的种子
从未忘记
葱郁你的誓言

梦中逃离过你的苦难
醒来才懂得
我有多想你就是我梦中的江南

我的泪不能润泽一寸荒地
汗水埋入深深的沙层

我却不能不爱

我不能不爱
我的贫瘠的水血相融的黄土地
我的淳朴慈祥的养我育我的高原

黄河的调子悲凉而又苍劲
昆仑的血脉延绵不肯言弃的子子孙孙
我就是系在你胸前的一粒纽扣呵

故乡，我不能不爱
故乡，我不能不爱
呼伦贝尔的雄鹰已亮翅苍穹
科尔沁的骏马奋蹄腾空

我不能不爱呵
你的皱纹比大峡谷还深刻
你是我梦牵魂绕的不屈不挠的魂灵

没有什么能枯涸野草的繁衍
更没有什么
阻挡北国的春天扑面而来

我就站在高岗上
不畏所惧地呐喊
来吧——春天

我不能不爱

我是母亲分娩的最后一次希望
我是黄河口上的最后一次扬帆

如果我的文字一粒一粒都成草种
我愿义无反顾地植入你深深的黄土
我的高原啊——我的内蒙古

我只是一株小草
站在你的风口
披开我的肝胆与你相照——故乡——我的内蒙古

成长（组诗）

戈三同

海　边

在海边，一个七八岁的孩子
因呛水，被抱上岸
静了片刻，孩子拖起塑料盆
朝海的方向，歪歪斜斜晃去

海水一如既往蓝下去，一排排细密的浪花
嬉闹着挤上沙滩
没有谁会想到，大海可以放入盆里
再用小手制服，一个孩子做到了

那一刻
那个，走在路上
还拨弄手机的孩子
走走又停停

那一刻
好像他走不出方寸间
又像行进了八万里

巴掌大的屏
肯定比他脚下的大地辽阔
又小于他狂野了的心

礼　物

是的，他还是一个孩子
在异地，他还没有学会
和陌生的一切
打成一片

因此，当年关钟声响起
面对故乡，纵使他有
拎回那座城市的心
最后提动的
只是自己

他不知道
踏进家门的那一刻

母亲分明接过了
儿子肩胛上那几片雪花
还有一个外面的世界

家

女人的家，是这所房子
男人的家，是这座城市
孩子的家，是这个世界

哦
大房子套着小房子
小房子生出大房子

我是搬运工

徐明光

我很普通
普通的一转身
就会消失在人群
穿过大街
走过小巷
东家装化肥
西家入煤厂
我，是搬运工
没有金戈铁马的生命
却有刀枪不入的灵魂
一滴又一滴
苦涩的汗珠
在衣服上刻画出清晰的年轮
不能闲庭信步

也没有月下花前的轻松
经常冒着霏霏细雨
顶着烈日炎炎
淌过岁月之河
拥抱着寒冷的风

为了撑起一片小小的天空
我的步履坚定而匆匆
常常拼尽剩余的一丝力气
牙关咬紧
骄傲与自尊
纵然尘灰在体内囤积
我仍然不放弃
从生命的深处仰望
人生是一条恒长的路
攀登的途中
只因这是一种生存的抉择
搬运工

把这个工种
重新读懂
双手倒腾着灿烂的日子
肩头扛起明天的火红
眼神里充满责任
脸上绽放开心的笑容
擎起燃烧的火把
照亮搬运工前行的里程

拥抱人民，圆一个七彩斑斓的中华崛起之梦

叶 鸣

降生的那一天
我的心就与这片土地相撞
透明的爱恋的目光
刻录在祖国北疆的边陲草原上
闪亮的露珠如歌如梦
记忆的小河如撒欢的小马驹
在青草滩上一路奔跑歌唱
我知道我的生命依然无法逃避
爱慕的心在血液和骨髓里生长发芽
我面向苍穹热土向世界宣告我的秘密
如果人生终究要追究一次爱的真谛
那一定是我降生时发出的一声爱的呐喊
于是……

我的歌声飘出银色的毡房
在乌力格尔的琴声长出飞翔的翅膀
我的头上披着最美的秀发
我的颈上挂满春天信息的花环
我的身躯沐浴着早晨的阳光
我的心继承了母亲的慈爱和博大
我的童年在奔跑的马背上尽情飞扬
大地的眼睛传递出温情的爱意
明净的天空如春天的草原一样安宁吉祥
美丽的湖泊像蓝色的大海一样睿智深情
我青春的脚印融化成一颗心在你怀中激荡
把美好的梦想付诸在今天孜孜不倦的追求上
于是……

祖国的梦里有我美丽的梦想
我如飞翔的百灵对着起舞歌唱
用一个眼神一个动作一缕水波般的柔情
紧紧地挽住急于飞向天空的翅膀
扬起马鞭向腾飞的骏马发出一个召令
让晨曦唤醒了我身上的每一根神经
擎起公仆服务于人民的苍天般的信仰
向沸腾的彼岸迈出团结向前的脚步
生命的轮渡已在绿色草原的季风中起航
燃起疾风吹绿劲草时一心期盼的超凡力量
张开双臂把山河土地和人民拥入怀中
圆一个你中有我我中有你的七彩斑斓的梦
于是……

我们手拉手面对苍天发射复兴之箭
五十六棵大树成为我爱恋的见证
生命里怒放出万马奔腾的壮观
我和你心贴心驻足山川擂响惊天锣鼓
历史的火光迸发出分外美丽的和弦
屹立东方的雄狮已从岁月之边苏醒
月缺也只是隐喻转瞬即逝的人间苦难悲欢
放飞一群洁白的鸽子与山河共舞
孕育出人类憧憬友爱和平的心灵神话
为沧海桑田般变迁的社会进步发出代言
虽然日子有时像孩子般天真烂漫又平平凡凡
但请记住招手的明月含笑的星星和头顶的太阳
于是……

我们拥有了如大海一样广阔的胸膛
高山一样壮实的七彩人间的美丽梦想
我们在鲜活明媚的国土上诵读万象透明的心声
牵手五十六个民族坚守永久信念到地老天荒那一天
让一种感动在纯朴的土地上播种繁衍生息的麦田
对接勤劳和汗水为生命奇美演奏的跳动音符
让生命在悲悯和博爱的宇宙中亮开翅膀翱翔
滋长大雁张开翅膀飞翔时如雄鹰冲破云层的胆量
让我们的心一同释放出天地般豪迈的深情
化作北方草原上磐石般亘古不灭的信念
迎着朝霞追赶太阳奔向我们新的光亮亮的远方
圆一个世界大同中华民族强盛博爱辉煌的伟大梦想

草原的孩子爱祖国

康　镇

蓝蓝的天空
为我敞开温暖的怀抱
朵朵的白云
是我用心吹散的泡泡

绿绿的草地
为我铺开软软的床被
火红的山花
向我露出甜甜的微笑

可爱的百灵
为我唱起欢快的牧歌
撒欢的马驹
跟我一起自由地奔跑

我是草原的孩子
祖国就是我头顶的蓝天
我愿做一朵白云
为蓝天点缀一份吉祥

我是草原的孩子
祖国就是我脚下的草地
我愿做一朵山花
为草地增添一份美丽

我是草原的孩子
祖国就是我慈祥的阿妈
我愿做一只百灵
为她唱起那古老的童谣

我是草原的孩子
祖国就是我亲爱的阿爸
我愿做一匹骏马
驮上阿爸走遍天涯海角

我是一株莲

——献给焦裕禄的妻子徐俊雅

高学英

我是一株莲
我静静地浮在水面
轻轻地偎着水波摇曳
无关喧嚣

我是一株莲
我把所有的狂风暴雨藏在心底
只在月影婆娑时
迎着你来的方向
以最美的姿态
淡然地微笑

我是一株莲
我把寂寞和孤独的时光忘记

在微风细雨中
你看不见我的泪水
我仍然安静地
为你守候

我是一株莲
我在清晨绽放
让天空飘过的云彩捎走我的芬芳
与你相伴

直到有一天
我容颜老去
所有的花瓣落尽
我举起我赤裸的心脏
那一捧莲心
就是我清苦而坚定的幸福

边关诗十四行

于占海

我从军入伍到边防
像雄鹰在蓝天白云把梦想放翔
看长江黄河滔滔濯洗我俊美羽翎
看万里长城把我翅膀骨肉构建坚强
看城阙沃野拓阔我宽广胸膛
我用穿云破雾的矫健身躯
将亲人的安康福祉呵护遮挡
我用犀利鹰眼
将豺狼虎豹踪迹寻觅察访
哪怕草木微沙颤动
我也会辨清狂风暴雨方向
哪怕雪飞云卷
我也会读懂寒来暑往
我以心灵真善美将神圣边关守望

我从军入伍到边防
像骏马在广袤草原将青春诗情徜徉
看毡包袅袅炊烟如闻家乡饭甜菜香
看雪白羊群像秋收棉垛谷仓
看牧人勒勒车宛然听醉儿时母亲辛劳的碾坊
我以骏马骁勇练就驾驭铁骑铿锵
我以骏马飞奔的速度
将边界信息梳理收藏
我以骏马的灵悟
将祖国安危镶嵌心上
哪怕寒冬酷暑
我也会全天候巡边站岗
哪怕风雪肆虐
我也纵马临风将狂飙阻抗

我从军入伍到边防
像胡杨树在戈壁大漠将军人信念成长
看蛮荒戈壁滩应是古久沧浪海洋
看神幻沙丘恍若古远布阵摆兵战场
看驼队驮举红日像恋人悸动心房
我以成活三千年胡杨寿龄
将卫国戍边重任测量
我以三千年不倒胡杨风骨
将边塞诗词咏唱
哪怕点石成金
我也不被金钱诱诓
哪怕海市蜃楼成真
我也缱绻大漠孤烟隽永苍凉

尽责，给城市一个微笑

杨紫晶

我是城市的建设者
我是一个微不足道的市政人
在炎炎的烈日下
在瑟瑟寒风中
每一个清晨每一个夜晚
在城市的每一个角落
都有我们市政人忙碌的身影

一张张古铜色的面孔
一双双磨出老茧的手掌
是我们市政人的“工作证”
一身污垢的衣装
一双沾满污水井里污物的双手
一个站在地下排污管道入口处的身影

这永远是我们市政人的真实写照

或许我们填补的
是一块缺失的人行路砖
或许我们修筑的
是一段破损的油漆路面
我们认真换下的
是一个不能点燃的路灯灯泡
但是这点点滴滴的汇集
却可以让人民群众走得顺利
可以让整个城市充满合家幸福的温馨
尽职尽责
给美丽城市一个微笑
尽职尽责
给人民群众一个高山般的承诺
建设美丽城市
是兴安千千万万城市人的厚望
建设和管理好美丽城市
则是城市建设人和市政人永远的追求

草原儿女沙地反击

宝国志

祖先的草原

曾经养育过一个个骄傲豪迈的民族
清清的河水曾经洗涤历史的长空
曾经，因为孤寂而豪放
曾经，因为纷争而融合
曾经，用铁血让草原烟霞光耀天地
曾经，用乳汁让草原儿女勇奔四方
草原，莽莽苍苍的蒙古高原
草原，碧草连天的蒙古高原
诗人为你作歌时泪如泉涌
英雄为你献身时血染长河
草原，神奇的草原
你是游子魂牵的圣地

你是我灵魂栖息的家园
你是我祖先的草原

黄沙的侵袭

黄沙，漫天飞舞的黄沙
黄沙，遮天蔽日的黄沙
侵袭着祖先的草原
就像撕咬着我的身躯
蚕食着生命的绿色
就像鞭打着我的灵魂
古老深邃的河流成了小溪
干涸的河床像母亲流干了乳水，
长生天呀，这哪里还是我儿时的草原
祖母河呀，这哪里还是我祖先的草原
是谁让黄沙肆虐？是谁让草原哭泣
我们应该深沉反思
我们应该集体觉醒
我们应该进行沙地反击

沙地的反击

他们用生命谱写着战天斗地的史诗
他们用勇气描绘着色彩斑斓的画卷
他们用热血铸就着人与自然的大爱
他们用顽强架构着沙海扬帆的长廊
一座沙丘连着一座沙丘
绵延的金黄吞噬着生命的绿色

一代英雄接着一代英雄
在瀚海中坚韧地托起希望的天空
人与沙漠，进行旷日持久的生死较量
合力攻坚，打响一场声势浩大的治沙战争
他们在沙海绝地里奋争，反击，崛起
他们实践着变沙海为绿洲的理想
他们就是草原治沙人
用几代人的青春打造绿色美好的中国梦

聆听长者

——致老一辈航天科技工作者

董中星

今天，我遇见一位长者
在巴丹吉林深处那个神奇的地方
西风成为我们相聚的醉酒
大漠为我们搭起倾诉的账房
还有一段书不尽的航天梦
正待我们共同铸就飞天的华章

我曾经品读过他的历史
知道他年少就告别了乡亲和故乡
我曾经碰触过他的心灵
明白他更感叹戈壁的贫瘠与荒凉
而如今他那饱经风霜的身骨
却让我怎么也不敢将以往想象

他说，他喜欢闯荡在科学的海洋
去寻觅前方未知的隐藏
而我真切地看到他矫健的步履
步步充满铁骨的力量
他说，他喜欢挑战每一场鏖战
而我分明听见他泰然自若的指挥
一声令下
天地神舟也顿变铿锵

我无法揣测
他灼热的心灵
在戈壁大漠埋藏了多少梦想
也无法计算
他斑白的双鬓
伴随了多少晨露与晚霜
只有他虔诚的微笑告诉我
他已将忠魂铸进了青山
他已将血脉融进了发射场

他说，那里
他疲惫的身躯曾经奋战
他青春的激情曾经肆扬
他辛勤的汗水曾经挥洒
他滚烫的热血曾经流淌

哦，看吧
他亲手编写的计算机密语
行行闪烁着智慧的光亮

他亲手送走的一艘艘飞船
正在揭开宇宙的奥秘
震撼寰宇之间亿万年的凄凉

我慢慢收回无尽的思绪
开始端详长者的模样
期许的目光
想看清他如何为神箭披上战衣
想读懂他如何为神舟绣出霓裳

我与他相对而坐
手持一杯淡淡的清茶
闲谈中嗅闻着沁人心扉的芳香
此时的他
俨然没有指挥台上的严肃
更多的是溢满脸庞的和蔼与慈祥

他告诫我，任何工作都需要细心
只有细心才能将隐患阻挡
航天伟业容不得半点瑕疵
万无一失才是梦想的安全屏障
他勉励我，任何梦想都需要坚持
只有坚持才能创造奇迹和辉煌
神舟壮丽掺不得一丝大意
稳妥可靠才能真正绘制绚美诗行

我抬起头注视着他的目光
他的目光是那样的深远、睿智和坚强

我看见
里面不仅流动着生活的恬静
也铭刻着岁月的沧桑
我看见
里面不仅书写着航天人的聪慧
更镌刻着对祖国兴盛的期望

我想为他写些什么
他却说要做的努力还有很多很多
要探索的路还有很长很长
自己只是航天大军中的一颗星辰
没有集体
谁也无法为神州播洒一片金光

我深深记下他的言语
将他作为自己学习的榜样
用他卓越的贡献激励斗志
用他严谨的作风锻造思想
用他完美的工作当座右铭
用他凝重的教诲和嘱托
伴随自己逐步成长……